河出文庫

文豪たちの妙な話

ミステリーアンソロジー

山前譲 編

河出書房新社

文豪たちの妙な話　ミステリーアンソロジー／目次

文豪たちの妙な話

ミステリーアンソロジー

変な音

夏目漱石

上

うとうとしたと思ううちに眼が覚た。すると、隣の室で妙な音がする。始めは何の音とも又何処から来るとも判然した見当が付かなかったが、聞いているうちに、段々耳の中へ纏まった観念が出来てきた。何でも山葵卸しで大根かなにかをごそごそ擦っているに違ない。自分は確にそうだと思った。それにしても今頃何の必要があって、隣りの室で大根卸を拵えているのだか想像が付かない。

いい忘れたが此処は病院である。賄は遥か半町も離れた二階下の台所に行かなければ一人もいない。病室では炊事割烹は無論菓子さえ禁じられている。況して時ならぬ今時分何しに大根卸を拵えよう。これはきっと別の音が大根卸の様に自分に聞えるのに極っていると、すぐ心の裡で覚ったようなものの、さてそれなら果して何処からどうして出るのだろうと考えるとやッぱり分らない。

自分は分らないなりにして、もう少し意味のある事に自分の頭を使おうと試みた。けれども一度耳に付いたこの不可思議な音は、それが続いて自分の鼓膜に訴える限り、妙に神経に祟って、どうしても忘れる訳に行かなかった。あたりは森として静かである。この棟に不自由な身を託した患者は申し合せた様に黙っている。寐ているのか、考えているのか話をするものは一人もない。廊下を歩く看護婦の上草履の音さえ聞えない。その中にこのごしごしと物を擦り減らすような異な響だけが気になった。

　自分の室はもと特等として二間つづきに作られたのを病院の都合で一つずつに分けたものだから、火鉢などの置いてある副室の方は、普通の壁が隣の境になっているが、寝床の敷いてある六畳の方になると、東側に六尺の袋戸棚があって、その傍が芭蕉布の襖ですぐ隣へ往来が出来るようになっている。この一枚の仕切をがらりと開けさえすれば、隣室で何を為ているかは容易く分るけれども、他人に対してそれ程の無礼を敢てする程大事な音でないのは無論である。折から暑さに向う時節であったから縁側は常に明け放したままであった。縁側は固より棟一杯細長く続いている。けれども患者が縁端へ出て互を見透す不都合を避けるため、わざと二部屋毎に開き戸を設けて御互の関とした。それは板の上へ細い桟を十文字に渡した洒落たもので、小使が毎朝拭掃除をするときには、下から鍵を持って来て、一々この戸を開けて行くのが例になっていた。自分は立って敷居の上に立った。かの音はこの妻戸の後から出る様である。戸の下は二寸程空いていたが其処には何も見えなかった。

　この音はその後もよく繰返された。ある時は五六分続いて自分の聴神経を刺激する事もあったし、又ある時はその半にも至らないでぱたりと已んでしまう折もあった。けれどもその何であるかは、ついに知る機会なく過ぎた。病人は静かな男であったが、折々夜半に看護婦を小さい声で起していた。看護婦が又殊勝な女で小さい声で一度か二度呼ばれると快よい優しい「はい」と云う受け答えをして、すぐ起きた。そうして患者の為に何かしている様子であった。

ある日回診の番が隣へ廻ってきたとき、何時もよりは大分手間が掛ると思っていると、やがて低い話し声が聞え出した。それが二三人で持ち合って中々捗取ないような湿り気を帯びていた。やがて医者の声で、どうせ、そう急には御癒りにはなりますまいからと云った言葉だけが判然聞えた。それから二三日して、かの患者の室にこそこそ出入りする人の気色がしたが、孰れも己れの活動する立居を病人に遠慮する様に、ひそやかに振舞っていたと思ったら、病人自身も影の如く何時の間にか何処かへ行ってしまった。そうしてその後へはすぐ翌る日から新しい患者が入って、入口の柱に白く名前を書いた黒塗の札が懸易えられた。例のごしごし云う妙な音はとうとう見極める事が出来ないうちに病人は退院してしまったのである。そのうち自分も退院した。そうして、かの音に対する好奇の念はそれぎり消えてしまった。

下

三カ月ばかりして自分は又同じ病院に入った。室は前のと番号が一つ違うだけで、つまりその西隣であった。壁一重隔てた昔の住居には誰が居るのだろうと思って注意して見ると、終日かたりと云う音もしない。空いていたのである。もう一つ先が即ち例の異様の音の出た所であるが、此処には今誰がいるのだか分らなかった。自分はその後受けた身体の変化のあまり劇しいのと、その劇しさが頭に映って、この間からの過去の影に与えられた動揺が、絶えず現在に向って波紋を伝えるのとで、山葵卸の事などは頓と思い出す暇もなかった。それよりは寧ろ自分に近い運命を持った在院の患者の経過の方が気に掛った。看護婦に一等の病人は何人いるのかと聞くと、三人だけだと答えた。重いのかと聞くと重そうですと云う。それから一日二日して自分はその三人の病症を看護婦から確めた。一人は食道癌であった。一人は胃癌であった、残る一人は胃潰瘍であった。みんな長くは持たない人ばかりだそうですと看護婦は彼等の運命を一纏めに予言した。

自分は縁側に置いたベゴニアの小さな花を見暮らした。実は菊を買う筈の所を、植木屋が十六貫だと云うので、五貫に負けろと値切っても相談にならなかったので、帰りに、じゃ六貫やるから負けろと云ってもやっぱり負けなかった、今年は水で菊が高いのだと説明した、ベゴニアを持って来た人の話を思い出して、賑やかな通りの縁日の夜景を頭の中に描きなどしてみた。

やがて食道癌の男が退院した。胃癌の人は死ぬのは諦めさえすれば何でもないと云って美しく死んだ。潰瘍の人は段々悪くなった。夜半に眼を覚すと、時々東のはずれで、附添のものが氷を摧く音がした。その音が已むと同時に病人は死んだ。自分は日記に書き込んだ。――「三人のうち二人死んで自分だけ残ったから、死んだ人に対して残っているのが気の毒の様な気がする。あの病人は嘔気があって、向うの端から此方の果まで響くような声を出して始終げえげえ吐いていたが、この二三日それがぴたりと聞えなくなったので、大分落ち付いてまあ結構だと思ったら、実は疲労の極声を出す元気を失ったのだと知れた。」

その後患者は入れ代り立ち代り出たり入ったりした。自分の病気は日を積むに従って次第に快方に向った。仕舞には上草履を穿いて広い廊下をあちこち散歩し始めた。その時不図した事から、偶然ある附添の看護婦と口を利く様になった。暖かい日の午過食後の運動がてら水仙の水を易えてやろうと思って洗面所へ出て、水道の栓を捩っていると、その看護婦が受持の室の茶器を洗いに来て、例の通り挨拶をしながら、しばらく自分の手にした朱泥の鉢と、その中に盛り上げられた様に膨れて見える珠根を眺めていたが、やがてその眼を自分の横顔に移して、この前御入院の時よりもうずっと御顔色が好くなりましたねと、三カ月前の自分と今の自分を比較した様な批評をした。

「この前って、あの時分君もやっぱり附添で此処に来ていたのかい」

「ええつい御隣でした。しばらく○○さんの所に居りましたが御存じはなかったかも知れません」

○○さんと云うと例の変な音をさせた方の東隣である。自分は看護婦を見て、これがあの時夜半に呼ばれると、「はい」という優しい返事をして起き上った女かと思うと、少し驚かずにはいられなかった。けれども、その頃自分の神経をあの位刺激した音の原因に就(つい)ては別に聞く気も起らなかった。で、ああそうかと云ったなり朱泥の鉢を拭(ふ)いていた。すると女が突然少し改まった調子でこんな事を云った。

「あの頃貴方(あなた)の御室(おへや)で時々変な音が致しましたが……」

自分は不意に逆襲を受けた人の様に、看護婦を見た。看護婦は続けて云った。

「毎朝六時頃になるときっとする様に思いましたが」

「うん、あれか」と自分は思い出した様につい大きな声を出した。「あれはね、自働革砥(オートストロップ)の音だ。毎朝髭(ひげ)を剃(そ)るんでね、安全髪剃(かみそり)を革砥(かわど)へ掛けて磨(と)ぐのだよ。今でも遣(や)ってる。嘘だと思うなら来て御覧」

看護婦はただへええと云った。段々聞いて見ると、○○さんと云う患者は、ひどくその革砥の音を気にして、あれは何の音だ何の音だと看護婦に質問したのだそうである。看護婦がどうも分らないと答えると、隣の人は大分快(い)いので朝起きるすぐと、運動をする、その器械の音なんじゃないか羨ましいなと何遍も繰り返したと云う話である。

「そりゃ好いが御前の方の音は何だい」

「御前の方の音って？」

「そら能く大根を卸す様な妙な音がしたじゃないか」

「ええあれですか。あれは胡瓜を擦たんです。患者さんが足が熱って仕方がない、胡瓜の汁で冷してくれと仰しゃるもんですから私が始終擦って上げました」

「じゃやっぱり大根卸の音なんだね」

「ええ」

「そうかそれで漸く分った。――一体○○さんの病気は何だい」

「直腸癌です」

「じゃ到底むずかしいんだね」

「ええもう疾うに。此処を退院なさると直でした、御亡くなりになったのは」

自分は黙然としてわが室に帰った。そうして胡瓜の音で他を焦らして死んだ男と、革砥の音を羨ましがらせて快くなった人との相違を心の中で思い比べた。

カズイスチカ

森鷗外

父が開業をしていたので、花房医学士は卒業する少し前から、休課に父の許へ来ている間は、代診の真似事をしていた。

花房の父の診察所は大千住にあったが、小金井きみ子という女が「千住の家」というものを書いて、委しくこの家の事を叙述しているから、loco citato〔ラテン語。上記引用〕としてここには贅せない。Monetなんぞは同じ池に同じ水草の生えている処を何遍も書いていて、時候が違い、天気が違い、一日のうちでも朝夕の日当りの違うのを、人に味わせるから、一枚見るよりは較べて見る方が面白い。それは巧妙な芸術家の事である。同じモデルの写生を下手に繰り返されては、溜まったものではない。ここらで省筆をするのは、読者に感謝して貰っても好い。

尤もきみ子はあの家の歴史を書いていなかった。あれを建てた緒方某は千住の旧家で、徳川将軍が鷹狩の時、千住で小休みをする度毎に、緒方の家が御用を承わることに極まっていた。花房の父があの家をがらくたと一しょに買い取った時、天井裏から長さ三尺ばかりの細長い箱が出た。蓋に御鋪物と書いてある。御鋪物とは将軍の鋪物である。今は花房の家で、その箱に掛物が入れてある。

火事にも逢わずに、大ぶ久しく立っている家と見えて、頗ぶる古びが附いていた。柱なんぞは黒檀のように光っていた。硝子の器を載せた春慶塗の卓や、白いシイツを掩うた診察用の寝台が、この柱と異様なコントラストをなしていた。

この卓や寝台の置いてある診察室は、南向きの、一番広い間で、花房の父が大きい雛棚のような台を据えて、盆栽を並べて置くのは、この室の前の庭であった。病人を見て疲れると、この髯の長い翁は、目を棚の上の盆栽に移して、私かに自ら娯むのであった。待合にしてある次の間には幾ら病人が溜まっていても、翁は小さい煙管で雲井〔刻み煙草の一種〕を吹かしながら、ゆっくり盆栽を眺めていた。

午前に一度、午後に一度は、極まって三十分ばかり休む。その時は待合の病人の中を通り抜けて、北向きの小部屋に這入って、煎茶を飲む。中年の頃、石州流の茶をしていたのが、晩年に国を去って東京に出た頃から碾茶を止めて、煎茶を飲むことにした。盆栽と煎茶とが翁の道楽であった。

この北向きの室は、家じゅうで一番狭い間で、三畳敷である。何の手入もしないに、年々宿根が残っていて、秋海棠が敷居と平らに育った。その直ぐ向うは木槿の生垣で、垣の内側には疎らに高い棕櫚が立っていた。

花房が大学にいる頃も、官立病院に勤めるようになってからも、休日に帰って来ると、先ずこの三畳で煎茶を飲ませられる。当時八犬伝に読み耽っていた花房は、これをお父うさんの「三茶の礼」と名づけていた。

翁が特に愛していた、蝦蟇出という朱泥の急須がある。径二寸もあろうかと思われる、小さい急須の代赭色の膚にPemphigusという水泡のような、大小種々の疣が出来ている。多分焼く時に出来損ねたのであろう。この蝦蟇出の急須に絹糸の切屑のように細かくよじれた、暗緑色の宇治茶を入れて、それに冷ました湯を注いで、暫く待っていて、茶碗に滴らす。茶碗の底には五立方サンチメエトル位の濃い帯緑黄色の汁が落ちている。花房はそれを舐めさせられるのである。

甘みは微かで、苦みの勝ったこの茶をも、花房は翁の微笑と共に味わって、それを埋合せにしていた。

ある日こう云う対坐の時、花房が云った。

「お父うさん。わたくしも大分理窟だけは覚えました。少しお手伝をしましょうか。」

「そうじゃろう。理窟はわしよりはえらいに違いない。むずかしい病人があったら、見て貰おう。」

この話をしてから、花房は病人をちょいちょい見るようになったのであった。そして翁の満足を贏ち得ることも折々あった。

翁の医学はHufelandの内科を主としたもので、その頃もう古くなって用立たないことが多かった。そこで翁は新しい翻訳書を幾らか見るようにしていた。素とフウフェランドは蘭訳の書を先輩の日本訳の書に引き較べて見たのであるが、新しい蘭書を得ることが容易くなかったのと、多くの障碍を凌いで横文の書を読もうとする程の気力がなかったのとのために、昔読み馴れた書でない洋書を読むことを、翁は面倒がって、とうとう翻訳書ばかり見るようになったのである。ところが、その翻訳書の数が多くないのに、善い訳は少ないので、翁の新しい医学の上の智識には頗る不十分な処がある。

防腐外科なんぞは、翁は分っている積りでも、実際本当には分からなかった。丁寧に消毒した手を有合の手拭で拭くような事が、いつまでも止まなかった。

これに反して、若い花房がどうしても企て及ばないと思ったのは、一種の Coup d'œil〔フランス語。一見して判断を下すこと〕であった。「この病人はもう一日は持たん」と翁が云うと、その病人はきっと二十四時間以内に死ぬる。それが花房にはどう見ても分からなかった。

ただこれだけなら、少花房が経験の上で老花房に及ばないと云うに過ぎないが、実はそうでは無い。翁の及ぶべからざる処が別に有ったのである。

翁は病人を見ている間は、全幅の精神を以て病人を見ている。そしてその病人が軽かろうが重かろうが、鼻風だろうが必死の病だろうが、同じ態度でこれに対している。盆栽を翫んでいる時もその通りである。茶を啜っている時もその通りである。

花房学士は何かしたい事もしくはするはずの事があって、それをせずに姑く病人を見ているという心持である。それだから、同じ病人を見ても、平凡な病だと詰まらなく思う。Intéressant(エントレッサン)の病症でなくては厭(あ)き足らなく思う。またたまたま所謂(いわゆる)興味ある病症を見ても、それを研究して書いて置いて、業績として公にしようとも思わなかった。勿論(もちろん)発見も発明も出来るならしようとは思うが、それを生活の目的だとは思わない。始終何か更にしたい事、するはずの事があるように思っている。しかしそのしたい事、するはずの事はなんだか分からない。ある時は何物かが幻影の如くに浮んでも、捕捉(ほそく)することの出来ないうちに消えてしまう。女の形をしている時もある。種々の栄華の夢になっている時もある。それかと思うと、その頃碧巌(へきがん)を見たり無門関(むもんかん)を見たりしていたので、禅(ぜん)定(じょう)めいた contemplatif(コンタンプラチイフ)な観念になっている時もある。兎(と)に角(かく)取留めのないものであった。それが病人を見る時ばかりではない。何をしていても同じ事で、これをしてしまって、片付けて置いて、それからというような考をしている。それからどうするのだか分からない。

そして花房はその分からないある物が何物だということを、強いて分からせようともしなかった。ただある時はそのある物を幸福というものだと考えて見たり、ある時はそれを希望ということに結び付けて見たりする。そのくせまたそれを得れば成功で、失えば失敗だというような処までは追求しなかったのである。

しかしこのある物が父に無いということだけは、花房も疾(と)っくに気が付いて、初めは父が詰まらない、内容の無い生活をしているように思って、それは老人だからだ、老人の詰まらないのは当然だと思った。そのうち、熊沢蕃山（くまざわばんざん）の書いたものを読んでいると、志を得て天下国家を事とするのも道を行うのであるが、平生（へいぜい）顔を洗ったり髪を梳（くしけず）ったりするのも道を行うのであるという意味の事が書いてあった。花房はそれを見て、父の平生を考えて見ると、自分が遠い向うにある物を望んで、目前の事を好（い）い加減に済ませて行くのに反して、父は詰まらない日常の事にも全幅の精神を傾注しているということに気が附いた。宿場（しゅくば）の医者たるに安んじている父の resignation（レジニアシヨン）〔フランス語。諦念〕の態度が、有道者の面目に近いということが、朧気（おぼろげ）ながら見えて来た。そしてその時から遽（にわか）に父を尊敬する念を生じた。

　実際花房の気の付いた通りに、翁の及び難いところはここに存（そん）じていたのである。

　花房は大学を卒業して官吏になって、半年ばかりも病院で勤めていただろう。それから後は学校教師になって、Laboratorium（ラボラトリウム）に出入するばかりで、病人というものを扱った事が無い。それだから花房の記憶には、いつまでも千住の家で、父の代診をした時の事が残っている。それが医学をした花房の医者らしい生活をした短い期間であった。

　その花房の記憶に僅（わず）かに残っている事を二つ三つ書く。一体医者のためには、軽い病人も重い病人も、贅沢薬（ぜいたくぐすり）を飲む人も、病気が死活問題になっている人も、均（ひと）しく是（こ）れ Casus（カズス）〔ラテン語。臨床例〕である。Casus として取り扱って、感動せずに、冷眼に視ている処に医者の強みがある。しかし花房はそういう境界には到らずにしまった。花房はまだ病人が人間に見えているうちに、病人を扱わないようになってしまった。そしてその記憶にはただCuriosa（クリオザ）が残っている。作者が漫然と医者の術語を用いて、これにCasuistica（カズイスチカ）〔ラテン語。臨床記録〕と題するのは、花房の冤枉（えんおう）とする所かも知れない。

落架風（らっかふう）。花房が父に手伝をしようと云ってから、間のない時の事であった。丁度新年で、門口に羽根を衝（つ）いていた、花房の妹の藤子が、きゃっと云って奥の間へ飛び込んで来た。花月新誌の新年号を見ていた花房が、なんだと問うと、恐ろしい顔の病人が来たと云う。どんな顔かと問えば、ただ食い附きそうな顔をしていたから、二目と見ずに逃げて這入ったと云う。そこへ佐藤という、色の白い、髪を長くしている、越後（えちご）生れの書生が来て花房に云った。

「老先生が一寸（ちょっと）お出（いで）下さるようにと仰（おっし）ゃいますが。」

「そうか」

と云って、花房は直ぐに書生と一しょに広間に出た。

春慶塗の、楕円形（だえんけい）をしている卓の向うに、翁はにこにこした顔をして、椅子（いす）に倚（よ）り掛かっていたが、花房に「あの病人を御覧」と云って、顔で方角を示した。

寝台の据えてあるあたりの畳の上に、四十余りのお上（かみ）さんと、二十（はたち）ばかりの青年とが据わっている。藤子が食い付きそうだと云ったのは、この青年の顔であった。

色の蒼白い、面長な男である。下顎を後下方へ引っ張っているように、口を開いているので、その長い顔がほとんど二倍の長さに引き延ばされている。絶えず涎が垂れるので、畳んだ手拭で顎を拭いている。顔位の狭い面積の処で、一部を強く引っ張れば、全体の形が変って来る。醜くはない顔の大きい目が、外眦を引き下げられて、異様に開いて、物に驚いたように正面を凝視している。藤子が食い付きそうだと云ったのも無理は無い。

附き添って来たお上さんは、目の縁を赤くして、涙声で一度翁に訴えた通りをまた花房に訴えた。

お上さんの内には昨夜骨牌会があった。息子さんは誰やらと札の引張合いをして勝ったのが愉快だというので、大声に笑った拍子に、顎が両方一度に脱れた。それから大騒ぎになって、近所の医者に見て貰ったが、嵌めてはくれなかった。このままで直らなかったらどうしようというので、息子よりはお上さんが心配して、とうとう寐られなかったというのである。

「どうだね」

と、翁は微笑みながら、若い学士の顔を見て云った。

「そうですね。診断は僕もお上さんに同意します。両側下顎脱臼です。昨夜脱臼したのなら、直ぐに整復が出来る見込です。」

「遣(や)って御覧。」

花房は佐藤にガアゼを持って来させて、両手の拇指(おやゆび)を厚く巻いて、それを口に挿(さ)し入れて、下顎を左右二箇所で押えたと思うと、後部を下へぐっと押し下げた。手を緩めると、顎は見事に嵌まってしまった。

二十の涎繰(よだれく)りは、今まで顋を押えていた手拭で涙を拭いた。お上さんも袂(たもと)から手拭を出して嬉(うれ)し涙を拭いた。

花房はしたり顔に父の顔を見た。父は相変らず微笑んでいる。

「解剖を知っておるだけの事はあるのう。始(はじめ)てのようではなかった。」

親子が喜び勇んで帰った迹(あと)で、翁は語(ことば)を続(つ)いでこう云った。

「下顎の脱臼は昔は落架風と云って、ある大家は整復の秘密を人に見られんように、大(おお)風炉敷(ぶろしき)を病人の頭から被(かぶ)せて置いて、術を施したものだよ。骨の形さえ知っていれば秘密は無い。皿の前の下へ向いて飛び出している処を、背後(うしろ)へ越させるだけの事だ。学問は難有(ありがた)いものじゃのう。」

一枚板。これは夏のことであった。瓶有村(かめありむら)の百姓が来て、倅(せがれ)が一枚板になったから、来て見て貰いたいと云った。佐藤が色々容態を問うて見ても、ただ繰り返して一枚板になったというばかりで、その外にはなんにも言わない。言うすべを知らないのであろう。翁は聞いて、丁度暑中休みで帰っていた花房に、なんだか分からないが、余り珍らしい話だから、往って見る気は無いかと云った。

花房は別に面白い事があろうとも思わないが、訴えの詞に多少の好奇心を動かされないでもない。兎に角自分が行くことにした。

蒸暑い日の日盛りに、車で風を切って行くのは、却て内にいるよりは好い心持であった。田と田との間に、堤のように高く築き上げてある、長い長い畷道を、汗を拭きながら挽いて行く定吉に「暑かろうなあ」と云えば「なあに、寝ていたって、暑いのは同じ事でさあ」と云う。一本一本の榛の木から起る蟬の声に、空気の全体が微かに顫えているようである。

三時頃に病家に着いた。杉の生垣の切れた処に、柴折戸のような一枚の扉を取り付けた門を這入ると、土を堅く踏み固めた、広い庭がある。穀物を扱う処である。乾き切った黄いろい土の上に日が一ぱいに照っている。狭く囲まれた処に這入ったので、蟬の声が耳を塞ぎたい程やかましく聞える。その外には何の物音もない。村じゅうが午休みをしている時刻なのである。

庭の向うに、横に長方形に立ててある藁葺の家が、建具を悉くはずして、開け放ってある。東京近在の百姓家の常で、向って右に台所や土間が取ってあって左のかなり広い処を畳敷にしてあるのが、ただ一目に見渡される。

縁側なしに造った家の敷居、鴨居から柱、天井、壁、畳まで、Bitume の勝った画のように、濃淡種々の茶褐色に染まっている。正面の背景になっている、濃い褐色に光っている戸棚の板戸の前に、煎餅布団を敷いて、病人が寝かしてある。家族の男女が三四人、涅槃図を見たように、それを取り巻いている。まだ余りよごれていない、病人の白地の浴衣が真白に、西洋の古い戦争の油画で、よく真中にかいてある白馬のように、目を刺戟するばかりで、周囲の人物も皆褐色である。

「お医者様が来ておくんなされた」

と誰やらが云ったばかりで、起って出迎えようともしない。男も女も熱心に病人を目守っているらしい。

花房の背後に附いて来た定吉は、左の手で汗を拭きながら、提げて来た薬籠の風炉敷包を敷居の際に置いて、台所の先きの井戸へ駈けて行った。直ぐにきいきいと轆轤の軋る音、ざっざっと水を翻す音がする。

花房は暫く敷居の前に立って、内の様子を見ていた。病人は十二三の男の子である。熱帯地方の子供かと思うように、ひどく日に焼けた膚の色が、白地の浴衣で引っ立って見える。筋肉の緊まった、細く固く出来た体だということが一目で知れる。

暫く見て居た花房は、駒下駄を脱ぎ棄てて、一足敷居の上に上がった。その刹那の事である。病人は釣り上げた鯉のように、煎餅布団の上で跳ね上がった。

花房は右の片足を敷居に踏み掛けたままで、はっと思って、左を床の上へ運ぶことを躊躇した。

横に三畳の畳を隔てて、花房が敷居に踏み掛けた足の撞突が、波動を病人の体に及ぼして、微細な刺戟が猛烈な全身の痙攣を誘い起したのである。

家族が皆じっとして据わっていて、起って客を迎えなかったのは、百姓の礼儀を知らないためばかりではなかった。

診断は左の足を床の上に運ぶ時に附いてしまった。破傷風である。

花房はそっと傍に歩み寄った。そして手を触れずに、やや久しく望診していた。一枚の浴衣を、胸をあらわして着ているので、ほとんど裸体も同じ事である。全身の筋肉が緊縮して、体は板のようになっていて、それが周囲のあらゆる微細な動揺に反応して、痙攣を起す。これは学術上の現症記事ではないから、一々の徴候は書かない。しかし卒業して間もない花房が、まだ頭にそっくり持っていた、内科各論の中の破傷風の徴候が、何一つ遺れられずに、印刷したように目前に現れていたのである。鼻の頭に真珠を並べたように滲み出している汗までが、約束通りに、遺れられずにいた。

一枚板とは実に簡にして尽した報告である。智識の私に累せられない、純樸な百姓の自然の口からでなくては、こんな詞の出ようが無い。あの報告は生活の印象主義者の報告であった。

花房は八犬伝の犬塚信乃の容体は、少しも破傷風らしい処が無かったのを思い出して、心の中に可笑しく思った。

傍にいた両親の交る交る話すのを聞けば、この大切な一人息子は、夏になってから毎日裏の池で泳いでいたということである。体中に掻きむしったような痍の絶えない男の子であるから、病原菌の侵入口はどこだか分からなかった。

花房は興味あるCasusだと思って、父に頼んでこの病人の治療を一人で受け持った。そしてその経過を見に、度々瓶有村の農家へ、炎天を侵して出掛けた。途中でひどい夕立に逢って困った事もある。

病人は恐ろしい大量のChloralを飲んで平気でいて、とうとう全快してしまった。生理的腫瘍。秋の末で、南向きの広間の前の庭に、木葉が掃いても掃いても溜まる頃であった。丁度土曜日なので、花房は泊り掛けに父の家へ来て、診察室の西南に新しく建て増した亜鉛葺の調剤室と、その向うに古い棗の木の下に建ててある同じ亜鉛葺の車小屋との間の一坪ばかりの土地に、その年沢山実のなった錦茘支の蔓の枯れているのをむしっていた。

その時調剤室の硝子窓を開けて、佐藤が首を出した。

「一寸若先生に御覧を願いたい患者がございますが。」

「むずかしい病気なのかね。もうお父っさんが帰ってお出になるだろうから、待せて置けば好いじゃないか。」

「しかしもう大ぶ長く待せてあります。今日の最終の患者ですから。」

「そうか。もう跡は皆な帰ったのか。道理でひどく静かになったと思った。それじゃあ余り待たせても気の毒だから、僕が見ても好い。一体どんな病人だね。」

「もう土地の医師の処を二三軒廻って来た婦人の患者です。最初誰かに脹満だと云われたので、水を取って貰うには、外科のお医者が好かろうと思って、誰かの処へ行くと、どうも堅いから癌かも知れないと云って、針を刺してくれなかったと云うのです。」

「それじゃあ腹水か、腹腔の腫瘍かという問題なのだね。君は見たのかい。」

「ええ。波動はありません。既往症を聞いて見ても、肝臓に何か来そうな、取り留めた事実もないのです。酒はどうかと云うと、厭ではないと云います。はてなと思って好く聞いて見ると、飲んでも二三杯だと云うのですから、まさか肝臓に変化を来す程のこともないだろうと思います。栄養は中等です。悪性腫瘍らしい処は少しもありません。」

「ふん。兎に角見よう。今手を洗って行くから、待ってくれ給え。一体医者が手をこんなにしては溜らないね、君。」

花房は前へ出した両手の指のよごれたのを、屈めて広げて、人に掴み付きそうな風をして、佐藤に見せて笑っている。

佐藤が窓を締めて引っ込んでから、花房はゆっくり手を洗って診察室に這入った。

例の寝台の脚の処に、二十二三の櫛巻の女が、半襟の掛かった銘撰の半纏を着て、絹のはでな前掛を胸高に締めて、右の手を畳に衝いて、体を斜にして据わっていた。

琥珀色を帯びた円い顔の、目の縁が薄赤い。その目でちょいと花房を見て、直ぐに下を向いてしまった。Clienteとしてこれに対している花房も、ひどく媚のある目だと思った。

「寝台に寝させましょうか」

と、附いて来た佐藤が、知れ切った事を世話焼顔に云った。

「そう。」

若先生に見て戴くのだからと断って、佐藤が女に再び寝台に寝ることを命じた。女は壁の方に向いて、前掛と帯と何本かの紐とを、随分気長に解いている。

「先生が御覧になるかも知れないと思って、さっきそのままで待っているように云っといたのですが」

と、佐藤は言分けらしくつぶやいた。掛布団もない寝台の上でそのまま待てとは女の心を知らない命令であったかも知れない。

女は寝た。

「膝を立てて、楽に息をしてお出」

と云って、花房は暫く擦り合せていた両手の平を、女の腹に当てた。そしてちょいと抑えて見たかと思うと「聴診器を」と云った。

花房は佐藤の卓の上から取って渡す聴診器を受け取って、臍(へそ)の近処に当てて左の手で女の脈を取りながら、聴診していたが「もう宜(よろ)しい」と云って寝台を離れた。

女は直ぐに着物の前を掻き合せて、起き上がろうとした。

「ちょっとそうして待っていて下さい」

と、花房が止めた。

花房に黙って顔を見られて、佐藤は機嫌を伺うように、小声で云った。

「なんでございましょう。」

「腫瘍は腫瘍だが、生理的腫瘍だ。」

「生理的腫瘍」

と、無意味に繰り返して、佐藤は呆(あき)れたような顔をしている。

花房は聴診器を佐藤の手に渡した。

「ちょっと聴いて見給え。胎児の心音が好く聞える。手の脈と一致している母体の心音よりは度数が早いからね。」

佐藤は黙って聴診してしまって、忸怩(じくじ)たるものがあった。

「よく話して聞(きか)せて遣(や)ってくれ給え。まあ、套管針(とうかんしん)なんぞを立てられなくて為合(しあわ)せだった。」

こう云って置いて、花房は診察室を出た。

子が無くて夫に別れてから、裁縫をして一人で暮している女なので、外の医者は妊娠に気が附かなかったのである。

この女の家の門口に懸かっている「御仕立物」とお家流で書いた看板の下を潜って、若い小学教員が一人度々出入をしていたということが、後になって評判せられた。

妙な話

芥川龍之介

ある冬の夜、私は旧友の村上といっしょに、銀座通りを歩いていた。

「この間千枝子から手紙が来たっけ。君にもよろしくということだった」

村上はふと思い出したように、今は佐世保に住んでいる妹の消息を話題にした。

「千枝子さんも健在（たっしゃ）だろうね」

「ああ、このごろはずっと達者のようだ。あいつも東京にいる時分は、ずいぶん神経衰弱もひどかったのだが、——あの時分は君も知っているね」

「知っている。が、神経衰弱だったかどうか、——」

「知らなかったかね。あの時分の千枝子ときた日には、まるで気違いも同様さ。泣くかと思うと笑っている。笑っているかと思うと、——妙な話をしだすのだ」

「妙な話？」

村上は返事をする前に、ある珈琲店（カッフェ）の硝子扉（ガラスど）を押した。そうして往来の見える卓子（テーブル）に私と向かい合って腰をおろした。

「妙な話さ。君にはまだ話さなかったかしら。これはあいつが佐世保へ行く前に、僕に話して聞かせたのだが——」

君も知っている通り、千枝子の夫は欧洲戦役ちゅう、地中海方面へ派遣された「A――」の乗組将校だった。あいつはそのるすの間、僕のところへ来ていたのだが、いよいよ戦争もかたがつくというころから、急に神経衰弱がひどくなりだしたのだ。そのおもな原因は、今まで一週間に一度ずつはきっと来ていた夫の手紙が、ぱったり来なくなったせいかも知れない。なにしろ千枝子は結婚後まだ半年とたたないうちに、夫と別れてしまったのだから、その手紙を楽しみにしていたことは、遠慮のない僕さえひやかすのは、残酷な気がするくらいだった。

　ちょうどその時分のことだった。ある日、――そうそう、あの日は紀元節だっけ。なんでも朝から雨の降りだした、寒さのきびしい午後だったが、千枝子は久しぶりに鎌倉へ、遊びに行って来ると言いだした。鎌倉にはある実業家の細君になった、あいつの学校友だちが住んでいる。――そこへ遊びに行くと言うのだが、なにもこの雨の降るのに、わざわざ鎌倉くんだりまで遊びに行く必要もないと思ったから、僕はもちろん僕の妻（さい）も、再三明日（あした）にしたほうがよくはないかと言ってみた。しかし千枝子は剛情に、どうしても今日行きたいと言う。そうしてしまいには腹をたてながら、さっさとしたくして出て行ってしまった。

　ことによると今日は泊まって来るから、帰りは明日（あす）の朝になるかも知れない。――そう言ってあいつは出て行ったのだが、しばらくすると、どうしたのだかぐっしょり雨にぬれたまま、まっさおな顔をして帰って来た。聞けば中央停車場から濠端（ほりばた）の電車の停留場まで、傘もささずに歩いたのだそうだ。ではなぜまたそんなことをしたのだと言うと、――それが妙な話なのだ。

千枝子が中央停車場へはいると、――いや、その前にまだこういうことがあった。あいつが電車へ乗ったところが、あいにく客席が皆ふさがっている。そこで吊り革にぶらさがっていると、すぐ眼の前の硝子窓に、ぼんやり海の景色が映るのだそうだ。電車はその時神保町の通りを走っていたのだから、むろん海の景色なぞが映る道理はない。が、外の往来の透いて見える上に、浪の動くのが浮き上がっている。ことに窓へ雨がしぶくと、水平線さえかすかに煙って見える。――と言うところから察すると、千枝子はもうその時に、神経がどうかしていたのだろう。

それから、中央停車場へはいると、入り口にいた赤帽の一人が、突然千枝子にあいさつをした。そうして「旦那様はお変わりもございませんか」と言った。これも妙だったには違いない。が、さらに妙だったことは、千枝子がそういう赤帽の問いを、別に妙とも思わなかったことだ。「ありがとう。ただこのごろはどうなすったのだか、さっぱりおたよりが来ないのでね」――そう千枝子は赤帽に、返事さえもしたと言うのだ。すると赤帽はもう一度「では私（わたくし）が旦那様にお目にかかって参りましょう」と言った。お目にかかって来ると言っても、夫は遠い地中海にいる。——と思った時、はじめて千枝子は、この見慣れない赤帽の言葉が、気違いじみているのに気がついたのだそうだ。が、問い返そうと思ううちに、赤帽はちょいと会釈をすると、こそこそ人ごみの中に隠れてしまった。それきり千枝子はいくら探してみても、二度とその赤帽の姿が見当たらない。——いや、見当たらないというよりも、今まで向かい合っていた赤帽の顔が、不思議なほど思い出せないのだそうだ。だから、あの赤帽の姿が見当たらないと同時に、どの赤帽も皆その男に見える。そうして千枝子にはわからなくても、あの怪しい赤帽が、絶えずこちらの身のまわりを監視していそうな心もちがする。こうなるともう鎌倉どころか、そこにいるのさえなんだか気味が悪い。千枝子はとうとう傘もささずに、大降りの雨を浴びながら、夢のように停車場を逃げ出して来た。——もちろんこういう千枝子の話は、あいつの神経のせいに違いないが、その時風邪を引いたのだろう。翌日からかれこれ三日ばかりは、ずっと高い熱が続いて、「あなた、堪忍してください」だの、「なぜ帰っていらっしゃらないんです」だの、何か夫と話しているらしいうわごとばかり言っていた。が、鎌倉行きのたたりはそればかりではない。風邪がすっかり癒ったあとでも、赤帽という言葉を聞くと、千枝子はその日じゅうふさぎこんで、口さえろくにきかなかったものだ。そういえば一度なぞは、どこかの回漕店の看板に、赤帽の画があるのを見たものだから、あいつはまた出先まで行かないうちに、帰って来たというこっけいもあった。

しかしかれこれ一月ばかりすると、あいつの赤帽をこわがるのも、だいぶ下火になってきた。「姉さん。なんとかいう鏡花の小説に、猫のような顔をした赤帽が出るのがあったでしょう。私が妙な目に遇ったのは、あれを読んでいたせいかも知れないわね」——千枝子はそのころ僕の妻に、そんなことも笑って言ったそうだ。ところが三月の幾日だかには、もう一度赤帽におびやかされた。それ以来夫が帰って来るまで、千枝子はどんな用があっても、決して停車場へは行ったことがない。君が朝鮮へ立つ時にも、あいつが見送りに来なかったのは、やはり赤帽がこわかったのだそうだ。

その三月の幾日だかには、夫の同僚がアメリカから、二年ぶりに帰って来る。——千枝子はそれを出迎えるために、朝から家を出て行ったが、君も知っている通り、あの界隈は場所がらだけに、昼でもめったに人通りがない。その淋しい路ばたに、風車売りの荷が一台、忘れられたように置いてあった。ちょうど風の強い曇天だったから、荷に挿した色紙の風車が、みなめまぐるしくまわっている。——千枝子はそういう景色だけでも、なぜか心細い気がしたそうだが、通りがかりにふと眼をやると、赤帽をかぶった男が一人、後ろ向きにそこへしゃがんでいた。もちろんこれは風車売りが、煙草か何かのんでいたのだろう。しかしその帽子の赤い色を見たら、千枝子はなんだか停車場へ行くと、また不思議でも起こりそうな、予感めいた心もちがして、一度は引き返してしまおうかとも、考えたくらいだったそうだ。

が、停車場へ行ってからも、出迎えをすませてしまうまでは、しあわせと何事も起こらなかった。ただ、夫の同僚を先に、一同がぞろぞろ薄暗い改札口を出ようとすると、誰かあいつの後ろから、「旦那様は右の腕に、おけがをなすっていらっしゃるそうです。お手紙が来ないのはそのためですよ」と、声をかけるものがあった。千枝子はとっさにふり返って見たが、後ろには赤帽も何もいない。いるのはこれも見知り越しの、海軍将校の夫妻だけだった。むろんこの夫妻が唐突とそんなことをしゃべる道理もないから、声がしたことは妙といえば、確かに妙に違いなかった。が、ともかく、赤帽の見えないのが、千枝子にはうれしい気がしたのだろう。あいつはそのまま改札口を出ると、やはりほかの連中といっしょに、夫の同僚が車寄せから、自動車に乗るのを送りに行った。するともう一度後ろから、「奥様、旦那様は来月じゅうに、お帰りになるそうですよ」と、はっきり誰かが声をかけた。その時も千枝子はふり向いてみたが、後ろには出迎えの男女のほかに、一人も赤帽は見えなかった。しかし後ろにはいないにしても、前には赤帽が二人ばかり、自動車に荷物を移している。――その一人がどう思ったか、とたんにこちらを見返りながら、にやりと妙に笑って見せた。千枝子はそれを見た時には、あたりの人目にも止まったほど、顔色が変わってしまったそうだ。が、あいつが心を落ち着けて見ると、二人だと思った赤帽は、一人しか荷物を扱っていない。しかもその一人は今笑ったのと、全然別人に違いないのだ。では今笑った赤帽の顔は、今度こそ見覚えができたかというと、相変わらず記憶がぼんやりしている。いくらいっしょうけんめいに思い出そうとしても、あいつの頭には赤帽をかぶった、眼鼻のない顔より浮かんでこない。――これが千枝子の口から聞いた、二度目の妙な話なのだ。

その後一月ばかりすると、君が朝鮮へ行ったのと、確か前後していたと思うが、実際夫が帰って来た。右の腕を負傷していたために、しばらく手紙が書けなかったということも、不思議にやはり事実だった。「千枝子さんは旦那様思いだから、自然とそんなことがわかったのでしょう」――僕の妻（さい）なぞはその当座、こう言ってはあいつをひやかしたものだ。それからまた半月ばかりののち、千枝子夫婦は夫の任地の佐世保へ行ってしまったが、向こうへ着くか着かないのに、あいつのよこした手紙を見ると、驚いたことには三度目の妙な話が書いてある。というのは千枝子夫婦が、中央停車場を立った時に、夫婦の荷を運んだ赤帽が、もう動き出した汽車の窓へ、あいさつのつもりか顔を出した。その顔を一目見ると、夫は急に変な顔をしたが、やがて半ば恥ずかしそうに、こういう話をしだしたそうだ。――夫がマルセイユに上陸中、何人かの同僚といっしょに、あるカッフェへ行っていると、突然日本人の赤帽が一人、卓子（テーブル）のそばへ歩み寄って、なれなれしく近状を尋ねかけた。もちろんマルセイユの往来に、日本人の赤帽なぞが、徘徊しているべき理窟はない。が、夫はどういうわけか格別不思議とも思わずに、右の腕を負傷したことや帰朝の近いことなぞを話してやった。そのうちに酔っている同僚の一人が、コニャックの杯（さかずき）をひっくり返した。それに驚いてあたりを見ると、いつの間にか日本人の赤帽は、カッフェから姿を隠していた。いったいあいつはなんだったろう。――そう今になって考えると、眼は確かにあいていたにしても、夢だか実際だか差別がつかない。のみならずまた同僚たちも、全然赤帽の来たことなぞには、気がつかないような顔をしている。そこでとうとうそのことについては、誰にも打ち明けて話さずにしまった。ところが日本へ帰って来ると、現に千枝子は、二度までも怪しい赤帽に遇ったと言う。ではマルセイユで見かけたのは、その赤帽かと思いもしたが、余り怪談じみているし、一つには名誉の遠征中も、細君のことばかり思っているかと、あざけられそうな気がしたから、今日まではやはり黙っていた。が、今顔を出した赤帽を見たら、マルセイユのカッフェにはいって来た男と、眉毛一つ違っていない。――夫はそう話し終わってから、しばらくは口をつぐんでいたが、やがて不安そうに声を低くすると、「しかし妙じゃないか？　眉毛一つ違わないというものの、おれはどうしてもその赤帽の顔が、はっきり思い出せないんだ。ただ、窓越しに顔を見た瞬間、あいつだなと……」

　村上がここまで話してきた時、新たにカッフェへはいって来た、友人らしい三四人が、私たちの卓子（テーブル）へ近づきながら、口々に彼へあいさつした。私は立ち上がった。

「では僕は失敬しよう。いずれ朝鮮へ帰る前には、もう一度君を訪ねるから」

私はカッフェの外へ出ると、思わず長い息を吐いた。それはちょうど三年以前、千枝子が二度までも私と、中央停車場に落ち合うべき密会の約を破った上、永久に貞淑な妻でありたいという、簡単な手紙をよこしたわけが、今夜はじめてわかったからであった。……………

Kの昇天――あるいはKの溺死

梶井基次郎

お手紙によりますと、あなたはK君の溺死について、それが過失だったろうか、自殺だったろうか、自殺ならば、それが何に原因しているのだろう、あるいは不治の病をはかなんで死んだのではなかろうかと様ざまに思い悩んでいられるようであります。そしてわずか一と月ほどの間に、あの療養地のN海岸で偶然にも、K君と相識ったというような、一面識もない私にお手紙を下さるようになったのだと思います。私はあなたのお手紙ではじめてK君の彼地での溺死を知ったのです。私は大層おどろきました。と同時に「K君はとうとう月世界へ行った」と思ったのです。どうして私がそんな奇異なことを思ったか、それを私は今ここでお話しようと思っています。それはあるいはK君の死の謎を解く一つの鍵であるかもしれないと思うからです。

　それはいつ頃だったか、私がNへ行ってはじめての満月の晩です。私は病気の故でその頃夜がどうしても眠れないのでした。その晩もとうとう寝床を起きてしまいまして、幸い月夜でもあり、旅館を出て、錯落とした松樹の影を踏みながら砂浜へ出て行きました。引きあげられた漁船や、地引網を捲く轆轤などが白い砂に鮮かな影をおとしている外、浜には何の人影もありませんでした。干潮で荒い浪が月光に砕けながらどうどうと打寄せていました。私は煙草をつけながら漁船のとものに腰を下して海を眺めていました。夜はもうかなり更けていました。

しばらくして私が眼を砂浜の方に転じましたとき、私は砂浜に私以外のもう一人の人を発見しました。それがK君だったのです。しかしその時はK君という人を私はまだ知りませんでした。その晩、それから、はじめて私達は互に名乗り合ったのですから。

私は折おりその人影を見返りました。そのうちに私はだんだん奇異の念を起してゆきました。というのは、その人影——K君——は私と三四十歩も距っていたでしょうか、海を見るというのでもなく、全く私に背を向けて、砂浜を前に進んだり、後に退いたり、と思うと立留ったり、そんなことばかりしていたのです。私はその人がなにか落し物でも捜しているのだろうかと思いました。首は砂の上を視凝めているらしく、前に傾いていたのですから。しかしそれにしては踞むこともしない、足で砂を分けてみることもしない。満月で随分明るいのですけれど、火を点けてみる様子もない。

私は海を見ては合間合間に、その人影に注意し出しました。奇異の念は増ます募ってゆきました。そしてついには、その人影が一度もこっちを見返らず、全く私に背を向けて動作しているのを幸い、じっとそれを見続けはじめました。不思議な戦慄が私を通り抜けました。その人影のなにか魅かれているような様子が私に感じたのです。私は海の方に向き直って口笛を吹きはじめました。それがはじめは無意識にだったのですが、あるいは人影になにかの効果を及ぼすかもしれないと思うようになり、それは意識的になりました。私ははじめシューベルトの「海辺にて」を吹きました。御存じでしょうが、それはハイネの詩に作曲したもので、私の好きな歌の一つなのです。それからやはりハイネの詩の「ドッペルゲンゲル」。これは「二重人格」と云うのでしょうか。これも私の好きな歌なのでした。口笛を吹きながら、私の心は落ちついて来ました。やはり落し物だ、と思いました。そう思うより外、その奇異な人影の動作を、どう想像することが出来ましょう。そして私は思いました。あの人は煙草を喫まないから燐寸がないのだ。それは私が持っている。とにかくなにか非常に大切なものを落したのだろう。私は燐寸を手に持ちました。そしてその人影の方へ歩きはじめました。その人影に私の口笛は何の効果もなかったのです。相変らず、進んだり、退いたり、立留ったり、の動作を続けているのです。近寄ってゆく私の足音にも気がつかないようでした。ふと私はビクッとしました。あの人は影を踏んでいる。もし落し物なら影を背にしてこっちを向いて捜すはずだ。

天心をやや外れた月が私の歩いて行く砂の上にも一尺ほどの影を作っていました。私はきっとなにかだとは思いましたが、やはり人影の方へ歩いてゆきました。そして二三間手前で、思い切って、

「何か落し物をなさったのですか」

とかなり大きい声で呼びかけてみました。手の燐寸を示すようにして。

「落し物でしたら燐寸がありますよ」

次にはそう言うつもりだったのです。しかし落し物ではなさそうだと悟った以上、この言葉はその人影に話しかける私の手段に過ぎませんでした。

最初の言葉でその人は私の方を振り向きました。「のっぺらぼー」そんなことを不知不識の間に思っていましたので、それは私にとって非常に怖ろしい瞬間でした。

月光がその人の高い鼻を滑りました。私はその人の深い瞳を見ました。と、その顔は、なにか極り悪る気な貌に変ってゆきました。

「なんでもないんです」

澄んだ声でした。そして微笑がその口のあたりに漾いました。

私とK君とが口を利いたのは、こんな風な奇異な事件がそのはじまりでした。そして私達はその夜から親しい間柄になったのです。

しばらくして私達は再び私の腰かけていた漁船のともへ返りました。そして、

「本当に一体何をしていたんです」

というようなことから、K君はぼつぼつそのことを説き明かしてくれました。でも、はじめの間はなにか躊躇していたようですけれど。

K君は自分の影を見ていた、と申しました。そしてそれは阿片のごときものだ、と申

しました。

あなたにもそれが突飛でありましょうように、それは私にも実に突飛でした。

夜光虫が美しく光る海を前にして、K君はその不思議な謂われをぼちぼち話してくれました。

影ほど不思議なものはないとK君は言いました。君もやってみれば、必ず経験するだろう。影をじーっと視凝めておると、そのなかにだんだん生物の相があらわれて来る。外でもない自分自身の姿なのだが。それは電燈の光線のようなものでは駄目だ。月の光が一番いい。なぜということは云わないが、――という訳は、自分は自分の経験でそう信じるようになったので、あるいは私自身にしかそうであるのに過ぎないかもしれない。またそれが客観的に最上であるにしたところで、どんな根拠でそうなのか、それは非常に深遠なことと思います。どうして人間の頭でそんなことがわかるものですか。――これがK君の口調でしたね。何よりもK君は自分の感じに頼り、その感じの由って来たる所を説明の出来ない神秘のなかに置いていました。

ところで、月光による自分の影を視凝めているとそのなかに生物の気配があらわれて来る。それは月光が平行光線であるため、砂に写った影が、自分の形と等しいということがあるが、しかしそんなことはわかり切った話だ。その影も短いのがいい。一尺二尺くらいのがいいと思う。そして静止している方が精神が統一されていいが、影は少し揺れ動く方がいいのだ。自分が行ったり戻ったり立留ったりしていたのはそのためだ。雑穀屋が小豆（あずき）の屑を盆の上で捜すように、影を揺（ゆす）ってごらんなさい。そしてそれをじーっと視凝めていると、そのうちに自分の姿がだんだん見えて来るのです。そうです、それは「気配」の域を越えて「見えるもの」の領分へ入って来るのです。――こうK君は申しました。そして、

「先刻あなたはシューベルトの『ドッペルゲンゲル』を口笛で吹いてはいなかったですか」

「ええ。吹いていましたよ」

と私は答えました。やはり聞えてはいたのだ、と私は思いました。

「影と『ドッペルゲンゲル』。私はこの二つに、月夜になれば憑（つ）かれるんですよ。この世のものでないというような、そんなものを見たときの感じ。――その感じになじんでいると、現実の世界が全く身に合わなく思われて来るのです。だから昼間は阿片喫煙者のように倦怠（けんたい）です」

とK君は云いました。

自分の姿が見えて来る。不思議はそればかりではない。だんだん姿があらわれて来るにしたがって、影の自分は彼自身の人格を持ちはじめ、それにつれてこちらの自分はだんだん気持が杳（はる）かになって、ある瞬間から月へ向って、スースーッと昇って行く。それ

は気持で何物とも云えませんが、まあ魂とでも云うのでしょう。それが月から射し下ろして来る光線を溯って、それはなんとも云えぬ気持で、昇天してゆくのです。

K君はここを話すとき、その瞳はじっと私の瞳に魅り非常に緊張した様子でした。そしてそこで何かを思いついたように、微笑でもってその緊張を弛めました。

「シラノが月へ行く方法を並べたてるところがありますね。これはその今一つの方法ですよ。でも、ジュール・ラフォルグの詩にあるように

　　哀れなる哉、イカルスが幾人も来ては落っこちる。

私も何遍やってもおっこちるんですよ」

そう云ってK君は笑いました。

その奇異な初対面の夜から、私達は毎日訪ね合ったり、一緒に散歩したりするようになりました。月が欠けるにしたがって、K君もあんな夜更けに海へ出ることはなくなりました。

ある朝、私は日の出を見に海辺に立っていたことがありました。そのときK君も早起きしたのか、同じくやって来ました。そして、ちょうど太陽の光の反射のなかへ漕ぎ入った船を見たとき、

「あの逆光線の船は完全に影絵じゃありませんか」

と突然私に反問しました。K君の心では、その船の実体が、逆に影絵のように見えるのが、影が実体に見えることとの逆説的な証明になると思ったのでしょう。

「熱心ですね」

と私が云ったら、K君は笑っていました。

K君はまた、朝海の真向から昇る太陽の光で作ったのだという、等身のシルウェットを幾枚か持っていました。

そしてこんなことを話しました。

「私が高等学校の寄宿舎にいたとき、よその部屋でしたが、一人美少年がいましてね、それが机に向っている姿を誰が描いたのか、部屋の壁へ、電燈で写したシルウェットですね。その上を墨でなすって描いてあるのです。それがとてもヴィヴィッドでしてね、私はよくその部屋へ行ったものです」

そんなことまで話すK君でした。聞きただしてはみなかったのですが、あるいはそれがはじまりかもしれませんね。

私があなたのお手紙で、K君の溺死を読んだとき、最も先に私の心象に浮んだのは、あの最初の夜の、奇異なK君の後姿でした。そして私はすぐ、

「K君は月へ登ってしまったのだ」

と感じました。そしてK君の死体が浜辺に打ちあげられてあった、その前日は、まちがいもなく満月ではありませんか。私はただいま本暦を開いてそれを確めたのです。

私がK君と一緒にいました一と月ほどの間、その外にこれと云って自殺される原因になるようなものを、私は感じませんでした。でも、その一と月ほどの間に私がやや健康を取戻し、こちらへ帰る決心が出来るようになったのに反し、K君の病気は徐々に進んでいたように思われます。K君の瞳はだんだん深く澄んで来、頬はだんだんこけ、あの高い鼻柱が目に立って硬く秀でて参ったように覚えています。

K君は、影は阿片のごときものだ、と云っていました。もし私の直感が正鵠を射抜いていましたら、影がK君を奪ったのです。しかし私はその直感を固執するのでありません。私自身にとってもその直感は参考にしか過ぎないのです。本当の死因、それは私にとっても五里霧中であります。

しかし私はその直感を土台にして、その不幸な満月の夜のことを仮に組立ててみようと思います。

その夜の月齢は十五・二であります。月の出が六時三十分。十一時四十七分が月の南中する時刻と本暦には記載されています。私はK君が海へ歩み入ったのはこの時刻の前後ではないかと思うのです。私がはじめてK君の後姿を、あの満月の夜に砂浜に見出したのもほぼ南中の時刻だったのですから。そしてもう一歩想像を進めるならば、月が少し西へ傾きはじめた頃と思います。もしそうとすればＫ君のいわゆる一尺ないし二尺の影は北側といってもやや東に偏した方向に落ちる訳で、Ｋ君はその影を追いながら海岸線を斜（ななめ）に海へ歩み入ったことになります。

Ｋ君は病と共に精神が鋭く尖（とが）り、その夜は影が本当に「見えるもの」になったのだと思われます。肩が現われ、頸（くび）が顕われ、微かな眩暈（めまい）のごときものを覚えると共に、「気配」のなかからついに頭が見えはじめ、そしてある瞬間が過ぎて、Ｋ君の魂は月光の流れに逆らいながら徐々に月の方へ登ってゆきます。Ｋ君の身体はだんだん意識の支配を失い、無意識な歩みは一歩一歩海へ近づいて行くのです。影の方の彼はついに一箇（いっこ）の人格を持ちました。Ｋ君の魂はなお高く昇天してゆきます。そしてその形骸は影の彼に導かれつつ、機械人形のように海へ歩み入ったのではないでしょうか。次いで干潮時の高い浪がＫ君を海中へ仆（たお）します。もしそのとき形骸に感覚が蘇（よみがえ）ってくれば、魂はそれと共に元へ帰ったのであります。

哀れなる哉、イカルスが幾人も来ては落っこちる。

Ｋ君はそれを墜落と呼んでいました。もし今度も墜落であったなら、泳ぎの出来るＫ

君です。溺れることはなかったはずです。

K君の身体は仆れると共に沖へ運ばれました。感覚はまだ蘇りません。次の浪が浜辺へ引摺(ひきず)りあげました。感覚はまだ帰りません。また沖へ引去られ、また浜辺へ叩きつけられました。しかも魂は月の方へ昇天してゆくのです。

ついに肉体は無感覚で終りました。干潮は十一時五十六分と記載されています。その時刻の激浪(げきろう)に形骸の飜弄(ほんろう)を委(ゆだ)ねたまま、K君の魂は月へ月へ、飛翔(ひしょう)し去ったのであります。

時計のいたずら

佐藤春夫

I

机の上から枕もとへ持って来た時計を臥(ね)ながら弄(もてあそ)んで、その持主は、そのしゃれた時計が今さらひどく気に入っている。趣味のいい代物(しろもの)だと信じている。薄手の、さりとて、華車(きゃしゃ)に失しない銀時計で、わざと少々古風に細工してある。そのさえざえとした光沢のいい文字板には、ダイヤモンドという型の——いや、それよりはもっと小さいかと思える活字で

ULYSSE NARDIN
LOCLE & GENEVE

と書いてある。くっきりと美しく並んでいる。*Ulysse Nardin Locle and Geneve* と彼は口のなかで二三べん呟(つぶや)いてみて、ひょいとそれがウィリアム・ブレエクの詩句か何かのような響があるような気がする。——「対句のように美しい脣(くちびる)」か。どうしてだか我々の主人公はふとそんなことを思った。——この男は永年の神経衰弱で一種の軽微な意想奔(ほん)逸(いっ)に落入っているからであろうと思う。彼は小ブルジョアで兼ねてへぼ詩人である。何

をして食っているのだかそこまでは私も知らん。即ち、私が今、ピンセットで摘(つま)み上げたこの男はサロン文学の駄作の主人公には持って来いに出来ている。そうしてここでもう一つ序(ついで)に注意すべき事は、私が偶然にこのような人物を拾ったからこのような話を書くのであって、敢(あえ)てこのような話が書きたくてこんな主人公を探し出したのではないという事実である。これ等のことを御承知の上で、親愛なる読者諸君よ、この波瀾曲折に富んだ物語は読まれなければならない。そうして諸君の何よりの急務は読んで感心することにある。

——これは一見つまらない時計のようだが、そこらにざらにある金時計などよりは倍も好いんだからな。——我々の主人公はどうやらそんなことをちょっと問題にし出した。——みんなは、どうもこいつを安物のように見ていけない。心外だが、さればと言って吹聴してしまったのでは、折角のこの時計の奥床しさに対して申しわけがない。……が、見る人間が見ればちゃんと判るんだ。現にこの鎖を——と、そこで彼は今度はその白色のどッしりとした鎖の端を高くつまみ上げて、そいつを畳の上へザクザクと音をさせながら置いたり、また持ち上げたりして遊びながら——この鎖を買った時だっても、こいつが果して時計に似合うかどうかを試そうと思ってポッケットからとり出すや否や、店の主はそいつを横目で素早く見て取って、

「失礼ながらちょっと拝見させて下さいまし」

と、恭しく手を差し出しながら、

「へへえ」と感に打たれたような声を出して、「何と！　高尚なものですな。こら！　みんなも拝見させていただきな。こりゃあ珍らしいお品だよ。——すっきりとしたものですねえ」

いかにもつくづくとそう言いながら中僧や小僧たちにも見せたものだ。それから店の主人は、彼が買おうかどうしようと迷っていた一つの鎖を、匣のなかから外すと、それを時計にぶらさげた形で持ち副えながら、

「さよう。細くも御座いませんようですな」

と言ったものである。実をいうとその鎖は大して彼の気に入ってはいなかったのに、その場の呼吸でついうっかり買う気になったのであった。時計をほめておだてて置いて、主人はうまく鎖を売りつけた……そんなことは俺だってちゃんと知っているよ——と彼は考えた。だからこそ、思い出すと、そいつが少し業腹で、従ってこの鎖は、——と彼はその鎖を指から放してしまった。鎖はザクザクと落ちて、グシャリと丸まって、ギラギラと電燈の光に眩しくかがやいている。彼はそれを見つめながら、不意とその鎖がだんだんいやになって来てしまった。そうしてそういう視線を五分ほどつづけているうちに、彼の心はその鎖に就てほぼ三段に分つことの出来る進行を加速度的につづけた。

第一にはその品質に対する憎悪である。それはプラチナでもなく、ニッケルでもない。

又ホワイトゴールドでもない。ごく新しい一種の人工金属で、しかしそれはそれ自身で独立的に権威があるというよりも他の最も貴重な物にそっくりだというので、つまりは物欲しさと浅ましさとの傑作であるといわなければならない。かつて或るカフェのウェイトレスが全く若い貴婦人のようなスタイルで店へ通うているのを見たことがあるが、そうして其志や憐むべしと思い、同時にその姿や愛すべしとも思ってつくづくその後姿を見送った事があったが、この鎖も多少此ウェイトレスに似ている。簡単に云うと、この代物は目方に於ても光沢に於てもプラチナにそっくりなので、その点に於てはホワイトゴールドなどのような間抜けなものではないとは言え、やはり、一種のイミテーションに相違ないのである。高いなら高い。安いならば安い。そうしてもっと純粋な、且つ素状の何人にもわかるようなのを持つことは趣味の士としての心がけでなければならない。

第二には、その細工がごくありふれた奴で、彼は最初にはその平凡な処が飽きが来ないだろうと思ったのであったが、こうしてその品質に対して不満を抱き始めると、その細工までが、飽きないどころかいよいよ曲がなくつまらなくなる。せめてこの細工が時計に打ってつけの趣味ででもあったならば、そこにまた理由も発見出来ようというものであるが。……なに、気に入らないとなりゃ直ぐにも取り代えればいいさ、何も女房をとり代えるのとは違う、煩悶する事はない。

第三に、これは第二の末節に接続して甚だ有効であったが、あの時、あの店の主人の話ではこの鎖の金属はつぶしにして一匁十六円でならいつでも引取るのだし、これは四匁三分あるのだから14が4の46の、24、13が3の、34の12ええと、――ともかくもあまりたいした損ではなしに、この鎖は取換える事が出来る。……

彼は、そこでもう一ぺん、その時計と鎖とに目をやった。今まで気がつかなかったが、まあ何という不調和だろう。――不調和。不調和。まるであの女があの男の女房になっているようなものだ。彼は手をのばして電燈をパチンと消すと、「対句のように美しい脣」……ふともう忘れてもいい彼の女の顔を思い出し、それが……、我々は此の気まぐれな男のわけても今夜のような気まぐれな晩の聯想について行くことは出来ない。ロオーレンス・スターンではないから。要するに彼はそんなことを思いながら寝たのだ。

Ⅱ

あの晩、あんな風に――というのは第一章に書いたとおりであるが、あんなにゆっくりと時計を見た事も、どうやらこんなことになる約束があったからかも知れない。一たい、あの鎖のことをあんなくそみそに思ったのがそもそもよくなかった。自分でケチをつけてしまった。時計はもう多分現われないだろう。昨夜も捜したのだし今日も捜したのだ。それにしては一たい誰が盗んで行ったのだろう。

せっかくの秋晴が、そうしてその散歩が、どうも面白くない。忘れている時でもその失われた時計が潜在意識にあり、しかもいつも潜在していてくれればまだしも、それがひょくりと表面へ浮出して来る。

——尤も、捜したと言っても、二度ともそそくさと見ただけだ。留守にT子がゆっくりと捜して置いてくれれば出て来るだろう。いや、やっぱり出ないかも知れない。そうさ、あの晩の事が何しろどうもよくない。

「おい、A」と彼はふりかえって同じ散歩者のAを呼んだ「どうだね。時計はあると思うか。無いと思うか。賭をしよう。俺はもう無いと思う。あったら祝いにおごるよ——あの時計は俺の気に入っているんだからな。鎖もさ」慌ててそうつけ加えた。賞めると出て来るような気がしたからだ。彼はAに「あると思う」と言って貰いたかった。そこで自分では無いと思う方を言ったのだ。しかしAは言った——

「さあ。どうもやっぱり無いような気がするな」

「え」彼は心細そうに「それじゃ、ふたりとも無いと思うじゃ賭にならないじゃないか。何故ないと思う？」

「そんな予感がするんだよ」とAは答えた「でもね、僕は昨日の三時ごろに、あの机のわきの台の上で見たんだよ。それからあそこの窓はあのとおりだし、窓の向うでは二軒の家の物干し台があるだろう。手を延せば直ぐだ。僕はその時、こりゃあちょっと不用心だなと何気なく思ったところだった。……」

「ふむ、そんなことを考えたかい。それじゃやっぱり物干し台で物欲しいと思われたかな」

そんな常談を言いながら彼は心では、ああやっぱり駄目かなと思った。弟のAがそんなことを予覚したのは全くよくない。この間金を落した時だってもそうだ。自分でこりゃあこんなことをしていると金を落してしまうわいと思いながら、今度気がついた時にはもうなかった。一たい我々の一族は不思議と第六感が発達しているので、この間金を落した時だっても……彼は、もう一ぺん又同じことを考え直して、——この間は金を落し、今日は時計を無くし、十日とは経たないうちにつづけさまにこの始末じゃ、今に何が起るかわからないような気がして彼はすっかり悄気てしまった。

「おい！　おいおい！」

突然、Aが呼びかけるから首を上げると、

「Hさんだよ」

見ると、彼の鼻のすぐ前にHが立っている。

「や、おかえりですか。今お宅へうかがったところでした」

「はあ」

彼は気のない返事している。

「もう帰るところですよ。一緒にお出でなさい」

　彼があんまりぼんやりしているので、Aが歩き出しながらHにそう言った。彼もやっと気がついて、

「そう。さ、一緒に行きましょうや。――実は僕、今日、時計を無くしちゃってね」

　Hも彼等と同じ方へ歩きながら「へえ？　道でですか？」

「いいや。うちで。出がけに無いことがわかったんだ。いや、昨夜からなかったのだ。ゆうべ客があって時間を聞くから、見ようと思ったらいつも置くところに無い。その時も捜したのだがそのままになっていて、今日はまた出がけに気がついて捜した。無いんです」

「ははあん？　妙ですな」

「妙ですよ」

Ⅲ

　家へかえるといきなり彼は、

「時計はあったかい？」

　と言いながらつかつかと茶の間へ這入って行くと、そこに客がいたので面喰った。客が婆さんであったので彼はちょっと辟易した。

「やあ」

と一口言って立ったまま、彼はT子に
「時計は？」

「ありませんわ」

「え、無い。嘘だろう」

「いいえ。見えませんよ」

彼はHをつれてそそくさと二階へ上った。彼は茶の間にいる婆さんを好かなかった。理由は、挨拶が丁寧すぎてその上にもう一つ、いつか立替えた金の払えないでいる申しわけが同様に甚だ長すぎる点にあった。それで彼はT子の言葉を信じなかったけれども重ねて尋ねなかった。T子は口ではそう言ったけれども、その顔つきには見失われたものが出ないという人の絶望が少しも熱情的に現われていなかった。T子の言葉は常談にしか思えなかった。T子の言葉は寧ろ彼に安心を与えた。わざととぼけているようにとれたからである。しかし弟のAがつづいて二階へ上って来た。こんなことを呟きながら
――

「さてな。どうしたのだろうな。気がかりでいけないな」

「なあに。あったんだろう。あるのを出さないのだろう」

「そうではないようだよ。本当のことを聞かせろといって今よく聞いたんだよ。本当に

見つけないそうだ」

「本当か。ふむ、困ったな……」

「一たいどこへお置きになったのです」この心配を共有しなければ友情に反するというのでHも、そばからそう言った。

「ここの上――」彼はふりかえって手を差し延べて自分のうしろにある机の、そのわきの台を指した。斑竹（はんちく）で出来た支那風の小さなものである。「ここの上へいつも置いておくのです。きのうもね、三時ごろには弟がここで見かけたのです」

「確にあったのだよ。僕が出かけようと思って、ちょっと時間を見たら、ちょうど三時二十分ごろでした」

「それから客が来たのは夕御飯の時だったから、その時、時計がなかったのだから、三時半から六時半までの間の事だね。ふむ――」彼の頭の中には今まで影があったものが、むっくりと現われて鮮やかに活躍し初めた……

「ちょうど夕御飯のころですね。――茶の間に下りていらしったのですか」

「え！　――ちょうどその頃、夕方。ちょうど干し物をとり込む時刻ですね。きのうもいい秋晴れだった……」その日見た一つの光景を彼は思い出した。

「うむ。――一たい、どうも不用心なところにあったと僕は思ったのです。不思議とその時計を見て出かけた後でね」

「窓はあけてありましたか」

「いや、閉めてありましたがね」

「だが閉めたって何にもなりゃしない」弟と客との問答へ彼がこう言葉を挟んで、つと立ち上って窓のところへ行って
「ね、これです」――開けてあった窓をぴっしゃりと閉めた。その障子の真中は一尺五寸に二尺ほど、ガバと穴があいていた。ガラスの嵌っていたところである――「この間の大風に、戸をしめずにいたら、ガラスは飛んで破れちゃったんです」

「ははあ、こうなって閉まっているくらいなら、あいている方がまだましですね」

「そうです」彼はそこの穴へ手をかけて、ピシャリと障子を開けながら「そうしてここはこのとおりです」そう言いながら外を眺めた。彼のするとおりに客も立って来て覗いた。

「なあんだ。こりゃあすぐ屋根つづきですね。いや、何だってあんまり近すぎる。おや、あそこの屋根は何です」

「あれは塩せんべいやの屋根でしてね。あの板の上へ一面に、毎日なまのせんべいを干すんですよ。――赤いせんべいを干すとこの障子へ赤く映る程にねえ。毎日幾人も人が昇りますよ。屋上工場だ。しかし今までにものをなくした事はありませんよ。もっと近いところをごらんなさい。そら、目の前に細い柱がありますね、向うにも。ここが、こ

の下の家の物干し場です。ね——」

　彼はそう言いながら、ひらりとその窓を飛び越した。それから次の瞬間には自分の家の狭い板庇（いたびさし）の上に下りていた。そこと隣家の屋根とは五寸とはへだたっていなかった。彼は足を踏出す真似をして、他の二人にそこを越すことが平地を歩くと同様なことを黙って示した。それから手を差出して台の上をさわった。

「しかし、あなたは背が高いから」とそれを見ながら客は言った「ですが、私のように背の低い人間だったらそこから、この台の上のものは見えますかな」

　彼は早速に五寸ほども身をこごめてみた「見えますよ、よく見えますよ」

「おい、もうやめた方がいいよ」と弟が彼に言った「近所で見てへんな真似をしていると思うよ」

「知らない人はへんな真似をしていると思う。知っている人があったらひやりとする」

「今度やろうとする人間には手本を見せてやるか。ハ、ハ、ハ」

　彼は再びぴょこんと窓を乗り越えて、今度は自分の部屋に居た。

　いつの間にかT子がお茶を持って二階へ来ていて、

「おや、何をしていらっしゃるの」

「何、運動をさ」

「時計は？」

「無い！」

「そうお？」

T子は直ぐに下りて行った。

彼等三人は茶をのみ初めた。と、彼は危く含んでいた茶を噴き出すところだった。

「何です。何がそんなにおかしいのです」

「いや、なあに。西洋の一口話をふいと思い出したのでさ。裁判官が盗人を取調べてね『その方はまた何と心得て窃盗などを働いたか』すると賊が云うのさ『何だと心得てだなんて……。戸は開いている。人どおりはない。奥には金目のものが見えている。こりゃあ、まあ考えてもごらんなさいましよ、旦那だっても這入らずにゃいられますまいが』……」

「ハ、ハ、ハ」

Ⅳ

「で、客に来た人は、きのう、誰もありませんでしたか――尤も、ここへ来てそんなことをするほどの太い人物もいますまいがねえ」

しばらくの沈黙を破って客がそう言った。

「そう」と彼は答えた「大ていは一度きりの人じゃないから。しかし、ともかくも客は三人あったのです。ひとりは夜来てかえりがけに時間をたずねたというその人で——これは女ですが、遠慮をしてそこの隅っこの方にいて時計の近所などへはてんで来はしない。それにそのころには時計は既にもう見当らなかったのです。もう二人は——そう、そのうちのひとりは来てすぐに帰ってやっぱりそこの入口のところにいたきりでした。その間に僕は下へもどこへも行きはしない。のこりの一人だが、これがちょっと——一応は取調べられるかも知れないな。時計の方へ行って窓から外を眺めたりもしていたし、三時間ばかり遊んで行ったからその間に僕も下へおりたりした。それから五十円ばかり金が欲しいような話もしたよ——それがそうだ。恰も三時から夕飯近くまでいたよ。誰だと思います。I君さ。我々はあの信頼すべき人物はよく知っているが、警察ではわかるまい——ともかくも取調べるだろうな。I君さぞ面喰うだろう。おかしいな。嫌疑者が思いがけなくひとり出て来たぞ」

彼の言ったのは無論常談だし、又I君を知っているHにもAにもそれが常談だということが直ぐに通じた。

「すると」と客が言った「I君が、あなたと夕御飯前までここにいたのだから、そうしてI君がそんな人でないことは言うまでもないのだから、つまり時計はあなた方が夕御飯をあがっている三十分ほどの間に無くなったのですね」

「あ、なるほど。三時二十分から六時半の三時間が、I君の信用によって三十分に短縮したわけだな──夕飯の時刻の三十分。──あたりはうす暗くなっている……」

「いよいよ無いとなれば、もう決ってるんだよ」Ａが思い切ったようにそう言った。

「………」無言で彼もうなずいた。

「あの窓のわざに相違ないですね。──一たいどんな時計なのです？　──無論いいのには相違ないが」

「ええ。だが見かけはごく悪いので。銀の時計です。ただ機械はすばらしいのです。たとえば針を逆にまわすでしょう。──セコンドの針がちょっと戸迷いして、しかも十秒ばかり健気にも逆行した上でそれからやっと止るのです。それほど精密に出来ているのです。それに趣味から気に入っていたのでねえ」

「しかし類の尠ない奴だから直ぐ脚はつくね」

「うん。しかし見かけはあのとおりの奴だから粗末なものだと思って取扱うだろうよ。鎖だってもニッケルそっくりだからね」

「はア、失礼ですが一体どれぐらいするものです」

「まあ、失礼ながら君の月給の倍ですね」

「やあ！　そいつは大変だ」客は半分意識的にしかしあとの半分は無意識にそんな声を出した。

「──社会主義者たる君には少し遠慮があるけれどもね」

「それほどのものと知ったら反って盗りはしなかったでしょうね。ほんのちょっとしたものぐらいに見たので……」

見失われたこの時計に就て一座は熱心に評定をつづけた。

「……何しろ困ったな。とどけ出て置いた方がいいものだか、どうしようかな」

「そりゃあ届け出て置いた方がいいです」社会主義者Hが一も二もなく所有権の保護を力説するらしい口吻なのは、少々奇観であった。

「そう。やっぱり届けるかな。もう一度よく捜した上で。……もし無ければもう見当はわかっているんです――それが却って困るんだが。……僕は実はきのうそこで、窓のところで人を見かけたのです――」

「へえ？」

「いつも見かけない人が、きのうその物干台へ登っていたのです。なに、張り物をしていたのですがね」

「へえ？」

「あれかい？」Aが顎で窓の方を或る方角を指した。

彼はうなずいて見せてから暫く黙っていたが小声で言い出した「ね、H君。あの窓の直ぐ下の屋根のなかに間借をしている夫婦者がいるんだ。細君はつい二週間ほど前に来たのだよ。それがね、偶然のことでその結婚式――ともかくも結婚式だ――それがすっかりうちから見えてね。というのはうちの便所の前と向い合っているところへ、向うで窓を一つぶち開けてね。ぴったり向い合ってそれが文字どおりに手のとどくところさ。その向うの窓のなかが、こちらの便所から何もかもすっかり、自分のうちと同じに見えるのさ――屋根を見てもわかるとおり、あのとおりくっついて居るんでしょう。話まで手にとるように聞えるのでね、その細君というのが、周旋屋か、結婚媒介所がつれて来たのだがね」

「はあ？　その話は私、雑誌で読みましたよ」

「へえ！　いつです」

「つい四五日前ですよ。今お話のとおりを詳しく書いてありましたよ。自分ででも見た人のように。……たしか『改造』で見ましたか知ら」

「畜生。あいつがもう書いたんだな。佐藤でしょう」

「何でもそんな人でした」

「彼奴。――書くことがないものだから。ふむ然うですか。――僕も読んでみよう。……それじゃ君は御存知だろうが、その細君がね。昨日しきりにあそこの物干台へ出て来て働いていたのです。二十ぐらいでしょうかね。全くの田舎娘だ……」或る手癖の悪い田舎娘が、村では評判になっていて結婚も出来ないから、婚期を失うまいと思って都会の結婚媒介所へ出て来る……というような想像を彼はさっきから脳裡に描いていた。

さすがにそれは口に出しては言わなかったがその代りに、彼は一口だけ言った「何だか知ら、僕にはその女が気になるのだよ」

「何ですか、そうして、その女はきのう始めてその物干場へ上ってたのですか」

「さ。どうもそこまでは知らなかったが。いや、確かにきのう始めてですね。――でもあれからいつもじめじめした日で、物を干したり張りものをしたりする日は無かったでしょう。きのうが始めての秋晴だった……」

「すると、始めてそこへ登ってみて、いつも蓄音器などを鳴らして遊んでいるうちだが一たいどんなうちだろうと、ひょいと家のなかを覗き込んだりして、すぐ手のとどくところにあったものを見つけたかも知れないですね。――一たい田舎の人というものは、我々も田舎でよく育って知っていますけれど、自分のものや他人のものなどの見さかいが、あまりはっきりとしないのではないでしょうか。ちょっとそこらの花を摘んだり道ばたにあった果物を捥いだりするような気持で。無智――やっぱり一種の田舎の純朴の変形で……」

「ふむ」彼は外のことを考えていた。そうしてひとり言のように言い出した「……戸はあいている。人どおりは無い。奥を見ると金目のものがある――か。――いや、無論のことそうと決めてしまうわけにもいかんな。ひょっとするとそこらに在るのかも知れない、――二階ではなく下にありそうな気がする。下の柱時計がひどく狂うものだから、それを見るために僕はＩ君が帰る時か何か、それを下まで送って序にあの時計を持っておりる。それから柱時計と見くらべているうちに便所へ行きたくなる。時計を握ったまま便所へ持ち込んで、気がついてそれを窓の上へちょっと乗せて置く。それっきり忘れて来てしまう……どうも何だか、そんなこともあり得るような、いやあったような気がして来たぞ……」

「いや、そんな事が——ありもしなかった事があったように思えたりする事が、時々あるものですよ、殊にこういろいろと考え込んでいると」

「然し、仮に今もし便所の窓に時計がポッネンと置かれてあったとしたら、ここでまたもう一度考え込まなきゃならないことが出来て来る。そこへ、一たい、僕自身が置きわすれたのだか、それとも時計を持って行った人が、ここでこうして時計時計と騒ぐのを見て、殊に僕が庇屋根に下りてみたりしたのに気味が悪くなって、そっとあちらの窓からこちらの便所の窓へ時計をかえして置くようなこともないとは限らない……。ええ、うるさいな。高が時計一つの事じゃないか！」

「まあ何にしろ」とＡは少しやけになりかかっている兄を慰めるように「もう一度、篤と捜して見ようじゃないか。捜すと言っても狭いところだ。家中捜したってもわけはない」

「それにしても成べく早い方がいいですね。あんまり遅れては届け出るにも悪いし……」

客もそう言って注意した。そうして皆の心のなかには駄目なことを確実にする為めにという意嚮ばかりがあった。就中、彼はここには断じて無いことを思うと、人々のすすめさえ気に入らなかった。彼は妻のT子が実に丹念な性格で彼女がものを捜す細心な様子をよく知っていたからである。

「さあ？　T子も無いというのだし、ここらにある筈もないのだが。どうれい」

彼は不精不性に机の方へふりかえった。

とたんに、ドタン、バサリ！　とごく低い音がした。本の一冊でも落ちたように。

「あ」

Aが短い音を発した。

三十秒ほどして、

「そこにあるのは……」

「あるではないか」

客とAとの言葉はぶつかった。

彼も目の前に落ちている一つの不思議な時計を見た。それは信じ難かった――幻影か何かのように。

「その時計とは別ですか」

客がやっと完全に言葉を言った時、彼は手を延して見ても大丈夫、時計は消えそうにもないとわかった。

「何て事だ！」

彼は手にとって、怒ったような声だった。それからきまり悪さとおかしさとがこんがらがって彼はクスクスと笑い出した「こん畜生、うまく隠れん坊をしていたな。ちょっといたずらのつもりで隠れたら、皆があんまり大騒ぎをし出したので、おかしさを噛み殺していたんです。——忍び切れなくなって吹き出しちゃったから、その拍子に出て来たのだ」

皆も彼に声を合せた。

「ひとりでにころがり出したのですか」

「いや、まさか！　ただね、僕が何気なく本を一冊抽き出したら、そいつと一緒に出て来たのさ。待っていましたとばかり」

「奥さんが、ひょっとして、そんなところへ隠してお置きになったのじゃありませんか」

「さあ、何しろ……」

彼等はもう一度笑い出した。なかでも一番笑ったものは時計だった。鎖はざまを見ろとばかり苦笑している——彼にはそんな気がする。——時計は持主の心配が気の毒で出たくって仕方がないのを、鎖が引きとめてなかなか出ようとはしなかった……

「まあ、皆さん、何がそんなに面白いのでしょう。御飯を食べていただこうと思って、何べんお呼びしても聞いて下さらないのね」いつの間にかT子が来て立っていた「まあ、あかりもつけないで」

T子が電燈のスイッチをひねると、明るい光のなかで彼は時計を珍らしそうにもう一度見て、わざと道化(どうけ)た声で

「全くこの品に相違ございません。鎖も、なかなかいい鎖だ」

「H君。今日自慢の時計を吹聴する好機会を得たようなものでしたよ」

「一つ大騒ぎの主人公を拝見させて下さい」

Hに渡す時計を見ながら、T子は、

「時計時計てあったじゃありませんか。私も随分心配しましたよ。おかげで」

V

「でも見つかってよかったわねえ。随分とたずねたでしょう。さっきから」

みんなが食卓に就いた時、T子がそう言い出した。

「何を言ってるんだい。俺が捜せばすぐにあったじゃないか」

Aと客とはまた笑った。

「でも、無い、無い、とおっしゃったじゃありませんか」

「そりゃあ無かったさ。捜さないうちは」

「――さっきから捜さなかったの」

「自分こそどこを捜したのだい」

「いいえ、わたし、捜しゃしませんよ。だってお出かけになるとすぐ婆やさんが来て、旦那が御留守ならと言って座り込んだのでしょう。捜す間なんかありゃしませんよ。でも、捜したように言わなきゃ、あなたがお怒りになるでしょう。そうすりゃ婆やさんに気の毒でしょう」

「フフン。ばかにしてら。みんなお前が一生懸命さがしたものとばかり思って……」

「だから、わたし、Aさんによく見て下さいて言ってあるじゃありませんか。――無い、無いとおっしゃるから、わたし、ずいぶん気を揉んでいたの。きっと無くなったと思って。そう言えば、きのうの夕方、あすこの向うでは（言いながら便所の方を指しながら小声になって）牛肉の匂いがして来たのでしょう。まあボール箱をはっていてあんな御馳走をしてと思っていたやさきだったから、ありゃあきっと時計を儲けたからだったかしら、と思ってさ、今もそう考えていたところでしたわ」

「ばかな！」

彼等は別に何もかせぎもしなかったけれども牛鍋（ぎゅうなべ）の用意をしている。T子は隣のゆうべの御馳走から今日のうちの御馳走を聯想したのだろうが、彼等には偶然のようにおかしかった。

「ばかな！　誰がそんな泥坊があるものか！」

「そうお？」

「あたりまえさ」

「だって、あなたも盗(と)られたらしいておっしゃったじゃないの」

「そりゃあ、とられたかとは思ったさ。——おい、もっと炭をつぎなさい。これじゃ火が駄目だ。待ちどおしい」

　彼は火を吹いていた顔を上げて「フ、フ、フ、みんなしてつまらない事を言って、やれ時計を盗んで、牛肉を食ったろうの、田舎の人は自分のものと人のものとの見さかいがないからだの、昼間見ておいて夕方干し物を取込だ序にだのと、——まことにはや、言いたい放題なことを、申しわけが御座いません」彼は箸をおいて、隣の方角へ向き直りながら丁寧にお辞儀をした。半分ふざけていて半分実意があった。

「御自分で言い出したくせにねえ、Aさん」

「ウフフ」

「全く申しわけがないよ。——しかし、俺は時計を盗んで夫婦して牛肉を食っただろうなんて、そんな面目ない事を思いやしないぜ。ただね。あの細君が時計をみてふとそれをとってしまって、こりゃあ死んだ兄さんの片身(かたみ)だけんど……とか何とか言って、可愛い亭主にやりゃしなかったかと思ったのだよ——だとすると、こりゃあ何でもなく届けられないって」彼はそこまで低い声で言って来たのが急に大声で「いや何しろ、いい時計だ。いい時計だ。鎖も実に上等。だがこれからもうあんないたずらをしちゃいけないよ」

　皆が笑っているうちに、彼は、こりゃまたうっかり佐藤などに言わない事にしなきゃ、あいつまた〆めたとばかり直ぐにも、何かに書くだろうと思った。それから、創造力のない小説家などを友達に持つことは何かにつけて、全く、金のない親類を持ったと同様によくないと思いながら、牛肉の一片を箸でつまみ上げている。

私

谷崎潤一郎

もう何年か前、私が一高の寄宿寮に居た当時の話。

或る晩のことである。その時分はいつも同室生が寝室に額を鳩めては、夜おそくまで蠟勉と称して蠟燭をつけて勉強する（その実駄弁を弄する）のが習慣になって居たのだが、その晩も電燈が消えてしまってから長い間、三四人が蠟燭の灯影にうずくまりつつおしゃべりをつづけて居たのであった。

その時、どうして話題が其処へ落ち込んだのかは明瞭でないが、何でも我れ我れは其の頃の我れ我れには極く有りがちな恋愛問題に就いて、勝手な熱を吹き散らして居たかのように記憶する。それから、自然の径路として人間の犯罪と云う事が話題になり、殺人とか、詐欺とか、窃盗などと云う言葉がめいめいの口に上るようになった。

「犯罪のうちで一番われわれが犯しそうな気がするのは殺人だね。」

と、そう云ったのは某博士の息子の樋口と云う男だった。

「どんな事があっても泥坊だけはやりそうもないよ。――何しろアレは実に困る。外の人間は友達に持てるが、ぬすッとなるとどうも人種が違うような気がするからナア。」

樋口はその生れつき品の好い顔を曇らせて、不愉快そうに八の字を寄せた。その表情は彼の人相を一層品好く見せたのである。

「そう云えば此の頃、寮で頻りに盗難があるッて云うのは事実かね。」

と、今度は平田と云う男が云った。平田はそう云って、もう一人の中村と云う男を顧みて、「ねえ、君」と云った。

「うん、事実らしいよ、何でも泥坊は外の者じゃなくて、寮生に違いないと云う話だがね。」

「なぜ。」

と私が云った。

「なぜッて、委しい事は知らないけれども、――」と、中村は声をひそめて憚るような口調で、「余り盗難が頻々と起るので、寮以外の者の仕業じゃあるまいと云うのさ。」

「いや、そればかりじゃないんだ。」

と、樋口が云った。

「たしかに寮生に違いない事を見届けた者があるんだ。――つい此の間、真ッ昼間だったそうだが、北寮七番に居る男が一寸用事があって寝室へ這入ろうとすると、中からいきなりドーアを明けて、その男を不意にピシャリと殴り付けてバタバタと廊下へ逃げ出した奴があるんだそうだ。殴られた男は直ぐ追っかけたが、梯子段を降りると見失ってしまった。あとで寝室へ這入って見ると、行李だの本箱だのが散らかしてあったと云うから、其奴が泥坊に違いないんだよ。」

「で、その男は泥坊の顔を見たんだろうか?」

「いや、出し抜けに張り飛ばされたんで顔は見なかったそうだけれども、服装や何かの様子ではたしかに寮生に違いないと云うんだ。何でも廊下を逃げて行く時に、羽織を頭からスッポリ被って駈け出したそうだが、その羽織が下り藤の紋附だったと云う事だけが分っている。」

「下り藤の紋附? それだけの手掛りじゃ仕様がないね。」

そう云ったのは平田だった。気のせいか知らぬが、平田はチラリと私の顔色を窺ったように思えた。そうして又、私も其の時思わずイヤな顔をしたような気がする。なぜかと云うのに、私の家の紋は下り藤であって、而も其の紋附の羽織を、その晩は着ては居なかったけれども、折々出して着て歩くことがあったからである。

「寮生だとすると容易に摑まりッこはないよ。自分たちの仲間にそんな奴が居ると思うのは不愉快だし、誰しも油断して居るからなあ。」

私はほんの一瞬間のイヤな気持を自分でも恥かしく感じたので、サッパリと打ち消すようにしながらそう云ったのであった。

「だが、二三日うちにきっと摑まるに違いない事があるんだ。――」

と、樋口は言葉尻に力を入れて、眼を光らせて、しゃがれ声になって云った。

「――これは秘密なんだが、一番盗難の頻発するのは風呂場の脱衣場だと云うので、二三日前から、委員がそっと張り番をして居るんだよ。何でも天井裏へ忍び込んで、小さな穴から様子を窺っているんだそうだ。」

「へえ、そんな事を誰から聞いたい？」

　此の問を発したのは中村だった。

「委員の一人から聞いたんだが、まあ余りしゃべらないでくれ給え。」

「しかし君、君が知ってるとすると、泥坊だって其の位の事はもう気が附いて居るかも知れんぜ。」

　そう云って、平田は苦々しい顔をした。

　ここで一寸断って置くが、此の平田と云う男と私とは以前はそれ程でもなかったのに、或る時或る事から感情を害して、近頃ではお互に面白くない気持で附き合って居たのである。尤もお互にとは云っても、私の方からそうしたのではなく、平田の方でヒドク私を嫌い出したので、「鈴木は君等の考えて居るようなソンナ立派な人間じゃない、僕は或る事に依って彼奴の腹の底を見透かしたんだ。」と、平田が或る時私をこッぴどく罵ったと云う事を、私は嘗て友人の一人から聞いた。「僕は彼奴には愛憎を尽かした。可哀そうだから附き合ってはやるけれど、決して心から打ち解けてはやらない」と、そうも云ったと云う事であった。が、彼は蔭口をきくばかりで、一度も私の面前でそれを云い出したことはなかった。ただ恐ろしく私を忌み、侮蔑をさえもして居るらしい事は、彼の様子のうちにありありと見えて居た。相手がそう云う風な態度で居る時に、私の性質としては進んで説明を求めようとする気にはなれなかった。「己に悪い所があるなら忠告するのが当り前だ、忠告するだけの親切さえもないものなら、或は又忠告するだけの価値さえもないと思って居るなら、己の方でも彼奴を友人とは思うまい。」そう考えた時、私は多少の寂寞を感じはしたものの、別段その為めに深く心を悩ましはしなかった。平田は体格の頑丈な、所謂「向陵健児」の模範とでも云うべき男性的な男、私は瘦せッぽちの色の青白い神経質の男、二人の性格には根本的に融和し難いものがあるのだし、全く違った二つの世界に住んで居る人間なのだから仕方がないと云う風に、私はあきらめても居た。但し平田は柔道三段の強の者で、「グズグズすれば打ん殴るぞ」と云うような、腕ッ節を誇示する風があったので、此方が大人しく出るのは卑怯じゃないかとも考えられたが、――そうして事実、内々はその腕ッ節を畏れて居たにも違いないが、――私は幸いにもそんな下らない意地ッ張りや名誉心にかけては極く淡泊な方であった。「相手がいかに自分を軽蔑しようと、自分で自分を信じて居ればそれでいいのだ、少しも相手を恨むことはない。」――こう腹をきめて居た私は、平田の傲慢な態度に報ゆるに、常に冷静な寛大な態度を以てした。「平田が僕を理解してくれないのは已むを得ないが、僕の方では平田の美点を認めて居るよ。」と、場合に依っては第三者に云いもしたし、又実際そう思っても居たのだった。私は自分を卑怯だと感ずることなしに、心の底から平田を褒めることの出来る自分自身を、高潔なる人格者だとさえ己惚れて居た。

「下り藤の紋附？」

　そう云って、平田がさっき私の方をチラと見た時の、その何とも云えないイヤな眼つきが、その晩はしかし奇妙にも私の神経を刺したのである。一体あの眼つきは何を意味するのだろうか？　平田は私の紋附が下り藤である事を知りつつ、あんな眼つきをしたのだろうか？　それともそう取るのは私の僻みに過ぎないだろうか？――だが、若し平田が少しでも私を疑ぐって居るとすれば、私は此の際どうしたらいいか知らん？

「すると僕にも嫌疑が懸るぜ、僕の紋も下り藤だから。」

　そう云って私は虚心坦懐に笑ってしまうべきであろうか？　けれどもそう云った場合に、ここに居る三人が私と一緒に快く笑ってくれれば差支えないが、そのうちの一人、――平田一人がニコリともせずに、ますます苦い顔をするとしたらどうだろう。私はその光景を想像すると、ウッカリ口を切る訳にも行かなかった。

　こんな事に頭を費すのは馬鹿げた話ではあるけれども、私はそこで咄嗟の間にいろいろな事を考えさせられた。「今私が置かれて居るような場合に於いて、真の犯人と然らざる者とは、各々の心理作用に果してどれだけの相違があるだろう。」こう考えて来ると、今の私は真の犯人が味うと同じ煩悶、同じ孤独を味って居るようである。つい先まで私はたしかに此の三人の友人であった、天下の学生達に羨ましがられる「一高」の秀才の一人であった。しかし今では、少くとも私自身の気持に於いては既に三人の仲間ではない。ほんの詰らない事ではあるが、私は彼等に打ち明けることの出来ない気苦労を持って居る。自分と対等であるべき筈の平田に対して、彼の一顰（いちひん）一笑に対して気がねして居る。

「ぬすッととなるとどうも人種が違うような気がするからナア。」

　樋口の云った言葉は、何気なしに云われたのには相違ないが、それが今の私の胸にはグンと力強く響いた。「ぬすッとは人種が違う」――ぬすッと！　ああ何と云う厭な名だろう、――思うにぬすッとが普通の人種と違う所以は、彼の犯罪行為その物に存するのではなく、犯罪行為を何とかして隠そうとし、或は自分でも成るべくそれを忘れて居ようとする心の努力、決して人には打ち明けられない不断の憂慮、それが彼を知らず識らず暗黒な気持に導くのであろう。ところで今の私は確かに其の暗黒の一部分を持って居る。私は自分が犯罪の嫌疑を受けて居るのだと云う事を、自分でも信じまいとして居る。そうしてその為めに、いかなる親友にも打ち明けられない憂慮を感じて居る。樋口は勿論私を信用して居ればこそ、委員から聞いた湯殿の一件を洩らしたのだろう。「まあ余りしゃべらないでくれ給え。」彼がそう云った時、私は何となく嬉しかった。が、同時にその嬉しさが私の心を一層暗くしたことも事実だ。「なぜそんな事を嬉しがるのだ。樋口は始めから己を疑って居やしないじゃないか。」そう思うと、私は樋口の心事に対して後ろめたいような気がした。

それから又斯う云う事も考えられた。どんな善人でも多少の犯罪性があるものとすれば、「若し己が真の犯人だったら、――」という想像を起すのは私ばかりでないかも知れない。私が感じて居るような不快なり喜びなりを、ここに居る三人も少しは感じて居るかも知れない。そうだとすると、委員から特に秘密を教えて貰った樋口は、心中最も得意であるべき筈である。彼はわれわれ四人の内で誰よりも委員に信頼されて居る。彼こそは最もぬすッとに遠い人種である。そうして彼が其の信頼を贏ち得た原因は、彼の上品な人相と、富裕な家庭のお坊っちゃんであり博士の令息であると云う事実に帰着するとすれば、私はそう云う境遇にある彼を羨まない訳に行かない。彼の持って居る物質的優越が彼の品性を高める如く、私の持って居る物質的劣弱、――S県の水呑み百姓の悴であり、旧藩主の奨学資金でヤッと在学しつつある貧書生だと云う意識は、私の品性を卑しくする。私が彼の前へ出て一種の気怯れを感じるのは、私がぬすッとであろうとなかろうと同じ事だ。私と彼とは矢張人種が違って居るのだ。彼が虚心坦懐な態度で私を信ずれば信ずるほど、私はいよいよ彼に遠ざかるのを感ずる。親しもうとすればするほど、――うわべはいかにも打ち解けたらしく冗談を云い、しゃべり合い笑い合うほど、ますます彼と私との距離が隔たるのに心づく。その気持は我ながら奈何ともする事が出来ない。………

「下り藤の紋附」は其の晩以来、長い間私の気苦労の種になった。私はそれを着て歩いたものかどうかに就いて頭を悩ました。仮りに平気で着て歩くとする、みんなも平気で見てくれればいいが、「あ、彼奴があれを着ている」と云うような眼つきをするとする、そうして或る者は私を疑い、或る者は疑っては済まないと思い、或る者は疑われて気の毒だと思う。私は平田や樋口に対してばかりでなく、凡べての同級生に対して、不快と気怯れを感じ出す、そこで又イヤになって羽織を引込める、と、今度は引込めたが為めにいよいよ妙になる。私の恐れるのは犯罪の嫌疑その物ではなく、それに連れて多くの人の胸に湧き上るいろいろの汚い感情である。私は誰よりも先に自分で自分を疑い出し、その為めに多くの人にも疑いを起させ、今まで分け隔てなく附き合って居た友人間に変なこだわりを生じさせる。私が仮りに真のぬすッとだったとしても、それの弊害はそれに附き纏うさまざまのイヤな気持に比べれば何でもない。誰も私をぬすッとだとは思いたくないであろうし、ぬすッとである迄も確かにそうと極まる迄は、夢にもそんな事を信ぜずに附き合って居たいであろう。そのくらいでなければ我れ我れの友情は成り立ちはしない。そこで、友人の物を盗む罪よりも友情を傷ける罪の方が重いとすれば、私はぬすッとであってもなくても、みんなに疑われるような種を蒔いては済まない訳である。ぬすッとをするよりも余計に済まない訳である。私が若し賢明にして巧妙なぬすッとであるなら、――いや、そう云ってはいけない、――若し少しでも思いやりのあり良心のあるぬすッとであるなら、出来るだけ友情を傷けないようにし、心の底から彼等に打ち解け、神様に見られても恥かしくない誠意と温情とを以て彼等に接しつつ、コッソリと盗みを働くべきである。「ぬすッと猛々しい」とは蓋し此れを云うのだろうが、ぬすッとの気持になって見ればそれが一番正直な、偽りのない態度であろう。「盗みをするのも本当ですが友情も本当です」と彼は云うだろう。「両方とも本当の所がぬすッとの特色、人種の違う所以です」とも云うだろう。――兎に角そんな風に考え始めると、私の頭は一歩々々とぬすッとの方へ傾いて行って、ますます友人との隔たりを意識せずには居られなかった。私はいつの間にか立派な泥坊になって居る気がした。

或る日、私は思い切って下り藤の紋附を着、グラウンドを歩きながら中村とこんな話をした。

「そう云えば君、泥坊はまだ掴まらないそうだね。」

「ああ」

と云って、中村は急に下を向いた。

「どうしたんだろう、風呂場で待って居ても駄目なのか知らん。」

「風呂場の方はあれッ切りだけれど、今でも盛んに方々で盗まれるそうだよ。風呂場の計略を洩らしたと云うんで、此の間樋口が委員に呼びつけられて怒られたそうだがね。」

私がさっと顔色を変えた。

「ナニ、樋口が？」

「ああ、樋口がね、樋口がね、——鈴木君、堪忍してくれ給え。」

中村は苦しそうな溜息と一緒にバラバラと涙を落した。

「——僕は今まで君に隠して居たけれど、今になって黙って居るのは却って済まないような気がする。君は定めし不愉快に思うだろうが、実は委員たちが君を疑って居るんだよ。しかし君、——こんな事は口にするのもイヤだけれども、僕は決して疑っちゃ居ない。今の今でも君を信じて居る。信じて居ればこそ黙って居るのが辛くって苦しくって仕様がなかったんだ。どうか悪く思わないでくれ給え。」

「有難う、よく云ってくれた、僕は君に感謝する。」

そう云って、私もつい涙ぐんだ、が、同時に又「とうとう来たな」と云うような気もしないではなかった。恐ろしい事実ではあるが、私は内々今日の日が来ることを予覚して居たのである。

「もう此の話は止そうじゃないか、僕も打ち明けてしまえば気が済むのだから。」

と、中村は慰めるように云った。

「だけど此の話は、口にするのもイヤだからと云って捨てて置く訳には行かないと思う。君の好意は分って居るが、僕は明かに恥を掻かされたばかりでなく、友人たる君に迄も恥を掻かした。僕はもう、疑われたと云う事実だけでも、君等の友人たる資格をなくしてしまったんだ。執方にしても僕の不名誉は拭われッこはないんだ。ねえ君、そうじゃないか、そうなっても君は僕を捨てないでくれるだろうか。」

「僕は誓って君を捨てない、僕は君に恥を掻かされたなんて思っても居ないんだ。」

中村は例になく激昂した私の様子を見てオドオドしながら、

「樋口だってそうだよ、樋口は委員の前で極力君の為めに弁護したと云って居る。『僕は親友の人格を疑うくらいなら自分自身を疑います』とまで云ったそうだ。」

「それでもまだ委員たちは僕を疑って居るんだね？――何も遠慮することはない、君の知ってる事は残らず話してくれ給えな、其の方がいっそ気持が好いんだから。」

私がそう云うと、中村はさも云いにくそうにして語った。

「何でも方々から委員の所へ投書が来たり、告げ口をしに来たりする奴があるんだそうだよ。それに、あの晩樋口が余計なおしゃべりをしてから風呂場に盗難がなくなったと云うのが、嫌疑の原にもなってるんだそうだ。」

「しかし風呂場の話を聞いたのは僕ばかりじゃない。」――此の言葉は、それを口に出しはしなかったけれども、直ぐと私の胸に浮かんだ。そうして私を一層淋しく情なくさせた。

「だが、樋口がおしゃべりをした事を、どうして委員たちは知っただろう？　あの晩彼処に居たのは僕等四人だけだ、四人以外に知って居る者はない訳だとすると、――そうして樋口と君とは僕を信じてくれるんだとすると――、」

「まあ、それ以上は君の推測に任せるより仕方がない。」そう云って中村は哀訴するような眼つきをした。「僕はその人を知って居る。その人は君を誤解して居るんだ。しかし僕の口からその人の事は云いたくない。」

平田だな、――そう思うと私はぞっとした。平田の目が執拗に私を睨んで居る心地がした。

「君はその人と、何か僕の事に就いて話し合ったかね？」

「そりゃ話し合ったけれども、………しかし、君、察してくれ給え、僕は君の友人であると同時にその人の友人でもあるんだから、その為めに非常に辛いんだよ。実を云うと、僕と樋口とは昨夜その人と意見の衝突をやったんだ。そうしてその人は今日のうちに寮を出ると云って居るんだ。僕は一人の友達の為めにもう一人の友達をなくすのかと思うと、そう云う悲しいハメになったのが残念でならない。」

「ああ、君と樋口とはそんなに僕を思って居てくれたのか、済まない済まない、――」

私は中村の手を執って力強く握り締めた。私の眼からは涙が止めどなく流れた。中村も勿論泣いた。生れて始めて、私はほんとうに人情の温かみを味った気がした。此の間から遣る瀬ない孤独に苛まれて居た私が、求めて已まなかったものは実に此れだったたのである。たとい私がどんなぬすッとであろうとも、よもや此の人の物を盗むことは出来まい。………

「君、僕は正直な事を云うが、――」

と、暫く立ってから私が云った。

「僕は君等にそんな心配をかけさせる程の人間じゃないんだよ。僕は君等が僕のような人間の為めに立派な友達をなくすのを、黙って見て居る訳には行かない。あの男は僕を疑って居るかも知れないが、僕は未だにあの男を尊敬して居る。僕よりもあの男の方が余っぽど偉いんだ。僕は誰よりもあの男の価値を認めて居るんだ。だからあの男が寮を出るくらいなら、僕が出ることにしようじゃないか。ねえ、後生だからそうさせてくれ給え、そうして君等はあの男と仲好く暮らしてくれ給え。僕は独りになってもまだ其の方が気持がいいんだから。」

「そんな事はない、君が出ると云う法はないよ。」

と、人の好い中村はひどく感激した口調で云った。

「僕だってあの男の人格は認めて居る。だが今の場合、君は不当に虐げられて居る人なんだ。僕はあの男の肩を持って不正に党(くみ)する事は出来ない。君を追い出すくらいなら僕等が出る。あの男は君も知ってる通り非常に自負心が強くってナカナカ後へ退かないんだから、出ると云ったらきっと出るだろう。だから勝手にさせて置いたらいいじゃないか。そうしてあの男が自分で気が付いて詫りに来るまで待てばいいんだ。それも恐らく長いことじゃないんだから。」

「でもあの男は強情だからね、自分の方から詫りに来ることはないだろうよ。いつ迄も僕を嫌い通して居るだろうよ。」

　私の斯う云った意味を、私が平田を恨んで居て其の一端を洩らしたのだと云う風に、中村は取ったらしかった。

「なあに、まさかそんな事はないさ、斯うと云い出したら飽く迄自分の説を主張するのが、あの男の長所でもあり欠点でもあるんだけれど、悪かったと思えば綺麗さっぱりと詫りに来るさ。そこがあの男の愛すべき点なんだ。」

「そうなってくれれば結構だけれど、――」

　と、私は深く考え込みながら云った。

「あの男は君の所へは戻って来ても、僕とは永久に和解する時がないような気がする。――ああ、あの男は本当に愛すべき人間だ。僕もあの男に愛せられたい。」

　中村は私の肩に手をかけて、此の一人の哀れな友を庇うようにしながら、草の上に足を投げて居た。夕ぐれのことで、グラウンドの四方には淡い靄がかかって、それが海のようにひろびろと見えた。向うの路を、たまに二三人の学生が打ち連れて、チラリと私の方を見ては通って行った。

「もうあの人たちも知って居るのだ、みんなが己を爪弾(つまはじ)きして居るのだ。」

そう思うと、云いようのない淋しさがひしひしと私の胸を襲った。

その晩、寮を出る筈であった平田は、何か別に考えた事でもあるのか、出るような様子もなかった。そうして私とは勿論、樋口や中村とも一言も口を利かないで、黙りこくって居た。事態が斯うなって来ては、私が寮を出るのが当然だとは思ったけれども、二人の友人の好意に背くのも心苦しいし、それに私としては、今の場合に出て行くことは疚(やま)しい所があるようにも取られるし、ますます疑われるばかりなので、そうする訳にも行かなかった。出るにしてももう少し機会を待たなけりゃならない、と、私はそう思って居た。

「そんなに気にしない方がいいよ、そのうちに犯人が掴まりさえすりゃ、自然と解決がつくんだもの。」

二人の友人は始終私にそう云ってくれて居た。が、それから一週間程過ぎても、犯人は掴まらないのみか、依然として盗難が頻発するのだった。遂には私の部屋でも樋口と中村とが財布の金と二三冊の洋書を盗まれた。

「とうとう二人共やられたかな、あとの二人は大丈夫盗まれッこあるまいと思うが、……」

その時、平田が妙な顔つきでニヤニヤしながら、こんな厭味を云ったのを私は覚えて居る。

樋口と中村とは、夜になると図書館へ勉強に行くのが例であったから、平田と私とは自然二人きりで顔を突き合わす事が屢々あった。私はそれが辛かったので、自分も図書館へ行くか散歩に出かけるかして、夜は成るべく部屋に居ないようにして居た。すると或る晩のことだったが、九時半頃に散歩から戻って来て、自習室の戸を明けると、いつも其処に独りで頑張って居る筈の平田も見えないし、外の二人もまだ帰って来ないらしかった。「寝室か知ら?」――と思って、二階へ行って見たが矢張誰も居ない。私は再び自習室へ引き返して平田の机の傍に行った。そうして、静かにその抽出しを明けて、二三日前に彼の国もとから届いた書留郵便の封筒を捜し出した。封筒の中には拾円の小為替が三枚這入って居たのである。私は悠々とその内の一枚を抜き取って懐に収め、抽出しを元の通りに直し、それから、極めて平然と廊下に出て行った。廊下から庭へ降りて、テニス・コートを横ぎって、いつも盗んだ物を埋めて置く草のぼうぼうと生えた薄暗い窪地の方へ行こうとすると、

「ぬすッと!」

と叫んで、いきなり後から飛び着いて、イヤと云うほど私の横ッ面を張り倒した者があった。それが平田だった。

「さあ出せ、貴様が今懐に入れた物を出して見せろ!」

「おい、おい、そんな大きな声を出すなよ。」

と、私は落ち着いて、笑いながら云った。

「己は貴様の為替を盗んだに違いないよ。返せと云うなら返してやるし、来いと云うなら何処へでも行くさ。それで話が分っているからいいじゃないか。」

平田はちょっとひるんだようだったが、直ぐ思い返して猛然として、続けざまに私の頬桁を殴った。私は痛いと同時に好い心持でもあった。此の間中の重荷をホッと一度に取り落したような気がした。

「そう殴ったって仕様がないさ、僕は見す見す君の罠に懸ってやったんだ。あんまり君が威張るもんだから、『何糞！　彼奴の物だって盗めない事があるもんか』と思ったのがしくじりの原なんだ。だがまあ分ったから此れでいいや。あとはお互に笑いながら話をしようよ。」

そう云って、私は仲好く平田の手を取ろうとしたけれど、彼は遮二無二胸倉を摑んで私を部屋へ引き摺って行った。私の眼に、平田と云う人間が下らなく見えたのは此の時だけだった。

「おい君達、僕はぬすッとを摑まえて来たぜ、僕は不明の罪を謝する必要はないんだ。」

平田は傲然と部屋へ這入って、そこに戻って来て居た二人の友人の前に、私を激しく突き倒して云った。部屋の戸口には騒ぎを聞き付けた寮生たちが、刻々に寄って来てかたまって居た。

「平田君の云う通りだよ、ぬすッとは僕だったんだよ。」

私は床から起き上って二人に云った。極く普通に、いつもの通り馴れ馴れしく云った積りではあったが、矢張顔が真青になって居るらしかった。

「君たちは僕を憎いと思うかね。それとも僕に対して恥かしいと思うかね。」

と、私は二人に向って言葉をつづけた。

「――君たちは善良な人たちだが、しかし不明の罪はどうしても君たちにあるんだよ。僕は此の間から幾度も幾度も正直な事を云ったじゃないか。『僕は君等の考えて居るような値打ちのある人間じゃない。平田君こそ確かな人物だ。あの人が不明の罪を謝するような事は決してない』ッて、あれほど云ったのが分らなかったかね。『君等が平田君と和解する時はあっても、僕が和解する時は永久にない』とも云ったんだ。僕は『平田君の偉いことは誰よりも僕が知って居る』とまで云ったんだ。ねえ君、そうだろう、僕は決して一言半句もウソをつきはしなかっただろう。ウソはつかないがなぜハッキリと本当の事を云わなかったんだと、君たちは云うかも知れない。やっぱり君等を欺して居たんだと思うかも知れない。しかし君、そこはぬすッとたる僕の身になって考えてもくれ給え。僕は悲しい事ではあるがどうしてもぬすッとだけは止められないんだ。けれども君等を欺すのは厭だったから、本当の事を出来るだけ廻りくどく云ったんだ。僕がぬすッとを止めない以上あれより正直にはなれないんだから、それを悟ってくれなかったのは君等が悪いんだよ。こんな事を云うと、いかにもヒネクレた厭味を云ってるようだけれども、そんな積りは少しもないんだから、何卒真面目に聞いてくれ給え。それほど正直を欲するならなぜぬすッとを止めないのかと、君等は云うだろう。だが其の質問は僕が答える責任はないんだよ。僕がぬすッととして生れて来たのは事実なんだよ。だから僕は其の事実が許す範囲で、出来るだけの誠意を以て君等と附き合おうと努めたんだ。それより外に僕の執るべき方法はないんだから仕方がないさ。それでも僕は君等に済まないと思ったからこそ、『平田君を追い出すくらいなら、僕を追い出してくれ給え』ッて云ったじゃないか。あれはごまかしでも何でもない、本当に君等の為めを思ったからなんだ。君等の物を盗んだ事も本当だけれど、君等に友情を持って居る事も本当なんだよ。ぬすッとにもそのくらいな心づかいはあると云う事を、僕は君等の友情に訴えて聴いて貰いたいんだがね。」

中村と樋口とは、黙って、呆れ返ったように眼をぱちくりやらせて居るばかりだった。

「ああ、君等は僕を図々しい奴だと思ってるんだね。やっぱり君等には僕の気持が分らないんだね。それも人種の違いだから仕様がないかな。」

そう云って、私は悲痛な感情を笑いに紛らしながら、尚一言附け加えた。

「僕はしかし、未だに君等に友情を持って居るから忠告するんだが、此れからもないことじゃないし、よく気を付け給え。ぬすッとを友達にしたのは何と云っても君たちの不明なんだ。そんな事では社会へ出てからが案じられるよ。学校の成績は君たちの方が上かも知れないが、人間は平田君の方が出来て居るんだ。平田君はごまかされない、此の人は確かにえらい！」

平田は私に指さされると変な顔をして横を向いた。その時ばかりは此の剛愎な男も妙に極まりが悪そうであった。

それからもう何年か立った。私は其の後何遍となく暗い所へ入れられもしたし、今では本職のぬすッと仲間へ落ちてしまったが、あの時分のことは忘れられない。殊に忘れられないのは平田である。私は未だに悪事を働く度にあの男の顔を想い出す。「どうだ、己の睨んだことに間違いはなかろう。」そう云って、あの男が今でも威張って居るような気がする。兎に角あの男はシッカリした、見所のある奴だった。しかし世の中と云うものは不思議なもので、「社会へ出てからが案じられる」と云った私の予言は綺麗に外れて、お坊っちゃんの樋口は親父の威光もあろうけれどトントン拍子に出世をして、洋行もするし学位も授かるし、今日では鉄道院○○課長とか局長とかの椅子に収まって居るのに、平田の方はどうなったのか杳として聞えない。此れだから我れ我れが「どうせ世間は好い加減なものだ」と思うのも尤もな訳だ。

　読者諸君よ、以上は私のうそ偽りのない記録である。私は茲に一つとして不正直な事を書いては居ない。そうして、樋口や中村に対すると同じく、諸君に対しても「私のようなぬすッとの心中にも此れだけデリケートな気持がある」と云うことを、酌んで貰いたいと思うのである。

　だが、諸君もやっぱり私を信じてくれないかも知れない、けれども若し——甚だ失礼な言い草ではあるが、——諸君のうちに一人でも私と同じ人種が居たら、その人だけはきっと信じてくれるであろう。

復讐

久米正雄

　法科大学生高田新太郎君が、菊坂裏のこの素人下宿に、住みついてから三年になった。彼にはこの家が取り立てて気に入ったのでもなかったが、いつとはなく慣れ昵んだ階下の婆さんに他所へ移るのが気の毒のようにも感ぜられるし、又自分でも一旦落着いた処を強いて動く気にもならず、ずるずると居据って来たのであった。家は小さな路地を入った突当りにあった。彼は殆んど毎日その薄暗い路地を朝夕に往復し馴れた。こうして人家の変遷の激しい貸家続きの間にあっては、三年の通学が彼をすっかりこの近辺の古顔にして了った。

　事実、彼のいる二階の裏窓を明けて、すぐ眼下に見える小さな平家の如きは、高田君の見ている中にも五六度は主を代えた。小瀟洒した住みよげな家ではあるが、何分間数が少くもあり、その割合には家賃が高いと云うので、落着く人がないらしかった。もとは何某の隠居所だったとやらで、普請は相応にいいのであるが、玄関構えの大きくないのが、借家人の虚栄心を満足せしめなかったのであろう。

　初め彼が来た時分には、そこに六十位な老夫婦が住んでいて、その狭い庭の大半を、大小さまざまの朝顔鉢で埋めていた。そして時々その老人の、宗匠型の黄色い顔が縁側に見られた。そうこうしている中に、彼が一度も声を聞いた事のないお婆さんが、或る日ぽくりと亡って了ったとやらで、二三日その家もごたごたしたが、それが収まると同時に、お爺さんもどこかへ行って了った。その次に来たのは若い会社員らしい独身者で、婆やを傭って暫く暮していたが増俸と共に結婚でもしたのだろう、二三ヵ月の後に去って了った。その次に来たのは、病身らしい工科の学生と、その一人息子を世話する母とであった。これとは彼もすぐ窓を隔てて口をきき合うようになった。一二度は玄関へ廻って訪れた。話してみるとその学生は彼と同じ高等学校を、彼よりずっと早く出たのだった。けれども長い間の病気で、その年やっと二回へ進み得たのが解った。その学生はそんな訳で友人がないため母と共に彼を可なり親しく感じた。けれどもそこへ移って以来、学生の病気がどうも面白くないので、母はそれを方位の悪い事と家の陰気臭さとに帰して、やがてその家を去って了った。その次には或る商人のお妾だとか云う二十七八の肥った女が住んだ。初めは彼もそれに好奇心を持った。けれどもそれが彼のお妾と云う想像からは遠い、下女型の顔であるのを知って以来、度々通って来る旦那の太い声をも蔑むようになった。誰云うとなくその女の前身が、肉屋か何かの女中だったと伝えられたりした。彼の処へ遊びに来た同級の学生の中に、その女の居た店を知っているものなぞもあった。それは大学生がよく行く、この界隈でちょっと知られた牛肉屋だった。

「そうかい。あんな女が惚れられて、男に連れて行かれたと云う話さえ不思議だと思っていたのに、それがこの裏に住んでるとは、全く世の中も狭いものだね」こう云ってその友人は、まだ青い柿の葉のさしかかった間から隣家を覗き込んだりした。そして見っともないからよせと、高田君がとめるにも係らず、大声でその名を呼んでみたり、「死んだと思ったお時さん」などと台辞もどきで揶揄ったりした。何と云われてもその女の方では黙っていた。そうしている中に、その揶揄が原因をなしたのでもあるまいが、彼女もまたこっそりと去ってしまった。それから後は暫く明いていた。いつの間にか高田君も、その新らしい借家人を待ち受ける気持になっていた。暫くすると今度は、小官吏らしい中年の夫婦者が、二人の子供を抱えて移って来た。その主人は夕方からよく尺八を吹いた。それが高田君の気分に連れて、上手にもまた下手にも聞えた。赤ん坊の泣き声が、たまたま尺八の音を消す事もあった。よく晴れた秋の頃で、細君はよく軒下に襁褓を吊り自分はその下で秋日にちかちか光るマニラ麻を、内職半分に弄んでいるのが見られた。高田君は幾日か物慕しい眼でそれを見ていた。何だか初めて真の人生が、地道な人間の生活が、初めてそこへ移って来たかの如く感じられたからであった。しかしそれも半年と続かなかった。何でもそこの主人が、同じ東京ながら全く方角の別な処へ、急に転勤したためであった。それから又暫くは空家であった。そして高田君は又、新らしい借家人を新らしい興味で以て待ち受けねばならなかった。或る朝彼は階下のお婆さんを捉えて、朝飯を食いながらこんな話をした。

「裏の家は今度は中々塞がらないね。時節でも悪いせいだろうか」

「ほんとでございますね。けれども時節のせいじゃございますまい。毎日一人位ずつ見に来る人はあるんですけれど、今度は中々移って来る人がありませんね。昨日も貴方が学校へ行っていらっしゃる間に、若い綺麗な奥さんが見に来ましたよ。私は丁度洗濯をしていましたので、竹垣の間からよく見ました」

「そんなに綺麗な人だったのかい。お婆さんがわざわざ見る程」

「ええ、立派な奥さんでしたよ。それに声がいかにも可愛らしい女でした」

「そうかい。俺が家主なら、そんなのには随分家賃をまけてやるんだがな。惜しい事をしたよ。第一余り景気の悪い借り手が来ると全く近所迷惑だからな」

高田君はこんな冗談口をきいて、その日は学校へ出掛けて行った。そして毎もの通り数頁のノートを黒くして帰って来ると、いつになく玄関へ出で迎えた宿の婆さんが、笑いの中に声を潜めて、いかにも大事件らしく、こんな事を報告した。

「高田さん、あれがとうとう移って来ましたよ」

「あれって誰だい」高田君は懐中から新聞に包んだ上草履を、玄関の狭い敷台へ投げ出しながら云った。

「あの今朝お話した奥さんですよ。先刻お昼少し前でした。これもお若い立派な旦那様と、荷物を宰領して来た様子ですよ。二階へ上ったら、一つ検分して御覧なさい」

「そうかい。そいつは早速見るとしよう」

彼はすぐ二階へ上ると、毎もの通り裏窓の障子を明けようとして、何となく憚られるように感じた。そして何だかこの障子一枚を明けると、急に別な世界が開けるように思えた。そこには美しい女が、他人の妻ではあるが、自分の戸を明けるのを待っているような気がした。そして二人の思わず交す微笑から、或る面白い事件が発展しそうに想像された。ここまで来ると高田君は、ふと妄誕な自分の幻想に吾れと驚いて微笑んだが、それと同時に思い切って明らさまに障子を開ける勇気も出た。そして明けた窓口から、何気なく隣家を覗き込んだ。

丁度季節は初夏に入って、両家の境から斜にさし出た柿若葉も、彼の注視を妨ぐるほど茂ってはいなかった。そして白々とした日影に戸を開け放った隣家は、今移ったとも見えぬ程整頓していた。瀟洒たる調度類が、遠く斜めに美しく見られた。そして縁側に吊った衣紋竹には、もう宵の口の女の美しさを予想せしむる派手な衣類が懸っていた。家の中は静かであった。暫く見ている間に、何処ともなく奥の方で、何かを云いつけているらしい綺麗な声が二三言洩れた。高田君ははっと思って身を引いた。がすぐ思い返すと又窓の方へ寄って、その声の主が現わるるのを待った。しかしその人は中々姿を現わさなかった。彼はとうとう馬鹿らしくなってその企てを放棄して了った。

けれども高田君が隣家の女をすっかり見て了ったのは、その日の中であった。その時その女は、縁に出してあった客用の座蒲団を取り込む所であった。高田君は最初に先ずその細い襟筋をちらと見た。それから俛首いて重たげな丸髷に、卑しくない程度で赤い手がらが掛っているのを見た。女は一と揃いの座蒲団を一緒に持とうとして、白い両手をその上に拡げて捲いた。そうして身を起した。やがて女の藍鮮かな帯の型が、すらりとした全身と共に家の中に全く隠れた。高田君はまだぼんやり窓の所に立っていた。すると女は又縁側に現われた。そして既に日の廻った、黄ばんだ午後の空を仰ぎ見た。その時高田君ははっきりと細面な女の顔容と、淋しげな頰の色と、整った目鼻立ちとを見て取った。就中、眼の際立って黒澄んでいるのと、正面から見た髱が、うっすらと暈したように張っているのを好ましく見て了った。女は二三度目をしばたたいて徐にそれを高田君の方へ向けた。彼女は不意ながら明かに彼を認めた。けれども慌てたらしくは見えなかった。高田君は急いで身を引いた。けれども女はそのままそこにいるらしく、台所にいるらしい婢を呼ぶ声が、手に取るほど明かに聞えて来た。

　その日はそれきりで終った。けれども高田君はいつしか、何か通俗小説にある主人公のように、その窓から隣家を見るのを楽しみにするようになって了った。彼は自分の体面上、幾らかそんな行為をするのが憚られもしたが、毎も極めて自然らしく見せかけて、幾度か窓辺に寄るのを常とした。しかも女の方でもまた、故意にと思われる程屢々姿を現わすのであった。

二人が眼を見合わす度に、微笑み交すようになったのは、何時(いつ)からであったか高田君は忘れて了った。けれども彼は自分のはっきりした頭脳に掛けて、微笑みかけたのが向うからであったのを記憶(おぼ)えている。そしてその後は彼の方も微笑を用意して、眼を合せるのを怠らなかっただけだ、と信じている。

二人が初めて言葉を交したのは、移ってから二三週目の或る日曜日であった。それはよく晴れた五月終りの一日であった。高田君は毎ものように快く日曜の朝寝を貪(むさぼ)り尽して、十一時近くに裏の雨戸を開けると、そこのきらきらした日影に眩(きら)めく庭の片隅に、隣りの女は鮮かな紅布を張板に伸ばしながら、外光を身に吸い集めて立っていた。高田君が重たい瞼(まぶた)をしばたたいて、暫く見定めるように立っていると、極めて心安げに女がこう云った。

「まあ、今お眼覚めですか」

「ええ」高田君は笑って答えた。

それから高田君は急に隔てが取れたように感じた。そして別に故意の目的からではなく、女と出来るだけ多く話す機会(おり)を作るようにした。女の方でもまた、高田君の学校から帰るのを見定めては、庭へ出るように努めてる如く思われた。会話の題目には、さし当っての季節の話やら、学校での事件なぞが選ばれた。それから暫くすると、それがだんだんお互の一身上の事情から、時々の微妙な感情の訴えまでに触れて行った。

「何と云っても学生時代が花ですわね。宅の主人なぞでも学生時代の方が、まだ人間らしゅうございましたわ」

　女はそんな事すら云った。

「では貴方は学生の時分から、今の御主人とお知合だったのですね」

「ええ、私共は可なり早く結婚しましたのよ。宅が学校にいる中から」

「では先ず恋仲というような工合ですね」

「そんな事もないんですけれど」

「御主人は何処(どこ)の学校を御出になったんです」

「三田ですのよ」

「三田の人たちは、ここらの学生とは、大分違いましょうねえ」

「さあ、その時分の私には、何も解りませんでしたわ。けれど違ってるんでしょうねえ」

「何しろ彼処(あちら)には、私共のような朴念仁はいませんよ」

「あら、そんな事はないでしょう。貴方だって御立派な方じゃありませんか」

「御立派な百姓ですよ」

　ざっとこんな対話が、お互の身の上の斥候として、たまたま交された。

　或る時は又、物日のおはぎや祝い菓子の類を、わざわざ下女に届けさして来た。その時、家が丁度背中合せになっていて、入り口が不分明な処から、「一体貴方のお宅の門口はどこにあるんです」とわざわざ高田君を窓口へ呼び出して聞いたりした。そうしてそのお礼を高田君が裏窓から云った時、女はこんな事を云った。

「貴方のお名前は新太郎と云うのね」

「どうして解りました」

「だって下女が門に貼ってある名刺を見て来たのですよ」

「でも苗字の方は知ってたんですか」

「ええ。だって、貴方の家のお婆さんがよく呼ぶじゃありませんか、私とうに知っててよ」

「そいつは驚きましたね。全く油断も出来やしない」

「わたしの名は知ってて」

「知りませんね」

「ああよかった。それで結構ですわ」

「なあにすぐ探知して見せますよ」

「出来たらして御覧なさい。それあ厭な名よ」

「何て云うんです」

「知らない」女は卑しげに首を傾けながらも、鮮かに笑った。

高田君はこんな甘ったるい愚弄（ぐろう）に乗ったとは気附きながら、甘ったるく乗って行くままに、自分の身を任せて行った。そしてそうまで自分を釣られて行く事に、一種の快感をさえ覚えた。

女の名が品子と云うのだという事が、その後直ぐ解った。それは高田君が注意深く、或る宵彼女の良人の口から洩れる機会を、捉え得たためであった。何処かの銀行へ勤めているらしい彼女の良人はその宵同僚らしい友人を伴（つ）れ帰って、初夏の食卓を縁側近く持ち出したためその言葉の断片が、聞耳を立てた高田君にまで伝わったのである。青く暮れ切った庭を隔てて、明るい電燈が照り出した隣家の食卓には、白い反射を潜めた卓布（テーブル・クロース）の上に、一二三皿の鮮かな野菜を添えた食品が並んだ。そしてそれを囲む二三人の影が、折々庭に揺れ動いた。その中に立交って、忙しそうな女の姿が高田君にははっきり映った。

「品子！」彼女の良人が台所にでも行ったらしい彼女を呼んだ。

「品子！」高田君も小声で繰り返しながら微笑した。

その次の機会に、高田君が彼女にこれを伝えた時、彼女はこんな事を云った。

「あら、とうとう解って。じゃこれから奥さんなんて呼ぶのをお廃（よ）しなさい」

「だってお互に品子さんなんぞと甘ったるく呼び合う柄でもないじゃありませんか」

「いいわよ。そんな事に関（かま）わないで甘ったれましょうよ」

女は飽くまで彼に依って、昔の夢を、たまらなく甘い夢を再現しようと望んでいるらしかった。そして埒もない弄愛の言葉を、誇張して取り交したいらしかった。そして窓を明けて微笑み合うと云うような処女の日にも稀な恋愛を、「神聖」と云う字の持つあらゆる厭味をさえ伴った恋愛を、思い返してみたかったのである。只その相手として選ばれた高田君が、果してそんな作為した無邪気な関係に満足するか否かは、女も考えないらしかった。

或る日又、高田君に愈々この関係を促進させる決意を与えるような事件が起った。

その日の夜の八時頃であった。高田君は毎もの通り机に凭れて、その日のノートの整理をしていると不意に窓下で女の声がした。高田君は一時気のせいではないかと耳を疑ったが、その次の瞬間には正しく彼女が直ぐそこで彼を呼んでるのだと云う事が解った。彼は不思議にぞっとした。そして騒ぎ立つ心臓を抑えて、静かにその窓を押し開いた。するとその暗い庭の中央に既に雨戸を引いた家から細長く洩れる灯影をぼんやり背に浴びて、仄白い単衣の女が立っていた。暗い夜の土から湿っぽい静かな匂いが上って来た。そしてずっと向うの都市の空には、燈火の残照が薄く滲んで、電車のスパークであろう、折々青白い閃光が小さく掠めた。

「今時分どうなすったんです」高田君は四辺の情景に引入れられて、思わず小声に訊ねた。

「吃驚なすって。吃驚したら御免なさい。――あのね。今夜主人がいないんでしょう。それに女中が先刻急用で出て行ったものですからね。私気味が悪くって仕方がないのよ。この頃この近辺に泥棒が入って来るって評判でしょう。一昨日も向うのお宅の屋根に、人の伝わった大きい足痕があったなんて話を聞いていたものだから、猶怖くって仕様がないのよ。それに今、そんな事を思って怖がっていると、台所口の方で、何だか急にがいさって云う音がしたんでしょう。私ほんとに吃驚して飛び出したの。そして貴方をお呼び立てしたのよ」

「それでそれは何でもなかったんですか」高田君はあたかも水深を測るように、女の真意を見定めるべくじっと暗中の顔を見返した。

「ええ。何でもなかったらしいの。きっと犬か猫だったんでしょう。けれども又ほんとの盗人が来るかも知れませんからね。そしたら貴方に直ぐお知らせしますから、どうか来て下さいね。ほんとに済みませんが、今夜は、そこの雨戸を閉めないでいて頂戴。呼んだら直ぐ聞えるように」

「ようござんす。閉めないで置きましょう。そして呼んだら直ぐ飛び下りて行きます。安心していらっしゃい」

「貴方、そこ飛び下りられて」

「ええ、雑作もない事です。ここの柿の枝へつかまって器械体操の要領でぶら下れば、直ぐ下りられます」

「じゃ安心して寝ていますわ。――ほんとにきっと起きて頂戴よ」

「ええ。――で御用はそれっきりですか」高田君は更に女の顔をじっと見定めた。暗に馴れた彼の瞳は、そのぼんやり白い顔の中に、今度は明かに深く見開いた誘惑的な眼を認めた。

「ええ、お願いはそれっきりなの」それでも女はまだじっとそこに立っていた。

「寧ろ泥棒が来てくれればいいですね」高田君はもう一度口を切った。

「あら何故、怖いじゃありませんか」女の答は思いの外に平凡だった。

「でも、そんな事がなけれあ、貴方のために力を尽す機会がないんですもの」

「だからきっと起きて頂戴。呼んでもぶるぶる慄えていては厭よ」

「大丈夫です。――だが一体御主人はどこへ行ったのです」

「臨時の宿直なの」

「それあお気の毒ですね。貴方も淋しいでしょう」

「まさか。――」苦笑したらしい女の声が暗の中で語尾を緩ませた。高田君はどうせここまで来たら、もう一歩追窮すべきだと思った。

「貴方一人を残して置くなんて、全く危険な話ですね」

「だから泥棒が来たら、きっと起きて下さいとお願いしてるんですわ。ほんとに来て下さいよ。よくって」女の答は即座で、かつ明瞭だった。そして彼女は徐ろに踵(きびす)を返し始めた。

「安心してお休みなさい」高田君も女の家へ入るのを見て、窓を閉めた。しかし彼の心は、「ほんとに来て下さいよ。よくって」と念を押した時の、暗中ながら影の濃い女の眼使いを、じっと思い鎮めていた。ほんとに彼は、その一と夜中、女の真意を思い惑った。――盗人はとうとう来なかった。そして女がもう一度彼の窓下に立つという想像は、遂に暁まで彼を徒(いたず)らに疲らしめたに過ぎなかった。

翌朝、高田君は彼女と会うのを待って、

「とうとう泥棒は来ませんでしたね。全く残念でした」と挨拶をした。

「臆病な貴方には、来ない方がやっぱりいいんだわ」

こう云った女の答に、高田君は自分が罵(のの)しられたような意味を読んだ。それで慌てて女の顔を見返したが、そこにはもう何等の隠匿も無い、白く澄んだ朝の女の顔があるばかりであった。

けれどもそれ以外高田君の心では、その時全く又とない機会を逸したのだと思えて来た。そして今度こそ逃(のが)しはしないぞと云う決意が、ひそかに頭を擡(もた)げて来るのであった。

――

それはすっかり夏になって了った或る夜の事であった。もう疾(と)うに休みになっているにも拘らず、何か仕残した事があるようで、帰省する気になれなかった高田君は、毎夜を殆んど灯の海を漂わす街上の漫歩に費していた。そして或る宵偶然真砂町の通りで、たった一人でいる隣りの細君に会って了った。丁度地蔵の縁日の事で、街にはいつもより派手な人通りと、軽いどよみとがあった。そしてこの輝かしい夜の空気の中で、この人に会う事は一種異常な興奮を高田君に与えて了った。高田君は全く待っていた時が来たのだと思った。

「おや、どちらへおいでになるのです」

「あら、お珍らしい処で会うのね。貴方と外で会うのは初めてですわね」女の眼も明かに好奇らしく輝いた。「今丁度買物に出たんですけれど、夜店が余り賑やかそうですから、ちょっと見て来たの。これから帰る処よ。貴方は」

「僕も帰ろうかと思ってる処なんです、けれどもう少し御一緒に歩きましょう」

「ええ少しなら」

それから二人は、家の方へ切れるのをやめて、人通りのだんだん尠くなる富坂の方へ下って行った。暫くの間不思議に二人は何も話さなかった。そしてそのまま春日町まで出て了った。

「もう少し位遅くなってもいいんでしょう」高田君は立停って、さりげなく云った。

「ええ少しなら」

「ではここから電車に乗って、どこかへ行きましょう。二人で話が出来るような処へ」

「でも何処へ行くんです」

「貴方にも、もう解ってるじゃありませんか。――」こう云って高田君はそっと彼女の方へ近寄った。するとその瞬間に、彼女の表情が全く狼狽して了った。そして急に警戒するように手を背後へ引いて、途断れ途断れにこう云い出した。

「私そんな積りじゃなかったんですよ。貴方はほんとに厭な方ね。私見違えていたわ。貴方は私をそんな女だと思って。私そんな人間じゃなくってよ」

こう云うと同時に彼女は、高田君の前でくるりと踵を返した。そうして逃走すると云うよりは勝利者のような態度で、さっさと向うへ歩き出した。高田君は止めるにも止められなかった。追い縋るにも追い縋られなかった。そして只茫然と人混みの中へ消えて行く、小刻みな女の足どりと、小憎らしく澄まし切った後姿を見送っていた。が、やがて彼に云い知れぬ憤懣の情と、自嘲の心とが湧き上って来た。すべてが余りに見事な裏切りを受けた。彼は茫然と立ち尽した自分の姿が如何に馬鹿げているかと思い、又如何に彼女が誇らしげであったかを考えた。そして全く口惜しいと云う念に打たれると同時に、堪え切れぬ憎悪がその中に芽ぐんで来た。

「畜生！　あれまでに人を釣って置いて、そんな積りじゃないもよく云えたものだ。よし覚えていろ、きっとこの恥辱には復讐してやるから」

彼はようやく歩き出しながらこう呟いた。そして如何なる方法を以て、この女の仕打に復讐すべきかを思い廻らし始めた。憤懣が生んだ種々な残酷な手段が浮んで来た。すべては要するに、彼が悪魔となる事であった。けれども彼は、甘んじてこの復讐のためには、悪魔となる事を欲した。それは自分の方にも悪い処があるには違いない。しかしあれまでに人を翻弄して置いて最後にこんな屈辱を与えて顧みない女には、肉を啖っても足りない。——と彼は考えた。けれども彼の地位と、女の境遇とを思えば、自分を亡ぼしてまでも、手痛い復讐をする手段は、さすがに取り兼ねた。彼は永い間目的もなく街を彷徨いつつ、やがて冷静に返った頭脳で、その中最も簡易で温和な手段を取ることに決した。

かくて彼は以後じっとその機会の来るのを待った。——

その翌日、女は、彼が又ふと二階から顔を見合せた時、昨日の事を全く忘れたかのように、明るく微笑んで見せた。彼は全く女の意を取り兼ねた。そして余りの事に、彼は勿論毎もの通りそれと調子を合せる事は出来なかった。堪え切れぬ不快が先ず彼の顔を硬ばらした。けれども「今に見ろ」と云う念の底から、今の中は出来るだけ平気に、かつ快活らしく装う必要を感じて、後には強いて微笑んで見せた。彼に取っては彼女の微笑は、先きには愛を乞う微笑であった。しかし今は勝利のそれであった。そして二つながら彼女の利器たるに相違なかった。高田君はこの微笑の前に在って憎悪の中にも魅力を感じた、そして吾れと吾が心を、決意から鈍らぬように屢々吐せねばならなかった。

　こうした潜在的な関係で、高田君は執念深く時機を狙っていたのである。

　とうとう数十日かの後に、その機会は来た。

　或る日高田君は、注意深く隣家の主人と下婢との不在を確めた。そして女が確かに一人で家を守ってるのを知った。彼は遂に到来したこの時機の前で、激しい戦慄を禁じ得なかった。彼の身体には今狂おしい悪血が、嵐のように湧き立った。彼は先ず息を呑んで帯を締め直した。そして静かに裏の窓を押し開いた。既に初秋に入った静かな天地の中に、日影が爽かに隣家の畳へ射し込んでいた。そしてここからは見えないが、その少し奥の間は、確かに女のいる柔かい気配がした。高田君はそのままずっと身を伸ばして、そこの柿の木へ手を懸けた。そしてぐるりと身を飜して足を窓から離すと、重さに揺らぐ身体は、柿の枝に吊られたまま、隣家の垣内に移動した。彼はそっとこの庭内に跳ね下りた。冷たい地面が彼の蹠に感ぜられた。

　彼は真直ぐに縁側へ上った。そして物をも云わず座敷へ侵入した。女は何か縫物でもしていたらしかったが、この不意の闖入者に驚いて、立上って来た。そして吃驚して高田君の顔を見戍った。

「御免なさい。不意に遊びに参りました」高田君は唾を呑んで強いて冷静に云った。

「ほんとに吃驚するじゃありませんか」女は少し喘ぎながら云った。そしてまだ立っていた。

「そう吃驚しなくてもいいでしょう」こう云って高田君はつかつかと女の傍により、急に肩へ手を掛けた。そして更に両手で以て驚いている女の顔を挟んだ。「ね。――」彼はもう一度念を押した。すると今、高田君の眼の前で、血の気を失っていた女の顔は、その時不意に凝り固まったような微笑をした。そして今までの恐怖は消えて、堪え切れぬ羞恥が、彼女の身体を艶(なまめ)かしく悶(もだ)えさせた。


　高田君は、一瞬間その意外に瞠目(どうもく)していた。が、直ぐその後からこの女の余りに容易に自由になりそうなのに、ひどい反感を起した。そして堪え切れぬ憎悪が、彼の身の内に燃え上った。彼は両手で挟んでいる彼女の顔に、思い切ってかっと唾を吐きかけた。そして彼女をそこへ押し倒したまま、

「どうも失礼、そんな積りじゃなかったんです」と云い棄てて、真直ぐに表から出て行った。後には小鼻の脇に、ちかちか光る唾を拭いもせずに、気のぬけた顔が、茫然と見送っていた。

日の出前

太宰治

昭和のはじめ、東京の一家庭に起った異常な事件である。四谷区某町某番地に、鶴見仙之助というやや高名の洋画家がいた。その頃すでに五十歳を越えていた。東京の医者の子であったが、若い頃フランスに渡り、ルノアルという巨匠に師事して洋画を学び、帰朝して日本の画壇において、かなりの地位を得ることができた。夫人は陸奥の産である。教育者の家に生れて、父が転任を命じられるたびごとに、一家も共に移転して諸方を歩いた。その父が東京のドイツ語学校の主事として栄転してきたのは、夫人の十七歳の春であった。間もなく、世話する人があって、新帰朝の仙之助氏と結婚した。一男一女をもうけた。勝治と、節子である。その事件のおこった時は、勝治二十三歳、節子十九歳の盛夏である。

事件はすでに、その三年前から萌芽していた。仙之助氏と勝治の衝突である。仙之助氏は、小柄で、上品な紳士である。若い頃には、かなりの毒舌家だったらしいが、いまは、まるで無口である。家族の者とも、日常ほとんど話をしない。用事のある時だけ、低い声で、静かに言う。むだ口は、言うのも聞くのも、きらいなようである。煙草は吸うが、酒は飲まない。アトリエと旅行。仙之助氏の生活の場所は、その二つだけのように見えた。けれども画壇の一部においては、鶴見はいつも金庫の傍で暮している、という奇妙な囁きも交されているらしく、とすると仙之助氏の生活の場所も合計三つになるわけであるが、そのような囁きは、貧困で自堕落な画家の間にだけもっぱら流行している様子で、れいのヒステリイの復讐的な嘲笑に過ぎないらしいところもあるので、そのまま信用することもできない。とにかく世間一般は、仙之助氏を相当に尊敬していた。

勝治は父に似ず、からだも大きく、容貌も鈍重な感じで、そうしてやたらに怒りっぽく、芸術家の天分とでもいうようなものは、それこそ爪の垢ほどもなく、幼い頃から、ひどく犬が好きで、中学校の頃には、こんどは闘犬を二匹も養っていたことがあった。強い犬が好きだった。犬に飽きてきたら、こんどは自分で拳闘に凝り出した。中学で二度も落第して、やっと卒業した春に、父と乱暴な衝突をした。父はそれまで、勝治のことについては、ほとんど放任しているように見えた。母だけが、勝治の将来について気をもんでいるように見えた。けれども、こんど、勝治の卒業を機として、父が勝治にどんな生活方針を望んでいたのか、その全部が露呈せられた。まあ、普通の暮しである。けれども、少し頑固すぎたようでもある。医者になれ、というのである。そうして、その他のものは絶対にいけない。医者に限る。最も容易に入学できる医者の学校を選んで、その学校へ、二度でも三度でも、入学できるまで受験を続けよ、それが勝治の最善の路だ、理由は言わぬが、あとになって必ず思い当ることがあると、母を通じて勝治に宣告した。これに対して勝治の希望は、あまりにも、かけ離れていた。

勝治は、チベットへ行きたかったのだ。なぜ、そのような冒険を思いついたか、あるいは少年雑誌で何か読んで強烈な感激を味ったのか、はっきりしないが、とにかく、チベットへ行くのだという希望だけは牢固として抜くべからざるものがあった。両者の意嚮の間には、あまりにもひどい懸隔があるので、母は狼狽した。チベットは、いかになんでも唐突すぎる。母はまず勝治に、その無思慮な希望を放棄してくれるように歎願した。頑として聞かない。チベットへ行くのは僕の年来の理想であって、中学時代に学業よりも主として身体の鍛錬に努めてきたのも実はこのチベット行のためにそなえていたのだ、人間は自分の最高と信じた路に雄飛しなければ、生きていても屍同然である、お母さん、人間はいつか必ず死ぬものです、自分の好きな路に進んで、努力してそうして中途でたおれたとて、僕は本望です、と大きい男がからだを震わせ、熱い涙を流して言い張る有様には、さすがに少年の純粋な一すじの情熱も感じられて、可憐でさえあった。母は当惑するばかりである。いまはもう、いっそ、母のほうで、そのチベットとやらの十万億土へ行ってしまいたい気持である。どのように言ってみても、勝治は初志をひるがえさず、ひるがえすどころか、いよいよ自己の悲壮の決意を固めるばかりである。母は窮した。まっくらな気持で、父に報告した。けれども流石に、チベットとは言い出しかねた。満洲へ行きたいそうでございますが、と父に告げた。父は表情を変えずに、少し考えた。答は、実に案外であった。

「行ったらいいだろう。」

　そう言ってパレットを持ち直し、

「満洲にも医学校はある。」

　これでは問題が、さらにややこしくなったばかりで、なんにもならない。母はいまさら、チベットとは言い直しかねた。そのまま引きさがって、勝治に向い、チベットは諦めて、せめて満洲の医学校、くらいのところで堪忍してくれぬか、といまは必死の説服に努めてみたが、勝治は風馬牛（ふうばぎゅう）である。ふんと笑って、満洲なら、クラスの相馬君も、それから辰ちゃんだって行くと言ってた、満洲なんて、あんなヘナチョコどもが行くのにちょうどよい所だ、神秘性がないじゃないか、僕はなんでもチベットへ行くのだ、日本で最初の開拓者になるのだ、羊を一万頭も飼って、それから、などと幼い空想をとりとめもなく言い続ける。母は泣いた。

　とうとう、父の耳にはいった。父は薄笑いして、勝治の目前で静かに言い渡した。

「低能だ。」

「なんだっていい。僕は行くんだ。」

「行ったほうがよい。歩いて行くのか。」

「ばかにするな！」勝治は父に飛びかかって行った。これが親不孝のはじめ。

チベット行は、うやむやになったが、勝治は以来、恐るべき家庭破壊者として、そろそろ、その兇悪な風格を表わしはじめた。医者の学校へ受験したのか、しないのか、（勝治は受験したと言っている）また、次の受験にそなえて勉強しているのか、どうか、（勝治は、勉強しているさ、と言っている）まるで当てにならない。勝治の言葉を信じかねて、食事の時、母がうっかり、「本当？」と口を滑らせたばかりに、ざぶりと味噌汁を頭から浴びせられた。

「ひどいわ。」朗らかに笑って言って素早く母の髪をエプロンで拭いてやり、なんでもないようにその場を取りつくろってくれたのは、妹の節子である。未だ女学生である。この頃から、節子の稀有（けう）の性格が登場する。

勝治の小遣銭は一月三十円、節子は十五円、それは毎月きまって母から支給せられる額である。勝治には、足りるわけがない。一日でなくなることもある。何に使うのか、それは後でだんだんわかってくるのであるが、勝治は、はじめは、「わかってるじゃねえか、必要な本があるんだよ」と言っていた。小遣銭を支給されたその日に、勝治はぬっと節子に右手を差し出す。節子は、うなずいて、兄の大きい掌に自分の十円紙幣を載せてやる。それだけで手を引込めることもあるがなおも黙って手を差し出したままでいることもある。節子は一瞬泣きべそに似た表情をするが、無理に笑って、残りの五円紙幣をも勝治の掌に載せてやる。

「サアンキュー」勝治はそう言う。節子のお小遣は一銭も残らぬ。節子は、その日から、やりくりをしなければならぬ。どうしても、やりくりのつかなくなった時には、仕方がない、顔を真赤にして母にたのむ。母は言う。

「勝治ばかりか、お前まで、そんなに金使いが荒くては。」

節子は弁解をしない。

「大丈夫。来月は、だいじょうぶ。」と無邪気な口調で言う。

その頃は、まだよかったのだ。節子の着物がなくなりはじめた。いつのまにやら簞笥から、すっと姿を消している。はじめ、まだ一度も袖をとおさぬ訪問着が、すっとなくなっているのに気附いた時には、さすがに節子も顔色を変えた。母に尋ねた。母は落ちついて、着物がひとりで出歩くものか、捜してごらん、と言った。節子は、でも、と言いかけて口を噤んだ。廊下に立っている勝治を見たのだ。兄は、ちらと節子に目くばせをした。いやな感じだった。節子は再び簞笥を捜して、

「あら、あったわ。」と言った。

二人きりになった時、節子は兄に小声で尋ねた。

「売っちゃったの?」

「わしゃ知らん。」タララ、タ、タタタ、廊下でタップ・ダンスの稽古をして、「返さない男じゃねえよ。我慢しろよ。ちょっとの間じゃねえか。」

「きっとね？」

「あさましい顔をするなよ。告げ口したら、ぶん殴る。」

悪びれた様子もなかった。節子は、兄を信じた。その訪問着は、とうとうかえってこなかった。その訪問着だけでなく、その後も着物が二枚三枚、簞笥から消えていくのだ。節子は、女の子である。着物を、皮膚と同様に愛惜している。その着物が、すっと姿を消しているのを発見するたびごとに、肋骨を一本失ったみたいな堪えがたい心細さを覚える。生きて甲斐（かい）ない気持がする。けれどもいまは、兄を信じて待っているより他はない。あくまでも、兄を信じようと思った。

「売っちゃ、いやよ。」それでも時々、心細さのあまり、そっと勝治に囁くことがある。

「馬鹿野郎。おれを信用しねえのか。」

「信用するわ。」

信用するより他はない。節子には、着物を失った淋しさの他に、もしこのことが母に勘附かれたらどうしようという恐ろしい不安もあった。二、三度、母に対して苦しい言いのがれをしたこともあった。

「矢絣（やがすり）の銘仙（めいせん）があったじゃないか。あれを着たら、どうだい？」

「いいわよ、いいわよ。これでいいの。」心の内は生死の境だ。危機一髪である。

姿を消した自分の着物が、どんなところへ持ち込まれているのか、少しずつ節子にもわかってきた。質屋というものの存在、機構を知ったのだ。どうしてもその着物を母のお目にかけなければならぬ窮地におちいった時には、苦心してお金を都合して兄に手渡す。勝治は、オーライなどと言って、のっそり家を出る。着物を抱えてすぐに帰ってくることもあれば、深夜、酔って帰ってきて、「すまねえ」なんて言って、けろりとしていることもある。後になって、節子は、兄に教わって、ひとりで質屋へ着物を受け出しに行くようにさえなった。お金がどうしても都合できず、他の着物を風呂敷に包んで持って行って、質屋の倉庫にある必要な着物と交換してもらう術(すべ)なども覚えた。

勝治は父の画を盗んだ。それは、あきらかに勝治の所業であった。その画は小さいスケッチ版ではあったが、父の最近の佳作の一つであった。父の北海道旅行の収穫である。およそ二十枚くらい画いてきたのだが、仙之助氏には、その中でもこの小さい雪景色の画だけが、ちょっと気にいっていたので、他の二十枚ほどの画は、すぐに画商に手渡しても、その一枚だけは手許に残して、アトリエの壁に掛けておいた。勝治は平気でそれを持ち出した。捨て値でも、百円以上には、売れたはずである。

「勝治、画はどうした。」二、三日経って、夕食の時、父がポツンと言った。わかっていたらしい。

「なんですか。」平然と反問する。みじんも狼狽の影がない。

「どこへ売った。こんどだけは許す。」

「ごちそうさん。」勝治は箸をぱちっと置いてお辞儀をした。

立ち上って隣室へ行き、うたはトチチリチン、と歌った。父は顔色を変えて立ち上りかけた。

「お父さん！」節子はおさえた。「誤解だわ、誤解だわ。」

「誤解？」父は節子の顔を見た。「お前、知ってるのか。」

「え、いいえ。」節子には、具体的なことは、わからなかった。けれども、およその見当はついた。「私が、お友達にあげちゃったの。そのお友達は、永いこと病気なの。だから、ね——」やっぱり、しどろもどろになってしまった。

「そうか。」父にはもちろん、その嘘がわかっていた。けれども節子の懸命な声に負けた。「わるい奴だ。」と誰にともなく言って、また食事をつづけた。節子は泣いた。母も、うなだれていた。

節子には、兄の生活内容が、ほぼ、わかってきた。兄には、わるい仲間がいた。たくさんの仲間のうち、特に親しくしているのが三人あった。

風間七郎。この人は、大物であった。勝治は、その受験勉強の期間中、仮にT大学の予科に籍を置いていたが、風間七郎は、そのT大学の予科の謂わば主(ぬし)であった。年齢もかれこれ三十歳に近い。背広を着ていることの方が多かった。額の狭い、眼のくぼんだ、口の大きい、いかにも精力的な顔をしていた。風間という勅選議員の甥だそうだが、あてにならない。ほとんど職業的な悪漢である。言うことが、うまい。

「チルチル（鶴見勝治の愛称である）もうそろそろ足を洗ったらどうだ。鶴見画伯のお坊ちゃんが、こんな具合いじゃ、いたましくて仕様がない。おれたちに遠慮は要らないぜ。」思案深げに、しんみり言う。

チルチルなるもの、感奮一番せざるを得ない。水臭いな、親爺は親爺、おれはおれさ、ザマちゃん（風間七郎の愛称である）お前ひとりを死なせないぜ、なぞという馬鹿なことを言って、さらにさらに風間とその一党に対して忠誠を誓うのである。

風間は真面目な顔をして勝治の家庭にまで乗り込んでくる。頗る礼儀正しい。目当は節子だ。節子は未だ女学生であったが、なりも大きく、顔は兄に似ず端麗であった。節子は兄の部屋へ紅茶を持って行く。風間は真白い歯を出して笑って、コンチハ、と言う。すがすがしい感じだった。

「こんないい家庭にいて、君、」と隣室へさがって行く節子に聞える程度の高い声で、「勉強しないって法はないね。こんど僕は、ノオトを都合してやるから勉強し給え。」と言う。

勝治は、にやにや笑っている。

「本当だぜ！」風間は、ぴしりと言う。

勝治は、あわてふためき、

「うん、まあ、うん、やるよ。」と言う。

鈍感な勝治にも、少しは察しがついてきた。節子を風間に取りもってやるような危険な態度を表わしはじめた。みつぎものとして、差し上げようという考えらしい。風間がやって来ると用事もないのに節子を部屋に呼んで、自分はそっと座をはずす。馬鹿げたことだ。夜おそく、風間を停留場まで送らせたり、新宿の風間のアパートへ、用もない教科書などをとどけさせたりする。節子は、いつも兄の命令に従った。兄の言によれば、風間は、お金持のお坊ちゃんで秀才で、人格の高潔な人だという。兄の言葉を信じるより他はない。事実、節子は、風間をたよりにしていたのである。

アパートへ教科書をとどけに行った時、

「や、ありがとう。休んでいらっしゃい。コーヒーをいれましょう。」気軽な応対だった。

節子は、ドアの外に立ったまま、

「風間さん、私たちをお助け下さい。」あさましいまでに、祈りの表情になっていた。

風間は興覚めた。よそうと思った。

さらに一人、杉浦透馬。これは勝治にとって、最も苦手（にがて）の友人だった。けれども、どうしても離れることができなかった。そのような交友関係は人生にままある。けれども杉浦と勝治の交友ほど滑稽で、無意味なものも珍らしいのである。杉浦透馬は、苦学生である。T大学の夜間部にかよっていた。マルキシストである。実際かどうか、それは、わからぬが、とにかく、当人は、だいぶ凄いことを言っていた。その杉浦透馬に、勝治は見込まれてしまったというわけである。

　生来、理論の不得意な勝治は、ただ、閉口するばかりであった。けれども勝治は、杉浦透馬を拒否することは、どうしてもできなかった。謂わば蛇に見込まれた蛙の形で、這いつくばったきりで身動きも何もできないのである。あまりいい図ではなかった。このことについては、三つの原因が考えられる。生活において何不足なく、ゆたかに育った青年は、極貧の家に生れて何もかも自力で処理して立っている青年を、ほとんど本能的に畏怖しているものである。次に考えられるのは、杉浦透馬が酒も煙草もいっさい口にしないという点である。勝治は、酒、煙草はもちろんのこと、すでに童貞をさえ失っていた。放縦(ほうじゅう)な生活をしている者は、かならずストイックな生活にあこがれている。そうして、ストイックな生活をしている人を、けむったく思いながらも、拒否できず、おっかなびっくり、やたらに自分を卑下してだらだら交際を続けているものである。三つには、杉浦透馬に見込まれたという自負である。見込まれて狼狽閉口(ろうばいへいこう)していながらも、杉浦君のような高潔な闘士に、「鶴見君は有望だ」なぞと言われると、内心まんざらでないところもあったのである。何がどう有望なのか、勝治には、わけがわからなかったのであるが、とにかく、今の勝治を、まじめにほめてくれる友人は、この杉浦透馬ひとりしかないのである。この杉浦にさえ見はなされたら、ずいぶん淋しいことになるだろうと思えば、いよいよ杉浦から離れられなくなるのである。杉浦は実に能弁の人であった。トランクなどをさげて、夜おそく勝治の家の玄関に現われ、「どうも、また、僕の身辺が危険になってきたようだ。誰かに尾行されているような気もするから、君、ちょっと、家のまわりを探ってきてみてくれないか。」と声をひそめて言う。勝治は緊張して、そっと庭のほうから外へ出て家のぐるりを見廻り、「異状ないようです。」と小声で報告する。「そうか、ありがとう。もう僕も、今夜かぎりで君と逢えないかもしれませんが、けれども一身の危険よりも僕にはプロパガンダのほうが重大事です。逮捕される一瞬前まで、僕はプロパガンダを怠ることができない。」やはり低い声で、けれども一語の遅滞（ちたい）もなく、滔々（とうとう）と述べはじめる。けれども、杉浦の真剣な態度が、なんだかこわい。あくびを噛み殺して、「然（しか）り、然り」などと言っている。杉浦は泊っていくこともある。外へ出ると危険だというのだから、仕様がない。帰る時には、党の費用だといって、十円、二十円を請求する。泣きの涙で手渡してやると、「ダンケ」と言って帰って行く。

　さらに一人、実に奇妙な友人がいた。有原修作。三十歳を少し越えていた。新進作家だということである。あまり聞かない名前であるが、とにかく、新進作家だそうである。勝治は、この有原を「先生」と呼んでいた。風間七郎から紹介されて相知ったのである。

の話である。勝治には、小説界のことは、何もわからぬ。風間たちが、有原を天才だと言って、一目置いている様子であったから、勝治もまた有原を人種のちがった特別の人として大事に取り扱っていたのである。有原は不思議なくらい美しい顔をしていた。からだつきも、すらりとして気品があった。薄化粧していることもある。酒はいくらでも飲むが、女には無関心なふうを装っていた。どんな生活をしているのか、住所は絶えず変って、一定していないようであった。この男が、どういうわけか、勝治を傍にひきつけて離さない。王様が黒人の力士を養って、退屈な時のなぐさみものにしているような図と甚だ似ていた。

「チルチルは、ピタゴラスの定理って奴を知ってるかい。」

「知りません。」勝治は、少ししょげる。

「君は、知っているんだ。言葉で言えないだけなんだ。」

「そうですね。」勝治は、ほっとする。

「そうだろう？　定理ってのは皆そんなものなんだ。」

「そうでしょうか。」お追従笑いなどをして、有原の美しい顔を、ほれぼれと見上げる。

勝治に圧倒的な命令を下して、仙之助氏の画を盗み出させたのも、こいつだ。本牧に連れていって勝治に置いてきぼりを食らわせたのも、こいつだ。勝治がぐっすり眠っている間に、有原はさっさとひとりで帰ってしまったのである。勝治は翌る日、勘定の支払いに非常な苦心をした。おまけにその一夜のために、始末のわるい病気にまでかかった。忘れようとしても、忘れることができない。けれども勝治は、有原から離れることができない。有原には、へんなプライドみたいなものがあって、決してよその家庭には遊びに行かない。たいてい電話で勝治を呼び出す。

「新宿駅で待ってるよ。」

「はい。すぐ行きます。」やっぱり出かける。

勝治の出費は、かさむばかりである。ついには、女中の松やの貯金まで強奪するようにさえなった。台所の隅で、松やはそのことをお嬢さんの節子に訴えた。節子は自分の耳を疑った。

「何を言うのよ。」かえって松やを、ぶってやりたかった。「兄さんは、そんな人じゃないわ。」

「はい。」松やは奇妙な笑いを浮べた。はたちを過ぎている。「お金はどうでも、よござんすけど、約束、――」

「約束？」なぜだか、からだが震えてきた。

「はい。」小声で言って眼を伏せた。

ぞっとした。

「松や、私は、こわい。」節子は立ったままで泣き出した。

松やは、気の毒そうに節子を見て、

「大丈夫でございます。松やは、旦那様にも奥様にも申し上げませぬ。お嬢様おひとり、胸に畳んでおいて下さいまし。」

松やも犠牲者のひとりであった。強奪せられたのは、貯金だけではなかったのだ。勝治だって、苦しいに違いない。けれども、この小暴君は、詫びるという法を知らなかった。詫びるというのは、むしろ大いに卑怯なことだと思っていたようである。自分で失敗をやらかすたびごとに、かえって、やたらに怒るのである。そうして、怒られる役は、いつでも節子だ。

ある日、勝治は、父のアトリエに呼ばれた。

「たのむ！」仙之助氏は荒い呼吸をしながら、「画を持ち出さないでくれ！」

アトリエの隅に、うず高く積まれてある書き損じの画の中から、割合い完成せられてある画を選び出して、二枚、三枚と勝治は持ち出していたのである。

「僕がどんな人だか、君は知っているのですか？」父はこのごろ、わが子の勝治に対して、へんに他人行儀のものの言いかたをするようになっていた。「僕は自分を、一流の芸術家のつもりでいるのだ。あんな書き損じの画が一枚でも市場に出たら、どんな結果になるか、君は知っていますか？　僕は芸術家です。名前が惜しいのです。たのむ。もう、いい加減にやめてくれ！」声をふるわせて言っている仙之助氏の顔は、冷い青い鬼のように見えた。さすがの勝治もからだが竦んだ。

「もういたしません。」うつむいて、涙を落した。

「言いたくないことも言わなければいけませんが、」父は静かな口調にかえって、そっと立ち上り、アトリエの大きい窓をあけた。すでに初夏である。「松やを、どうするのですか？」

勝治は仰天した。小さい眼をむき出して父を見つめるばかりで、言葉が出なかった。

「お金をかえして、」父は庭の新緑を眺めながら、「ひまを出します。結婚の約束をしたそうですが、」幽かに笑って、「まさか君も、本気で約束したわけじゃないでしょう？」

「誰が言ったんです！　誰が！」やにわに勝治は、われがねのごとき大声を発した。

「ちくしょう！」どんと床を蹴って、「節子だな？　裏切りやがって、ちくしょうめ！」

恥ずかしさが極点に達すると勝治はいつも狂ったみたいに怒るのである。怒られる相手は、きまって節子だ。風のごとくアトリエを飛び出し、ちくしょうめ！　ちくしょうめ！　を連発しながら節子を捜し廻り、茶の間で見つけて滅茶苦茶にぶん殴った。

「ごめんなさい、兄さん、ごめん。」節子が告げ口したのではない。父がひとりで、いつのまにやら調べあげていたのだ。

「馬鹿にしていやがる。ちくしょうめ！」引きずり廻して蹴たおして、自分もめそめそ泣き出して、「馬鹿にするな！　馬鹿にするな！　兄さんは、な、こう見えたって、人から奢られたことなんかただの一度だってねえんだ。」意外な自慢を口走った。ひとに遊興費を支払わせたことが一度もないというのが、この男の生涯における唯一の必死のプライドだったとは、あわれな話であった。

松やは解雇せられた。勝治の立場は、いよいよ、まずいものになった。勝治は、ほとんど家にいつかなかった。二晩も三晩も、家に帰らないことは、珍らしくなかった。麻雀賭博で、二度も警察に留置せられた。喧嘩して、衣服を血だらけにして帰宅することも時々あった。節子の箪笥に目ぼしい着物がなくなったと見るや、こんどは母のこまごました装身具を片端から売り払った。父の印鑑を持ち出して、いつの間にやら家の電話を抵当にして金を借りていた。月末になると、近所の蕎麦屋、寿司屋、小料理屋などから、かなり高額の勘定書がとどけられた。一家の空気は険悪になるばかりであった。このままでこの家庭が、平静に帰するわけはなかった。何か事件が、起らざるをえなくなっていた。

真夏に、東京郊外の、井の頭公園で、それが起った。その日のことは、少しくわしく書きしるさなければならぬ。朝早く、節子に電話がかかってきた。節子は、ちらと不吉なものを感じた。

「節子さんでございますか。」女の声である。

「はい。」少し、ほっとした。

「ちょっとお待ちください」

「はあ。」また、不安になった。

しばらくして、

「節子かい。」と男の太い声。

やっぱり勝治である。勝治は三日ほど前に家を出て、それっきりだったのである。

「兄さんが牢へはいってもいいかい？」突然そんなことを言った。「懲役五年だぜ。こんどは困ったよ。たのむ。二百円あれば、たすかるんだ。わけは後で話す。兄さんも、改心したんだ。本当だ。改心したんだ、改心したんだ。最後の願いだ。一生の願いだ。二百円あれば、たすかるんだ。なんとかして、きょうのうちに持って来てくれ。井の頭公園の、な、御殿山の、宝亭というところにいるんだ。すぐわかるよ。二百円できなければ、百円でも、七十円でも、な、きょうのうちに、たのむ。待ってるぜ。兄さんは、死ぬかもしれない。」酔っているようであったが、語調には切々たるものがあった。節子は、震えた。

二百円。できるわけはなかった。けれども、なんとかして作ってやりたかった。もう一度、兄を信頼したかった。これが最後だ、と兄さんも言っている。兄さんは、死ぬかもしれないのだ。兄さんは、可哀そうなひとだ。根からの悪人ではない。悪い仲間にひきずられているのだ。私はもう一度、兄さんを信じたい。

箪笥を調べ、押入れに頭をつっこんで捜してみても、お金になりそうな品物は、もはや一つもなかった。思い余って、母に打ち明け、懇願した。

母は驚愕した。ひきとめる節子をつきとばし、思慮を失った者のごとく、ああああと叫びながら父のアトリエに駈け込み、べたりと板の間に坐った。父の画伯は、画筆を捨てて立ち上った。

「なんだ。」

母はどもりながらも電話の内容の一切を告げた。聞き終った父は、しゃがんで画筆を拾い上げ、再び画布の前に腰をおろして、

「お前たちも、馬鹿だ。あの男のことは、あの男ひとりに始末させたらいい。懲役なんて、嘘です。」

母は、顔を伏せて退出した。

夕方まで、家の中には、重苦しい沈黙が続いた。電話も、あれっきりかかってこない。節子には、それがかえって不安であった。堪えかねて、母に言った。

「お母さん！」小さい声だったけれど、その呼びかけは母の胸を突き刺した。

母は、うろうろしはじめた。

「改心すると言ったのだね？　きっと、改心すると、そう言ったのだね？」

母は小さく折り畳んだ百円紙幣を節子に手渡した。

「行っておくれ。」

節子はうなずいて身支度をはじめた。節子はそのとしの春に、女学校を卒業していた。粗末なワンピースを着て、少しお化粧して、こっそり家を出た。

井の頭。もう日が暮れかけていた。公園にはいると、カナカナ蟬の声が、降るようだった。御殿山。宝亭は、すぐにわかった。料亭と旅館を兼ねた家であって、老杉に囲まれ、古びて堂々たる構えであった。出てきた女中に、鶴見がいますか、妹が来たと申し伝えて下さい、と怯じずに言った。やがて廊下に、どたばた足音がして、

「やあ、図星なり、図星なり。」勝治の大きな声が聞えた。ひどく酔っているらしい。

「白状すれば妹には非ず。恋人なりき。」まずい冗談である。

節子は、あさましく思った。このまま帰ろうかと思った。

ランニングシャツにパンツという姿で、女中の肩にしなだれかかりながら勝治は玄関にあらわれた。

「よう、わが恋人。逢いたかった。いざ、まず。いざ、まず。」

なんという不器用な、しつっこいお芝居なんだろう。節子は顔を赤くして、そうして仕方なしに笑った。靴を脱ぎながら、堪えられぬまでに悲しかった。こんどもまた、兄に、だまされてしまったのではなかろうかと、ふと思った。

けれども二人ならんで廊下を歩きながら、

「持ってきたか。」と小声で言われて、すぐに、れいの紙幣を手渡した。

「一枚か。」兇暴な表情に変った。

「ええ。」声を出して泣きたくなった。

「仕様がねえ。」太い溜息をついて、「ま、なんとかしよう。節子、きょうはゆっくりしていけよ。泊っていってもいいぜ。淋しいんだ。」

勝治の部屋は、それこそ杯盤狼藉（はいばんろうぜき）だった。隅に男がひとりいた。節子は立ちすくんだ。

「メッチェンの来訪です。わが愛人。」と勝治はその男に言った。

「妹さんだろう？」相手の男は勘がよかった。有原である。「僕は、失敬しよう。」

「いいじゃないですか。もっとビールを飲んで下さい。いいじゃないですか。資金は、たっぷりです。あ、ちょっと失礼。」勝治は、れいの紙幣を右手に握ったままで姿を消した。

節子は、壁際に、からだを固くして坐った。節子は知りたかった。兄がいったい、どのような危い瀬戸際（せとぎわ）に立っているのか、それを聞かぬうちは帰られないと思っていた。

有原は、節子を無視して、黙ってビールを飲んでいる。

「何か、」節子は、意を決して尋ねた。「起ったのでしょうか。」

「え？」振り向いて、「知りません。」平然たるものだった。

しばらくして、

「あ、そうですか。」うなずいて、「そう言えば、きょうのチルチルは少し様子が違いますね。僕は、本当に、何もわからんのです。この家は、僕たちがちょいちょい遊びにやってくるところなのですが、さっき僕がふらとここへ立ち寄ったら、かれはひとりでもうひどく酔っぱらっていたらしいですね。僕は、きょうは、偶然だったのです。二、三日前からここに泊り込んでいたらしいのです。本当に、何も知らないのです。でも、何かあるようですね。」にこりともせず、落ちつき払ってそういう言葉には、嘘があるようにも思えなかった。

「やあ、失敬、失敬。」勝治は帰ってきた。れいの紙幣が、もう右手にないのを見て、節子には何か、わかったような気がした。

「兄さん！」いい顔は、できなかった。「帰るわ。」

「散歩でもしてみますか。」有原は澄ました顔で立ち上った。月夜だった。半虧（かけ）の月が、東の空に浮んでいた。薄い霧が、杉林の中に充満していた。三人は、その下を縫って歩いた。勝治は、相変らずランニングシャツにパンツという姿で、月夜ってのは、つまらねえものだ、夜明けだか、夕方だか、真夜中だか、わかりゃしねえ、などと呟き、昔コイシイ銀座ノ柳イ、と呶鳴（どな）るようにして歌った。有原と節子は、黙ってついて歩いて行く。有原も、その夜は、勝治をれいのように揶揄（やゆ）することもせず、妙に考え込んで歩いていた。

老杉の蔭から白い浴衣を着た小さい人が、ひょいとあらわれた。

「あ、お父さん！」節子は、戦慄した。

「へええ。」勝治も唸った。

「散歩だ。」父は少し笑いながら言った。それから、ちょっと有原のほうへ会釈して、

「むかしは僕たちも、よくこの辺に遊びにきたものです。久しぶりで散歩にきてみたが、昔とそんなに変ってもいないようだね。」

けれども、気まずいものだった。それっきり言葉もなく、四人は、あてもなくそろそろと歩きはじめた。沼のほとりに来た。数日前の雨のために、沼の水量は増していた。水面はコールタールみたいに黒く光って、波一つ立たずひっそりと静まりかえっている。岸にボートが一つ乗り捨てられてあった。

「乗ろう！」勝治は、わめいた。てれかくしに似ていた。「先生、乗ろう！」

「ごめんだ。」有原は、沈んだ声で断った。

「ようし、それでは拙者がひとりで。」と言いながら危い足どりでその舟に乗り込み、「ちゃんとオールもございます。沼を一まわりして来るぜ。」騎虎の勢いである。

「僕も乗ろう。」動きはじめたボートに、ひらりと父が飛び乗った。

「光栄です。」と勝治が言って、ピチャとオールで水面をたたいた。すっとボートが岸

をはなれる。また、ピチャとオールの音。舟はするする滑って、そのまま小島の蔭の暗闇に吸い込まれて行った。トトサン、御無事デ、エエ、マタア、カカサンモ。勝治の酔いどれた歌声が聞えた。

節子と有原は、ならんで水面を見つめていた。

「また兄さんに、だまされたような気がいたします。七度の七十倍、というと、――」

「四百九十回です。」だしぬけに有原が、言い継いだ。「まず、五百回です。おわびをしなければ、いけません。僕たちも悪かったのです。鶴見君を、いいおもちゃにしていました。お互い尊敬し合っていない交友は、罪悪だ。僕はお約束できると思うんだ。鶴見君を、いい兄さんにして、あなたへお返しいたします。」

信じていい、生真面目な口調であった。

パチャとオールの音がして、舟は小島の蔭からあらわれた。舟には父がひとり。するする水面を滑って、コトンと岸に突き当った。

「兄さんは？」

「橋のところで上陸しちゃった。ひどく酔っているらしいね。」父は静かに言って、岸に上った。「帰ろう。」

節子はうなずいた。

翌朝、勝治の死体は、橋の杙の間から発見せられた。

勝治の父、母、妹、みんな一応取調べを受けた。有原も証人として召喚せられた。勝治の泥酔の果の墜落か、または自殺か、いずれにしても、事件は簡単に片づくように見えた。けれども、決着の土壇場に、保険会社から横槍が出た。事件の再調査を申請してきたのである。その二年前に、勝治は生命保険に加入していた。受取人は仙之助氏になっていて、額は二万円を越えていた。この事実は、仙之助氏の立場を甚だ不利にした。検事局は再調査を開始した。世人はひとしく仙之助氏の無辜を信じていたし、当局でも、まさか、鶴見仙之助氏ほどの名士が、愚かな無法の罪を犯したとは思っていなかったようであるが、ひとり保険会社の態度が頗る強硬だったので、とにかく、再び、綿密な調査を開始したのである。

父、母、妹、有原、共に再び呼び出されて、こんどは警察に留置せられた。取調べの進行とともに、松やも召喚せられた。風間七郎は、その大勢の子分と一緒に検挙せられた。杉浦透馬もT大学の正門前で逮捕せられた。仙之助氏の陳述も乱れはじめた。事件は、意外にも複雑におそろしくなってきたのである。けれども、この不愉快な事件の顚末を語るのが、作者の本意ではなかったのである。作者はただ、次のような一少女の不思議な言葉を、読者にお伝えしたかったのである。

節子は、誰よりも先きに、まず釈放せられた。検事は、おわかれに際して、しんみりした口調で言った。

「それではお大事に。悪い兄さんでも、あんな死にかたをしたとなると、やっぱり肉親の情だ、君も悲しいだろうが、元気を出して。」

少女は眼を挙げて答えた。その言葉は、エホバをさえ沈思させたにちがいない。もちろん世界の文学にも、未だかつて出現したことがなかったほどの新しい言葉であった。

「いいえ、」少女は眼を挙げて答えた。「兄さんが死んだので、私たちは幸福になりました。」

マルクスの審判

横光利一

市街を貫いて来た一条の道路が遊廓街へ入ろうとする首の所を鉄道が横切っている。其処は危険な所だ。被告はそこの踏切の番人である。彼は先夜遅く道路を鎖で遮断したとき一人の酔漢と争った。酔漢は番人の引き止めているその鎖を腹にあてたまま無理にぐんぐんと前へ出た。丁度そのとき下りの貨物列車が踏切を通過した。酔漢は跳ね飛ばされて轢死(れきし)した。

そこで、予審判事は、番人とはかような轢死を未然に防ぐための番人である以上、泥酔者の轢死は故殺であるかそれとも偶然の死であるかを探ぐるがため許(ばか)りにさえも、そのときの争いに作用した番人の心理の上に十分の疑いを持たねばならなかった。それに彼はその疑いをなお一層確実に疑い得られる様々の材料を発見した。第一に番人は貧しい独身者であった。第二に轢死者は資産家の蕩児(とうじ)であった。第三に番人のいる踏切が遊廓街の入口であった。しかし、此の被告の上に明確な判決を下すことは、事件そのものが心理的なものであるだけに容易なことではなかった。先(ま)ずその事件の現状を目撃したものがなかったと云うことでさえ、判事にとって此の審問方法は普通の手ではとても無駄だと分っていた。

「お前は四十一だと云ったね。妻を貰ったならどうだ。生活に困るのかな。」

「いえ、別に困りはいたしません。」

「と云うと、望ましいのがないからか。」

「来てくれる者がないんです。」

「ふむ、では、呉れ手のあるまで捜せばよいではないか。」

「私はこれでもう三度妻を変えたのです。」

「三度な？」と云って判事は一寸笑った。「それはまたどうしたのだね。」

「皆死んで了ったんです。」

「ふむ、死んだのか、それでその来るものがないと云うのか。」

「いえ、三人とも同じ病気で死んだからだと思います。」

「三人とも同じ病気か、成る程ね、そして、それはどう云う病気かね。」

そう訊いたとき判事は被告の窪んだ眼窩の底から恐怖を感じさせる一種不思議な微笑を見てとった。そして、これは烈しい神経衰弱にかかっているなと思いながらも、被告の答えた膜と云う婦人病の四番目の文字は「月」であったかそれとも「氵」であったかと一寸考えてみてから直ぐ又質問を次へ移した。

「それで何か、その夜お前は酒を少しも飲んではいなかったか。」

「飲みませんでした。」

「いつもは飲むんだろうね。」

「そう飲むと云うほどは飲めません。」

「お前はあの踏切の最初からの番人だったのだね。」

「はい。」

「失策が一度もなかったそうだが、それはほんとうか。」

「妻のいる頃は妻が時々やりました。私にはありませんでした。」

「何年踏切につとめている?」

「十九年です。」

「十九年か、ふむ。」これはなかなか気の小さい男だと判事は思った。

「十九年と云うと、お前の幾つの時からかね、二十?」

「二十二の時からです。初めはちょいちょい失策をやりました。それでも私は失策ったと思いましても他人には解らずにすみました。」

　何故被告がそう云うことを自分から云い出すのかよく判事には分らなかった。「私の失策と云うと、つまりどう云うんだね。」

「列車の来る時が来ればシグナルを見なくても少々遠くにいても分りますが、考えごとをしていると直ぐ傍へ来なければ分りません。そう云うときこれは失敗たと思いまして周章て鎖を引きますがいつも半分程通ってからです。」

「つまり考えごとをするといけないと云うのか。」

「はい、考えごとをするといけません。」

「考えごとと云うと、どんな種類の考えごとかな、どう云ったような?」

「家内のことを考えます。」

「家内がないと云ったじゃないか、ア、そうか、つまり三人の妻のことなのか、それでどの家内に一番心をひかれるね。」

「一番目の家内です。」

「優しかったのか。」

「いえ。」

「お前が愛していたのだね。」

「そう云うわけじゃございませんが、何ぜだか最初のがよく心に浮んで参ります。」

「最初のがね、ふむ、その頃は楽しかったと見えるな。楽しかったかね。」

「今から思うとそう思います。」

「此の頃はもう楽しみなことはないか。」

「ありません。」

「何もないか。」

「はい。」

「では、勤めもいやなことだろうね。」

「はい。」

「いやか、勤めは？」

「はい、あまり好きではございません。」

「ふむ、それでお前は何か、お前の踏切りでお前の勤務時間以外のときに轢死人があっても、お前に責任がないと云うことを知っているだろうね。」

「はい、それはよく存じております。」

「三日の夜の轢死人は泥酔していたと云うが事実であろうな。」

「はい。」

「ではそのときの様子を成る可く精細に話してみよ。嘘を云ってはならぬぞ。」

「はい、そうでございますね。あのう十二時二十分の貨物列車の下って来るまでには少々間がありましたので、それで、私は夕暮に植えた孟宗竹を見に行ったのです。」

「ああ一寸待て、独り暮しになってからどれほどになるな。」

「四年になります。」

「四年か、ふむ、植木は好きかな。」

「はい、いたって好きでございます。」

「よしよし、それからどうした。」

「それから何かしたいと思いましたが、することがなかったので鎖を曳いて了いました。そこへ泥酔人(よいどれ)が坂を下って来て通せと云うのです。」

「そのとき貨物の音はしていたのか。」

「はい、もうしておりました。」

「通してやればよかったではないか。」

「はい、私はいつも一度鎖を引けば通る程の時間がございましても通さないことにしております。そのときも矢張り通しませんでした。するとあの男は、それじゃ俺が通ってやると云って私の引っ張っている鎖の中程の所へ腹をあてて出ようとしたんです。私は必死の力で引いていたのですが、そのうちに私もそれについて二足三足曳かれてゆきました。そのとき、来たな、と思いました。あなたさまは貨物列車の音を御存知でしょうが、貨物の音は普通の客車とは違って奇妙な音なんです。あの車の音は少し遠くにいるときも傍まで来たときも同じほどの激しさなんです。それに、あの夜は真暗な所へもって来て貨物列車が又真黒な物ですから、どこまで来ていたのだかはっきりしなかったんです。貨物はそれで一番恐ろしゅうございます。私はそのとき鎖を、こう必死に引っ張ったんですが、あの男はもう余程線路の近くまで出ておりました。もっとも私が傍まで行って突き飛ばすか引き戻すかしてやれば、あの男も助かっていたと思いますが、何分そのときはもう度胆がぬかれておりましたし、それに、あの貨物の音を真近で聞きますと、それやもう変な気になって了うのです。何と云いましょうかね、もうただぼんやりして了うのですよ。風に吸い込まれるような、何だか息がぐっとつまって、眼まいがするんです。それでも私はよほどぐっと鎖をひっぱったつもりなんですが、その中に、風がサッと来たと思ったら、私の鎖を持っている手がひどく痛かったのを覚えております。そうしたら、何でもあの男は私の眼の前をぱっと飛んで行きました。」

判事は被告の話し方があまり整いすぎていると思った。

「一寸待て、そのとき、誰か見ていたものがあったかね。」と彼は訊こうとしたが、それではこちらの気持ちを知らしめる恐れがあったので、

「誰か傍に人でもいたかね。」と訊いてみた。

「いえ、おりませんでした。」

と被告は直ぐに答えた。この場合その直ぐ明瞭に答え得られたと云うことは、被告が犯罪の際人目のないと云うことを意識していたと思われて、また判事の疑いを尚強めた。

「ふむ、いなかったか、しかし、見ていたと云う者がいるのだが、その者の云うこととお前の云うこととは少し相違しているようであるぞ。偽りはないかね。」と判事は嘘を云った。

「それは分らなかったのでしょう。何しろ暗かったのでよく分らなかったんでしょう。どちらの側におりました?」と被告は少しうろたえた様子で訊き返した。彼のうろたえ

たと云うことは彼の陳述に不純な気持ちと作り事とが交っていたと云うことを判事に教えた。

「お前はその酔漢が鎖を引き摺って出ようとしたとき、何ぜ手で引きとめなかったか。」

「鎖で間に合うと思っていました。」

「お前はその男をとめるのに何とか言葉をかけたのかね。」

「いいえ、酒を飲んでいるなと思いましたので、相手になりませんでした。」

「ふむ、なる程。しかし、酒を飲んでいると気附いたなら、なお鎖でとめると云うことがいけないじゃないか。」

「いいえ、それはちがいますよ。鎖の方がとめやすうございます。普通の方はどなたもそうお思いになりましょうが、この道の者なら誰だって鎖でとめると思います。それに、手でとめましては相手が相手ですから、なお喧嘩になってしまいますよ。」

「それはそうだね。喧嘩になりそうだ。で、何かね、その男が誰だったかお前は最初から知っていたんかね。」

「それは見覚えはございました。」

「その男は最初に何とかお前に云わなかったか。鎖でお前がとめるとき何とか。」

「そうですね、云いました。何だか云ってたようです。何をしやがる、ふざけるない、ってそんなことを云いましたよ。」

「それだけかな。」

「いえ、まだ何とか云いました。私は黙っていたのですよ。」

「何を云った、その男は。」

「俺をとめるってことがあるかい。俺はね、俺は通ってやるぞ、ってそんなことも云いましたね。」

「ふむ、そうして、それだけか、まだ何とか云わなかったか。」

「もう覚えてはおりません。何んだかまるきり他のことを饒舌っていたようですが、何のことだかよく私には分りませんでした。」

「お前は日頃通行人をあまり早くから止めると云う評判だが、それはどう云うつもりかな。」

「早くとめる方が安全で良かろうと思うのです。」

「事実それだけかな。」

「はい、それだけです。」

「止めることを面白いと思ったようなことは一度もなかったか。」

「そうでございますね、そう云われますとそんな気も時々はございました。」

「何ぜ面白いと思い出したのかね。」

「それは解りません。」

「いつ頃からそんな面白味を知り始めたのか分らないか。」

「最初からのようです。」

「矢張り面白いといつも思っていたのであろう。」

「そんなことはございませんよ。」

「お前は近年道路を遮断するとき、通行人とよく争うと云うことだがそんな覚えはあるかな。」

「はい。」

「争うかね。」

「はい少し早い加減にとめる時よくそんなことがございます。」

「それが近年になってひどくなって来たと云うことだが、事実であろうな。」

「そうでございます。少しひどくなったようにも思われます。」

「面白味を知り始めたと云うのも、独身者になってからではないかな。」

「いえ、それや、そうではございません。」

「ふむ、しかし、路をとめると云うことは、そんなに面白いものかね。」

「何ぜだか、この路は俺の領分だと云ったような、そんな気がするんです。」

「なる程ね、お前の職業はただ気ばかり使うだけで実の上らぬ仕事だから、面白くはなかろうの。」

「はい。」

「疲れはせぬかな。」

「疲れます。」

「そうだろう。十九年もよく務まったな。病気にはかかったことがあるかな。」

「時々はかかりました。」

「ふむ、遊廓(あそび)には行くかな。」

「行きません。」

「行きたくはないのか。」

「行ってみたいこともございます。」

「では行けばよいではないか。」

「行ったってつまらないんです。」

「どうしてだ。」

「つまりませんよ、馬鹿らしゅうて。」

「金がないのか。」

「金はございます。」と被告は云うと、暫(しば)くして、「困りますよ。」と低く俯向(うつむ)いて云った。

「ふむふむ、じゃ何か、そのお前の噂が廓にまで拡っているとみえるね。」

被告は黙っていた。

「いつ頃から行かなくなったのだね。」

「もう一年以上行きません。」

「そうか、そして、その最後のときはどうだった。つまりどんな目に会ったのかと云うのだ。何かつまらないと思うようなことでもあったのかね。」

「私が行くといやな顔をします。」

「ふむふむ、いやな顔をね、何とか云うのか。」

「はい。」

「何と云ったのだ。」

「幽霊が来たと申します。」

「ふむ、それはどう云う意味のことだかお前は知っているのかね。もっともお前に関したことだろうが、成程ね、幽霊か。」

「家内のことだろうと思います。」

「ふむ、成る程、それは困ったことだ。遠くの廓へ遊びに行けばよいではないか。それとも何か行かなくともいいような所があるのかね。」

「いえ、ございません。」

「ないのか、なくては困るであろう。夜はよく眠れるかね。」

「眠れません。」

「そうであろう。夢を見るかな。」

「はい、夢はよく見ます。」

「どう云う種類の夢を一番よく見るか。」

「歯の抜ける夢をよく見ます。それから、熟柿のべたべた落ちる夢も時々みます。」

「ははア、酔漢の通った前夜はどんな夢を見たかな。」

「それはよく覚えておりません。」

「ふむ、覚えてはいないか。お前はその酔漢を見たとき、どう思ったか、粋客（あそびにん）だとは思ったろうね。」

「はい、いずれ遊興（あそび）に行くとは思いました。」

「その男は金持ちだったかね。」

「はい。」

「お前はいつも粋客を見たとき、どんな気持ちが起るかね。」

「慣れていますから、別にどうと云う気も起りません。」

「お前の勤務時間は夜の十二時だったね。」

「はい。」

「それにしては、お前の務め時間以外のときまで見張りをすると云うのはどうしたことかな。」

「それは癖になっているのです。眠れないときだけは、いつも番をすることにしております。その方が私には都合が良うございます。」

「都合と云うと。」

「その方がつまりまア楽な気がするのです。」

「人々のためを思ってではないのだね。」

「はい。」

「あの通りは坂になっているし、それにお前の踏切は人通りが多いから、遅くまで見張りをしてやる方がいいではないか。」

「そんなことなど思ってはいられませんよ。直ぐには寝つかれませんから見張りでもしていないと苦しくって困ります。」

「通行人や近所の者達は、お前があまり早くから鎖をひいたり夜遅くまで見張りをしたりすることについて、どのような評判をするか考えたことがあるかね。」

「はい、それはいずれよく云われていないとは思っています。」

「では人々から悪く思われないように心掛けるよりも、自分の面白いことをしてみたいと云うのかね。」

「まア、そう云われるとそのようなものですが、もう私は他人の云うようなことなぞに気をかけないでいるつもりです。そんなことを気にしていた日には、馬鹿らしくてとてもあんな仕事なんかしていられません。」

被告は一寸言葉を切ると、

「もう私はどうされたってようございますよ。」とそう云って判事を見上げた。

先手に来たな、と判事は思った。最早やここまで来れば少し被告の頭を翻弄してかからなければ駄目だと知った。それに被告の先手を打ったその顔が、真面目であればある程それがいかにも図々しく思われた。が、又一方その図太さが二人の間の心理的関係を複雑に押し進めては行くものの、却って自分の疑っている事件の中心に割り込み易い隙間を作るにちがいないと判事は思った。

「お前には世間の者らが自分の味方のように見えるかね。」

「そんなことは私は考えたことがございません。」

「お前が路を遮断するとき、人々が敵のように思えたことはなかったかな。」

「はい、ございませんでした。」

「いや、お前に限らず踏切の番人には、心理学的に云って、即ち学問上から考察した場合、必ず起らなければならない気持ちなんだが、それでもなかったとお前は云うか。」

「それは何んでございます、幾らかはございました。」

「お前はその夜、酔漢を引きとめるとき、誰もあたりに見ていないと云うことを知っていたろうね。」

「いえ、そんなことは存じませんでした。」

「前に知っていたと答えたではないか。」

「いえ。そんなことは申しませんよ。そんなことは申し上げません。」

「では、何ぜ知らないとそうきっぱり云いたいのかな。」

被告は微笑を洩すと下唇を嚙んで俯向いた。

「お前はその夜の行為について万事正当だと思っているかね。」

「はい。」

「では、知らないと云っても、知っていたと云っても、お前には少しも差し閊えのない筈ではないか。」

「はい、さようでございます。」

「お前はその夜、酔漢を引きとめる際、あの男を敵のようには思わなかったかな。」

「いえ、それやそんな気は起りませんでした。」

「お前は前に社会主義に関する何かの書物でも見たことがあったかね。」

「いえ。」

「誰からかそう云う書物に書いてあることを訊いた覚えはないか。」

「はい。ございません。」

「お前は傭員が時間短縮を鉄道局へ迫ったとき、それに連名していたと云うではないか。」

「はい。」

「では、何ぜあのような社会主義的な訴えに連名していたのかな。」

「それは仕方がなかったのです。私にはあんなことをするのが社会主義のやることだかどうかは知りませんでした。ただ這入れと云われましたので這入っただけでございます。」

「お前はいつも金持ちをどんな風に思っているな。」

「別にどうとも思いません。」

「金持ちにはなりたくないのか。」

「それやならしてやろうと仰言ればなりとうございます。」

「お前に連名をすすめたものは誰かな。誰かあったであろう。」

「誰もございません。紙が廻って来たので見ますと、それには私の名がちゃんと書いてあったのです。それには名前の上へ賛成のものは印を捺すようと書いてございましたので、ただ印を捺しましただけでございます。」

「誰がその紙を持って来たのか。」

「それは私の名の前に書いてあった服部勘次と云う男です。」

「その男の職業は何かな。」

「同じ踏切番でございます。ただあの男は乙種の方です。」

「乙種と云うと。」

「昼の間だけ番をするのです。」

「お前は甲種と云うのかな。」

「はい。」

　判事はこのかなりに長い審問から、自分の質問の中心点である被告が性的な嫉妬から蕩児を轢殺したのかそれとも階級的な反感から轢殺したものかと云う疑いを、相手に知らしめて了っただけで、ただ得たものは自身のその疑いを僅わずかに強めることが出来たにすぎないと思うと、彼の気持ちは一刻も早く被告に自白を迫りたくなって来た。それには、先ず何より被告の頭に激動を与えてかからなければ無駄だと知った。

「お前が早くから道路を遮断すると云うのは、世間のものが敵のように見えたからであろうがな。」

「いえ、それはそうではございません。」

「あの道が自分のものだと思い出したのも、お前が独身者になってからのことであろう。」

「いえ、そうではございませんよ。それはもう、私が務め出したときからでございます。」

「偽りを云ってはならぬ。」

「はい、それはもう最初からそう思っておりました。」

「お前は夜遅く廓へ通う者達を見ると敵のように思うであろう。」

「御冗談を仰言っては困りますよ。私は決してそんな考えは起しません。」

「何ぜ困るのか。」

「そんなことを仰言っては困りますよ。」

「お前に都合が悪いのか。」

「都合が悪いと云うわけではございませんが、そんな考えなぞ起したことはございません。」

「お前はお前の都合のよいときばかり、はいはいと云っていたのか。」

被告は何か云いたそうに口を動かしたが黙っていた。ただ小鼻がひとりぴこぴこ動いていた。すると、彼の顔は眼の縁を残して少し青味を帯んで来た。

「お前はあの酔漢を金持ちと見たとき、敵のように思ったのであろう。」

「はい。」

「事件の当夜、お前は列車の来たのを見はからってその酔漢を突き飛ばしたのであろう。」

「はい。」

被告は窓の外を見たまま傲然としていた。

「そうであろう。」

被告は黙っていた。

「どうだ。」

「もうどうなりとして下さい。」と被告は強く云い放った。

判事は被告の怒った顔を見ていると、事実事件の当夜の被告の行為が自分の疑いと一致しているとすれば、まさか今の場合そうむきに怒ることが出来なかろうと思われて、今迄感じていた自分の疑いもいくらかとけた。しかし、被告の怒りもこちらの横車を押した論理のために怒ったものと思えないではなかった。してみれば、被告の怒りも、別に、心に覚えのないことをあるように云われたときの根深い怒りとも思われなくなって来て、結局判事にはまた以前の疑いが疑いとしてつきまとって来た。しかし、なおこれ以上審問を続けて行くとすれば、被告の反感を拭いてかからなければならなかった。判事は顔に微笑を湛えながら静に優しく問い続けた。

「お前はあの轢死人に妻のあるのを知っているだろうね。」

被告はまだ窓の外を見たまま答えなかった。

「子供もたしかあった筈だったが、それも知っているのかね。」

被告は矢張り黙っていた。

「少しもお前は知らないのかな。どうなのだ。」

「知っています。」と被告は敵意を含んだ声で強く云った。

「そうか、知っているのか。お前がもしそのとき酔漢を引きとめずに、素直に通しておいてやったら、あの男を死なさずに済んだであろうとは思わないかな。」

被告は黙っていた。

「もしお前がいつも通行人に対して、優しい心を持っていたなら、そのときだって故意に鎖の権利で引きとめないで通しておいたと思うであろう。無論死人も悪い。だが、お前にしても全然いいことをしたのではなかろう。たといお前がどれほど正当であるにしろ、お前はあの踏切りでそう云う轢死人のないためにと置かれた番人ではないか。それにお前があの男の傍にいなかったらともかく、そうではなくてお前が現にその傍についていたのだからね。それればかりではない、お前がもしそのとき、そこにいなかったなら、却ってあの男も助かっていただろう。それにお前がいたばかりにあの男は死んだのだ。あの男の妻はお前のことをどんな風に思っているか考えたことはないかな。」

判事の方を見た被告の眼は急に光って来た。

「お前は妻のあったときは楽しかったであろう。」

「はい。」と被告は小さく云った。

「お前は妻と子のある立派な一人の男を殺したのだとは思わないか。お前には楽しいことが何もないと云ったが、それは成る程よく分る。だが、あの男にはまだまだ楽しいことがあったのだ。世の中が面白かったのだ。そう思うであろう。」

被告は黙って俯向いていた。

「あの男が死んだなら、妻と子供はどんなに困ると思う。お前はいい。お前はひとりで淋しく暮さねばならぬと云ってもそれは仕方がない。だが、残ったあの男の妻と子供は、何もわざわざ淋しく暮さないでもよいものを一生淋しく暮さねばならないのだ。お前はたとい自分のしたことが正当だと思っても、死人の妻や子供はいつまでもお前を恨んでいるにちがいない。矢張りお前に殺されたのだと思っているにちがいない。それはお前がいくら正当だと云い張ったにしろ、そうは思うまい。矢張り殺したのはお前であって他の誰でもないのだからな。」

判事は被告の頭が垂れ下って行くのを眺めていた。

「ここだッ。」と判事は思った。彼は勝ち誇った気持ちになった。「お前はその男を突き飛ばしたのであろう。」と云いたかった。が、そのとき、被告は急に頭を上げると怒ったような表情をして判事を睥(にら)んだ。すると、突然腹痛でも起ったかのように彼の顔が顰(しか)み出すと、涙が頰を伝って落ち始めた。

「私が殺しました。はい殺しました。」

何かに引っかかるような声でそう被告は云った。判事は訳の分らぬ昂奮を感じて来た。

「お前はまだ踏切番がしたいかな。」と判事はまるきり心にもないことを訊いた。

被告は椅子の上へ腰を降すと頭をかかえ込んだまま答えなかった。

判事はこうも手易く誘い込まれて来た被告を思うと、急に今迄の勝ち誇った気持ちが薄らぐのを感じた。そればかりではなかった。彼は彼自身漸く握り得たと思った疑いの確証さえも再び前のように取り失った。何ぜかと云えば、彼は自分の手段が自分ながらいかにも巧妙であったと賞讃したい程であったから。実際いかなるものと云えども、譬えばもしも明らかに故意の殺人ではなかったと知り得ることの出来る判事自身でさえ、被告の立場に置かれたとき、その巧みな判事の言葉のために被告と同じ悲しみの言動に落されない者はあったであろうか。それを思うと、判事の疑いは却って彼自身の弁舌の巧みさに邪魔されてまた尽く迷蒙の中に這入っていった。しかし、それかと云って彼はまだ自分の疑いを捨て去ることは出来なかった。そこで、彼は被告から最も信用すべき自白の言葉をきくためには、今一度被告に投げ与えた悲しみを逆に取り消してかからなければならないのを知った。

「お前は前にあの酔漢を見たと云ったね。」

被告は答えなかった。

「よく知っていたのかな。」

被告は何かを飲み込むように「はい。」と云った。

「あの男はいつも泥酔していたのかね。」

「はい。」

「お前は妻のあったとき、廓へは行ったことがあったか。」

「ございません。」と被告は鼻声で云うと赤くなった眼で判事を見た。

「ふむ、お前はあの酔漢の妻が困っていたのを知っていたのか。あの妻は困っていたのだ。毎夜毎夜良人が夜遊びをして家を空けるので困っていたと云うことだ。お前は何かね、あの男と妻とが、いつも争いをし続けていたのも知らなかったのかね。」

「はい。」と云って、被告は鼻を拭いたが、直ぐまた頭をかかえた。

「妻から離縁を迫られていたそうだ。ああ云う放蕩者は実際の所を云うと、死んでも別に差し閊えがないのだが、本官は一応取り検べる必要上お前を悲しませてみただけである。そう悲しまなくともよい。多分お前は列車の近づくのが分らなかったのであろうね。」

被告は黙っていた。

「お前は最後までその男の出て行くのを引きとめていたのであろうな。」

矢張り被告は答えなかった。彼は大きく溜息をつくと顔を顰めた。

「そこが大切な所ではないか。どうだ。そうであろう。」

「はい。」

そう被告は低く答えると涙がまた頰を伝って流れ出した。

自分の言葉のために被告の態度がどんなに変ってゆくかと云うことを眺めていた判事には、被告の様子がまだいかにも悲しそうに見えた。しかし、彼には被告の悲しみは自分に悲しめられた名残りの悲しみであるのか、それとも被告自身の秘めた行為を意識しての悲しみであるのか明瞭に見極めることが出来なかった。そして、最早や判事は自分の疑いを確証するいかなる方法をも案出することが出来なくなると、やむなくその日の審問はそれで終らなければならなかった。

その夜判事は床へ這入るとまたその日の審問を思い廻らした。――事実、被告は酔漢を突き飛ばしたものであろうか、それとも酔漢の死は被告の云ったように偶然の死であったか――それにしても被告は自身に危険な言葉に対して、何ぜあれほども敏感であり得たか。それにも拘らず何ぜあれほど白々しく先手を打って出て来たか。この二つの反した態度を審問に応じて巧みに変化さし得た被告を思うと、判事の疑いは又深まりかけた。しかし、一方は落されまいとし、一方は落そうと努めなければならない場合が場合であるだけに、それを感じた以上守ろうとすることに専念する被告の気持ちはいずれ正当なものにちがいなかった。所詮判事は昼の迷いを迷い続ける以外に何の得る所もなくなった。しかし、それかと云って一度は判決を下さなければならない以上そのままに捨てて置くわけにもいかなかった。これは判事を苦しめた。が、ここまで来れば、判事として最も正しい判決を下す方法は、逆に自分自身の心理に向って審問してみることであると気がついた。一体何故に自分は自分の疑いを疑いとして持ち始めたか。何故に自分はその疑いを疑いとして深めてゆくことに努めたか。何故に自分は自分の疑いの正当である可きことを確信したか。と、そう彼は考え始めたとき、彼は自分が近年ひどく疑い深くなって来ていることを発見した。それには永年の判事生活から来る習慣が手伝っていることは勿論であるとしても、しかし、ただそれだけではなく自分の洞察力に対する深い自信と、それになお油をかける神経衰弱とが原因していた。此の外にまだ大きな原因が一つあった。それは彼が前に現下の最も人心の帰趨に多く関係を持つ思想と犯罪との接触点を検点しようとして、社会主義思想の書物を選んだとき、彼の手に入ったものは「マルクスの思想と評伝」と云う書物であった。これを見ると、彼は世界の人心が目下の所資産家階級を撲滅しようとしている無資産階級の団流と、それに対抗して無産家階級の力を圧殺しようとしている資産家階級の団流とのこの二つの階級が、絶えず争っているのを知った。そのときから、十数万円の家産を持っている判事の感情は、彼の理智がマルクスの理論の堂々とした正しさを肯定すればするほど、その系統に属する一切の社会思想に反感と恐怖と敵意とを持つにいたった。この彼の感情は頻々として起る様々な社会運動の勃発する度毎に、極めて敏感に恐怖をもって激しく揺れた。このため彼の正しくあらねばならなかった審問と判決との上に、どれほど多くの影響を与えていたかと云うことを考えたことはまだ彼には曽てなかった。しかし、今判事の理智はその方へ向って来た。彼は前に被告が傭員の時間短縮を鉄道局へ迫った事件に関係していたと云うことを知ったとき、直ちに自分の社会運動を防衛したがる習慣的な恐怖が、審問の最初から自然被告を敵の立場に置いてかかっていたことに気がついた。勿論役目の立場として被告に疑いを向けてかからなければならないのは分っているとしても、しかし事実自分の疑いはただ単にそのためにばかり深められていたとは判事にも思えなかった。それを知ると、被告の貧しい上に労働が激しければ激しいほど、他人から時間短縮の訴えに誘われれば教養のない程度に比例して、それだけ被告のその運動に熱情のでることは別に何の不思議もないように思われ出した。それに被告が無智であればあるほど富貴な蕩児に反感を持ったにちがいないとの前の自分の推断は、論理に於て一見正しそうではあるが、その実、それは逆に無智であればあるほど相手の富貴が直接に影響を被告に与えていない限り、なおそれだけ相手に反感を持ち得なそうに思えば思うことが出来て来た。無論被告と酔漢とが争った以上、そこに何かの反感のあったことは疑えない事実ではあった。だがそれとて、自分が被告に向けていた敵のような反感とはちがって、被告の反感はただ自由な蕩児を羨むありふれたものであったにちがいないと思われ出すと、今迄自分にしつこくつき纏っていた被告に対する疑いも、故意に酔漢を突き飛ばしてまで殺すにいたる種類の反感であったとは、どうしても思われなくなって来た。すると、ただ勝手に自分が被告を危険思想を抱いている者として、ただ勝手に被告を敵の立場に置いてかかった自分の恐怖心が判事には急に馬鹿らしく羞しくなって来た。それに判事は自分のために悲しみを投げつけられたそのときの被告のいかにも悲しそうな顔つきを思い出した。これは判事の気持ちを被告の孤独な気持ちの中へ全く職権から放れて入り込ませるのに力があった。それはいかに考えても淋しいものにちがいなかった。総ての生活の楽しみを運命的に奪われている男、その運命をつき抜けて行けない男、それが絶えず最も楽しみの焦点である街の入口で、絶えずそれらの歓楽を眺め続け、そこへ入り込む者達のために危険を教え続けていなければならないと云うことは、とにかく想像しても最も苦痛な生活の一つであるのは分っていた。しかし、判事は自分のただ一片の不純な恐怖のために、無罪で済まされる可きその憐れな男を今にも重罪に落し込もうとしていた自分のことを考えた。彼は自分の罪を感じてひやりとなった。

「無罪にしよう。無罪だ。」

そう彼はひとり決定すると、急に掌を返すような爽快な気持ちになった。

「これや俺の罪じゃないぞ。マルクスの罪だ！」

彼は突然に大声で笑い出した。

「いや、何に、かまったことはない。証拠物件として何がある。蕩児よりも番人だ！」

今は判事も全く晴れ晴れとした気持ちであった。そして、今迄長らく自分を恐喝していた恐怖も、不思議に自分から飛び去っているのを彼は感じた。

暫くすると、彼は安らかに眠っていた。丁度、マルクスに無罪を宣告された罪人であるかのように。

人を殺したが……

正宗白鳥

一

五月雨は人の心を腐らさんばかりに降り続いている。泥濘の街上は道行く人の心を焦燥狂悶せしめている。腸の疾患の癒りきらない宇津川保は、じめじめした鬱陶しい空気に人一倍悩まされながら、寝たり起きたりして数日を過していた。

滝の落ちるような烈しい音のしたあとで、雨も静かになった。「これで、執念深かった梅雨も霽れるのかも知れない」と、彼は晴れた空や明るい光を渇望した。階下からは母親や弟の誠三の寝息が聞えて来た。自動車や電車の音が微かに響いて来た。彼は昼間の熟睡の結果眠つかれなかったので、先日無聊のあまりに整理した文庫の中から見つけ出した、七八年前の自分の文反古を、寝床の中で読み続けた。

「奈良から大阪へ着いた。奈良の仏様は、宗教や芸術の上から見ると随喜渇仰すべきものに違いないが、青春の血に燃えているおれには、千年の昔の芸術や宗教なんかよりも、俗でも、大正の息の通っている人間の方が面白い。法隆寺や薬師寺の寂しいお堂の中で心を澄ましているよりは、道頓堀あたりで人波に揉まれている方がはるかに面白い。上方の女の顔は肉感的でいい。色っぽい目つきをしている女が多い。おれは一晩のうちに幾人おれの心を魅した女を見つけたか分らない。あしべ踊りも面白かった。牡蠣船の料理もうまかった……」

保は、こういう文章を読みながら、そのころの自分が、まだあの一人の女に心を打ち込んでいなかったことに思い及んだ。旅に出ても、次から次へと小綺麗な女に目をつけて見惚れては、次から次へと忘れて行ったのである。京都の花や須磨舞子の海を見て、まずい俳句や和歌をひねくったり、和歌の浦で徂く春を偲んだりして、心に何のわだかまりもなく、旅費の乏しくなることだけを苦にしながら、のらりのらりと春の旅を続けて行ったのであった。

「梅雨が晴れたら、一二週間どこかの温泉へ行こうと思っているんだが、あのころのような心の軽い旅は、おれにはもう出来なくなっている」と、彼は歎息したが、そうすると、あの後七八年の間に自分の受けた災難や心の烈しい苦痛が、身体の弱っているところへつけ込んで、新たに感ぜられだした。

まだ丈夫で人並みの仕事をしていた父親に死に別れたのも、不幸の一つであったが、知人の媒介で結婚した妻に、ある事情で離別しなくちゃならなくなったのは、彼の三十歳前後の青春を全く暗くした大いなる不幸の源であった。縁談があってから見合いをした時にはじめて顔を知った妻には同棲二三年の間、恋も執着も感じたことはなかったのであったが、離別したあとでは、不思議にも忘れがたい思い出が彼の心に絡みついた。一緒にいた間の何でもない事件や、お互いの言語動作の記憶が、棘のように彼の心を刺した。

「大阪城を見て豊太閤の偉業を敬慕した。英雄、ヒーロー。男子の心を動かす言葉だ」文反古の一つに、感興のなさそうな文字でこんなことが書いてあったが、とにかくおれも英雄になりたかった時があったのだなと、保は苦笑した。

離別した妻の顔と、豊臣秀吉の顔とを目前にちらつかせているところへ、呼び起す声と戸を叩く音とが聞えた。母親や弟は寝入りばななので、控え目の音ではなかなか夢を破られなかった。

「こんなに遅く誰が来たのだろう」と、保は疑いながら、寝衣のまま急いで階下へ下りて戸口へ寄って「どなたです?」と訊いた。

「森山です。大変遅く上りましたが、先生がお家にいらっしゃるのなら、ちょっとお目にかかりたいんですが」

「森山か?　これは珍らしい」

保は懐かしそうに云って戸を開けた。森山も懐かしそうに「ああ先生でしたか。私は誠三さんの声だと思っていました」と云って傘の雫を振り落して土間へ入った。

「僕は少し加減が悪くて二三日寝ていたのだよ。それで、今夜は目が冴えて退屈で困っていた。君が訪ねて来てくれてちょうどよかった。今夜はゆっくりしていたまえ。泊って行ってもいいよ」と云って、保は、母や弟の寝室を通って、森山を二階へ連れて行った。取り散らかされたじめじめした部屋の中に色の青褪めた髯の伸びた病上りの保が、一人ぽっちで寝ているのを、森山はみじめに思いながら、病気について訊ねたが、保は、「君はどんな用事があって来たのだい。しばらく僕の家へ寄りつかなかった君が、こんなに遅くやって来たのは、何かわけがありそうだね」と、一刻も早くそれを知りたがった。

「先生に関係したことなんです」

「僕に関係したことだって？　変だね」

保は乗り出した。森山は相手の顔に目を凝らしながら、

「先生はお忘れになったんですか。去年の年末に烏森の鳥屋で、私にお頼みになったことを？」

「烏森の鳥屋？……あの時は非常に酔ってたから何を云ったか覚えていないよ」

「あれほどの大事件を口へお出しになっていながら、覚えていらっしゃらないですか」

と森山はその無責任を咎めるように云って、「渡瀬さんが亡くなられたら、彼家の巨万の富はおれの掌中に入るんだとおっしゃったじゃありませんか」

「え。そんなことを君に向って口外したかね」保は当惑したような顔して、

「それは酔った勢いで戯談半分に云ったのだろうが、……渡瀬が今夜死んだと、君が知らせに来てくれたわけじゃないだろう」

「渡瀬さんは死にかかっているんです。明日の朝を待たないでしょう」

「君はまたどうしてそれを知ってるんだ」

「烏森の鳥屋で先生が私に向って、渡瀬家の様子が分るものなら、索って知らせてくれと、私にお頼みになったじゃありませんか。だから、私は、あの後手蔓を求めて、渡瀬家に使われてる老婢に接近して、あの家の内情は大抵私の耳に入るようにしました。あの奥様にも二三度会ったことがありますよ」

青褪めた顔した保も、次第に亢奮して、「君も物好きだね」

「だって、先生が巨万の富を手にお入れになるかならないかという、大事な場合じゃありませんか。私は不人情なようだが、渡瀬さんが今夜のようになるのを待っていたんです。それで、いよいよ待ち設けていた時が来たと思いましたから、大雨のなかを駆けてお知らせに上ったのです。……彼家の奥様に御用はありませんか。先生がもしも急な御用がおありになるのなら、私はこれからすぐに渡瀬さんのお家へ出かけて行ってもよろしいんですよ。……決して他人に秘密を洩らして先生の御迷惑になるようなことはいたしません」

「君は小慧しいからかなわないね。僕が酔ったまぎれにうっかり口走ったことを種にして面白ずくでいろいろ索りを入れたんだろう。それは知られたっていいんだがね。しかし、このごろは渡瀬のことについては、僕の興味がよっぽど失せてるんだよ」

「先生は世間をお憚かりになってそんなことをおっしゃるんじゃないですか。そうだとつまらんことですね。先生は学校の教師はお止めになって、この先二度とあんな窮屈な虚偽な職業はやらないと云っていらっしゃったんだから、けちな道学的な仮面をかぶって修身斉家をお心がけにならなくってもいいじゃありませんか。御自分の胸に潜んでるものをドシドシお出しになったらいいでしょう。お役に立つなら、私がお手伝いしますよ」

「君はメフィストのようだね。貧弱なファウストが病気と梅雨でへこたれてるところへやって来て誘惑を試みるんだな。若いくせに僕よりゃ君の方が世才に富んでるんだからえらいよ。……しかし、僕は打ち明けて云うと、渡瀬には興味が薄らいでるんだ。今も僕は古い日記なんかを出して独りで若かった時の気持を思い出していたんだが、僕は平凡に生まれついた人間だから、平凡に世を送る方がいいんだね」

「平凡か非凡かはじめから極められるものですか。……それはそうと、渡瀬さんの奥さんは誤解を受けたために、随分虐遇されていらっしゃるんですね。座敷牢へ入れられてるように、年中家にばかり籠っていて、ほとんど戸外へ出ることはないんですね。虐待されてるばかりじゃない、自分で拗ねて浮世を棄てているようにも思われるんです。

……こう云っちゃ悪いでしょうが、奥さんは御主人の亡くなられるのを待っていらっしゃったんじゃないでしょうか。私にはどうもそう思われるんです」

「僕は何にも知らないんだよ」

「世間がうるさいんですね。でも、どっちしたってうるさい世間なんだから、そんなものに構わないで、積極的におなりになっちゃどうでしょう。先生はつまらない世間の誤解から、ひどい災難にお会いになってるんだから」

「それは、僕だって一時は憤慨したことがあるんだが、今は何とも思ってやしない」

「お別れになった此家（こちら）の奥さんは、此家へお帰りになるんじゃありますまいね」

「むろん帰りゃしないさ。先方で帰りたくっても、一度離別した奴をまた家へ入れるわけには行かないじゃないか」

　保は口ではキッパリそう云ったが、心の中ではひそかに、別れた妻に対して哀愁を感じていた。渡瀬の妻君のことにさして心の惹（ひ）かれる暇（いとま）のないほどであった。

「そうでしょうね。でも、先生はこれから長い間独身でお暮らしになるんじゃないでしょう」

「それはどうだか分らない」

「独身の決心をしていらっしゃらないのなら、先生が当然お取りになる道は分ってるようなものじゃありませんか。……渡瀬の御主人は大熱に浮かされてる間に、先生のことを気にしてお名前を口に出したりしてるそうです。だから、奥さんは他の者を病人の側へ寄せないようにして、お独りで看病していらっしゃるんですが、私はその話を耳に入れると、すぐに先生にお伝えしたいと思いました」

「君が渡瀬家のことをそんなに深入りして知ってるのは不思議だね」

「私はこれだけ御報告したら、役目が済んだのですから、今夜はお暇しましょう。明日また改めてお伺(うかが)いするかも知れませんが、先生の方で私に急な御用がお出来になったら、電報でも速達でもよこして下さい」

　森山はそう云ってあわただしく立ち上った。保は見送りもせず、戸締りをしにも行かないで、寝床の上に横たわっていたが、夢の中で森山の訪問に会ったような気がした。

「森山という男一癖(ひとくせ)ある奴なんだが、少くもおれに対しては悪意を持っていやしない。しかし渡瀬のことに立ち入るなんてよけいなおせっかいだな」保はふと頭に火がついたように感じた。今に今渡瀬市造が死にかけていることを想像すると、安閑としてはいられなかった。「おれの名を呼んでる」と、寂(しん)とした夜の空気に聞き耳を立てた。

　彼は電気を消して目を瞑(つぶ)ったが、とても眠れなかったので、再び部屋を明るくして、自分の文反古(ふみほご)の中を捜して、渡瀬という文字のあるところを読んだが、ある春の夜に、魔の差したような偶然なことから、渡瀬の疑いを受けて、自分の妻とも反目するようになった次第は誰に見せるともなく自分の鬱憤晴らしに書かれてあった。

渡瀬の妻君のとき子が、持参金として持っている数万の財産は、渡瀬が死にさえすればおれの手に入るんだと、おりおりの空想に思っていたことを、心を許している森山にうっかり喋舌ったのかと、後悔された。渡瀬が今夜危篤になっていると聞いたのでなおさら恐ろしかった。

「おれは生まれつき平凡な男なのだ。一度娶った妻と末永く添い遂げて、平凡な静かな生涯を送ればよかったのに、運命の悪戯はおれをどんなところへ導くか分らなくなった」と溜息を吐いた。

「おれは、まだ三十三にしかならないのだが、世に楽しい希望をもっていた無邪気な青春は、とっくの昔に去ってしまったのだ」

保は空想に描いていた数万の財産を得られる運が向いて来ても、それはどうでもよかったので、汚名を着て世人に卑しまれたり、煩悶苦悩をましたりしないようにと願っていた。

明け方に少し眠って、疲れた頭を叩きながら起きて戸を開けると、久しぶりに空は澄んでいた。日の光も夏らしかった。階下へ下りると、早出の弟を送り出した母親は、「昨夜は表の戸が開けっ放しだったよ。誠三は確かに戸を締めて掛金を掛けたと云っているのに、どうしたんだろう」と、保を見ると訊いた。

「森山が来たんですと保は答えて自分が締め忘れたことを話して「夢を見たのかと思

っていたら、森山は真実に来たんですね」

「変なことをお云いでないよ。そう云えば、お前は大変顔の色が悪いようだ、病気がよくないのかい」

「まだ少しいけません。今日は天気がいいから、わたしは、伊香保へでも湯治に出かけましょうか」

「湯治はいいだろうが、お前にはお金があるのかい」

「お母さんの知ってる通りで、わたしは秘密の金は一銭も有ってやしませんよ」

「それじゃ、旅費をどうするんだね。家でもお医者の払いなんかに困るんだしさ」

「そのうちどうにかなりますよ」

「どうにかなると云っても、誠三の月給ばかり当てにするのは可愛そうだし、そうそう預金に手をつけらりゃしないだろう。銀行の通いを見てごらんな。いくらも残ってやしないよ」

「そう心配しなくってもいいんです。わたしだっていつまでもノラクラしてやしません。そのうちどうにかします」

保は小うるさそうに云って、母親の側を離れて、顔を洗ったり、自分で牛乳を温めたりした。そうしている間にも、母や弟に金の苦労をさせている自分の腑甲斐なさを思わないではいられなかった。

「お前は本当に今日温泉へ出かけるつもりなのかい」

母親は二階を片づけて来てから、ちゃぶ台に頬杖を突いている保に云った。

「止しましょうよ」と、保は勢いのない声で答えて、独りの思いに耽っていた。

「でも、身体が大事だから、行こうと思い立ったのなら行っといでな」

「そうですねえ」

保は、今時分渡瀬が息を引き取ってしまっているかと思っていると、

「そう云えば、森山さんは昨夕あんなに遅く何しに来たのだい」

「お金儲けの話なんです」

「お金儲けの話だって？」

母親は、気色ばんで、牛乳を啜っている保の前に坐って、「あの人はこのごろ寄りつかなかったが、急にいいことが出来たのかい」

「森山も貧乏であくせくしてるんだが、わたしも、大胆になって金儲け一心になるといいんですね。お母さんもそれを望んでるんでしょう」

「そういうわけじゃないけど、……森山さんはどんな話をしておいでだったい。お前にも関係があるのかい」

「わたしにもどっかから遺産をやろうっていうものがありそうなんですよ」

「戯談お云いでない」

「お母さんはわたしが何をしようと、大抵なことに驚きゃしないでしょうね。おきぬが家を出て行った時だって、お母さんは腹が据わっていた」

「お前は、まだあの時のことを根に持ってわたしを恨んでるのかい。あんな女に御機嫌取って家にいてもらわなくってもいいじゃないか。向うで出て行きたいと云うから、さっさと出て行ってもらったのだからいいじゃないか」

「そうですとも。出て行きたいものを出して、来たいものを連れて来りゃいいんだが、気の弱い奴には、それがテキパキと出来ないんですね」

「お前のすることも、わたしには歯痒くてならないことがあるよ」

「そうでしょうとも」保は素直に答えて「わたしは、当分家を出て行きたいんですが、お母さんは止めないでしょうね。……昨夕森山が帰ったあとで、いろいろに考えたのです。お母さんの側には、わたしよりもしっかりしている誠三がいるんだから、わたしはどこへ行っていようといいわけなのだから」

　母親はさして驚かないで、「お前は本当にそういう決心がついたのかい。これまでのように考えがグラグラするようじゃ駄目だよ。お前は家を出たければ出て、もっと世間を稼いで来ればいいんだよ。世間にビクビクしないで、何でも自分のしたいことをやっといでな」

　保の方でかえって呆気に取られた。

二

保は母親に侮蔑されたように感じた。上べは柔和で、働くこともよく働く母親にも、腹の底に手剛いところがあって、子供に対して残酷な鞭を加えることもあった。「出て行った嫁に未練を残すのは、男として意気地なしだ」「人に負けて貧乏暮しに甘んじているのは意気地なしだ」と、保は母親に罵られたこともあったので、母親の手前でも、何かやり遂げなければならないはずになっていた。

保は、朝餐をすますと、安全剃刀で髭を剃ってから、「きょうは天気がいいから、医者へいって来ましょう」と、独り言のようにいって、身仕度をした。

「寝てくよく考えてるからいけないんだよ。元気を出して戸外の風に当って来るといい」と母親はいった。

「夏になったんだな」保は強烈な戸外の日光を眩しそうに見た。

薬瓶を持って家を出ると、はじめのうちは足がフラフラしたが、少し歩き馴れると力が出た。渡瀬の死に関係して厭な取り沙汰を聞かされるよりは、自分が当分東京の土地を離れている方がいいのだから、伊香保へでもいっていたいのだが、母親の同意を得て預金帳を持ち出すよりほかに、差し当って旅費の工面が出来かねるので、旅行はさてき、煙草代や珈琲代にもちょっと欠乏した。

「母と弟とを打っちゃっておいて、自分が家出をすると広言しても、母親が驚かないのは口ばかりで実行は出来まいと、おれを見くびっているからなのだ。……世間のある人々の目には、一かどの悪党らしく見られているおれも母や弟には、ヤクザな甘い人間と腹の中を見られているんだからたまらない」と保は昨夕から引き続きの自己蔑視に耽りながら、とにかく、かかりつけの医師の家へいった。

医師は例のごとく診察した後で、「腸の方はよほどよくなっています。食物に気をおつけになって営養(えいよう)をとるようにすればいいんです」といった。保は薬の調合を待っている間に、外来の控室で新聞を読んでいたが、そこへ、森山の姿が現われたので吃驚(びっくり)した。他の患者の前で変なことをいわれるのをおそれて、薬も貰(もら)わないでそとへ出て、笑い笑い、

「君はまた僕を脅(おど)かしに来たのか」と云うと、

「まあ、そうです」と、森山の答えは意外であった。

「渡瀬がいよいよ死んだというんだね」

「そうです。……きょうは先生にとっては記録すべき日なんですよ。先生はそうお感じにならないんですか」

「僕は暑くって目がくらくらするよ」

「まだ朝の内だから、カッフェーへも寄れませんね。先生のお宅でも工合が悪いから、

私の家へ寄って下さるわけにはいきますまいか」

「うん、いってもいい」

保は自分の家へは帰りたくなくなっていたので、すぐに承知した。そして一しょに肴町から電車に乗って、小日向水道町の森山の家へいった。住宅は見すぼらしくっても、森山は可愛らしい若い妻君と夫婦水入らずで暮していた。保は肝腎な話を早く訊きたくって妻君のお世辞など聞き流して、森山に話を迫った。

「渡瀬さんは感冒から肺炎で亡くなったんだから、ありうちの死に方なんですが、しかし病気のためだけで倒れたんじゃなさそうに、私には思われるんです。病気に罹ってから、あの方は非常に頭脳を使ったようですよ。死んじゃならんと一心に思っていたんでしょうが、そうしてもがいていたのがいけなかったんですね。私には医者の診てる以外のことがよくわかっています。……先生にだけは打ち明けてもいいんですが、あしこの奥さんは御主人の亡くなられるのを待っていらっしゃったんですよ。御主人の方でもそれをいくらか感づいていたに違いありません」

「君が想像を逞しくするのは勝手だが人を傷つけるようなことを、やたらに喋舌っちゃいけないよ」

「実はもっと進んだ想像もしているんですが、……」

「僕は想像よりも事実を聞きたいんだよ」

「ところが、僕の想像は事実なんです。僕には探偵の興味も手腕もあるんですからね。僕は安翻訳の下働きなんかやるよりは、探偵でもやって見たいと思って、先生が鳥屋で不用意に口外なすったことを種にして、頼まれもしない探偵をやったんです。しかし、こんなことはちっとも金にならないから駄目なんですが。……」

「僕が巨万の富が得られると、でたらめをいったものだから、そうなったら、君もいくらかの割前にありつこうと思って、よけいな穿鑿をやって暇潰しをしたのだろう。あいにく一文にもならないね」

「でも、彼家の奥さんの信用を得たからいいんです。……私のしたことは、私の勝手で、誰れからも報酬を得たいと思ってやしないんですが、先生は御心配にならなくってもよろしいんです。人の死を喜ぶのはいけないことでしょうけれど、先生もあのためには、ひどい打撃をお受けになったんだから、今度天運がめぐって来たと、お思いになっても差し支えはないでしょう」

「僕はそれほどの悪党じゃないよ」

「しかし、天が授けてくれるものはお受けになってもいいじゃありませんか。先生のような謙遜家は傍からちゃんとお膳立てをして箸をとればいいようにしてさえ尻込みなさるんだから。……でも、渡瀬の奥さんは非常な決心を持っていらっしゃるんだから、先生も知らん顔していられませんよ」

「だって、僕はちっとも関係がないよ。あの人には一年も会わないんだし、手紙一本やり取りしたことがないんだ」

「そうでしょうか」

「僕は疚しいところはないんだよ。君のいうのは人違いじゃないかしら……あの女は放縦な女なんだから」

「もしも人違いだったら、私は張合いが抜けますね。あの女が先生にあんな汚名を着せておきながら、今は先生のことを忘れて、ほかの男のために亭主殺しまでやったとすると、私は第三者としても憤慨に堪えませんよ。しかし決して人違いじゃないんです。あの奥さんの胸のなかには先生がしょっちゅう生きて動いてることを、私は見抜いているんですよ」

　森山は、渡瀬とき子が、手当次第で癒ったはずの夫の病気を、故意に悪くしたようにいって、それも自分の身を自由にしたいためであったように、同情しているらしくいった。

　保は恐怖と好奇心に襲われながら、耳を留めていて、森山が渡瀬に接近した途筋を熱心に訊いたが、森山はそれについては十分に打ち明けないで、妻を呼んで、夫婦して自分たちの昨今の貧乏生活の話をしだした。

「僕も職にはぐれてから貧乏してるよ。貧乏してると、頭脳の中までも萎けていけないね」

「先生でもそうですか。……学問の価値だの人格がどうのというのは、要するに貧乏人が気休めにいうことなんですね。だから、人間は一生懸命に金を拵えるようにして、それが出来なければ、せめて、金を持ってる奴を叩き潰すように心がけるんですね。家庭の平和でも何でも乱して思い知らせるんですね。最善の道が駄目なら、次善の途を取るよりほかありませんよ」

「物騒だね。僕はいくら貧乏してもそんな面倒くさいことは考えないよ」

「でも、社会に圧迫されて自滅するのはつまらないじゃありませんか」

「……」保は何か言いかけたが、森山の妻の顔を見て「君たちは金に不自由していても、平和に暮してるからいいよ」と羨ましそうにいって座を立って、夫婦が何か饗応しようとするのを、病後を口実に断わって、「晩にでも遊びに来たまえ」といって戸外へ出た。

森山は格子戸のそとまで見送ってから家へ入ると妻のさだ子に向って「見ていろ、先生もおれの操りにかかってるから。金持ちの美人に思われて悪い気持のするわけはないんだ。先生は因循だから、世間の悪評におそれて家にばかりすっ込んで五体を腐らせていたんだが、おれが唆かしたのでいくらか血の気がめぐって来ただろう」

「あなたは柄にない色恋のお取持ちなんぞして、御自分の得になるんですか」

「それはきまってるさ。今時金にならないことを誰れがするものか。見ていろ、おれがこの一役を勤めたら、お前にもそんなまずい指輪なぞ嵌めさせときゃしないよ。……だけど、金のためにやり出したことも、やり出すと、欲得離れた面白さが出て来るから不思議なものだね」

「あなたが独りで面白がってたことはあたしにもよく分っていてよ。……面白がるのは結構だけれど、あなたは何かいけないことしているんじゃない？　さっき先生にいっていらっしゃる話を聞いてるうちに、あたし、何だかそんな気がしてよ。何だか分らないながらも、ハッとおそろしい気がしたのよ」さだ子は、不安らしい顔つきした。

「馬鹿をいえ、おれはまだ法律に触れることも、道徳の制裁を受けることもしてやしないよ。明日から先のことはわからないが。……渡瀬の妻君はもしかすると、人に知れちゃ悪いことをやってるかも知れないがね」

「だって、女が自分の夫の死ぬるを待ってるなんて。そんなおそろしいことがあるもんでしょうか」

「あるから妙だよ。お前だっておれの死ぬるのを待つ時がないとも限らないさ」

「ひどいことをいうのね」さだ子は睨みつけるような目をして、「いいわ。あなたの方でこそ、あたしの死ぬるのを待つ時がくるかも知れないから、あたし、今から用心してるわ」

「そんなことは戯談だがね……おれは先生と渡瀬の奥さんとを四五日うちに此家で会わ

せるつもりだから、お前もその時はおれを助けて一役(ひとやく)勤めてくれなきゃいけないよ。別段むつかしい役じゃない。お前の地(じ)でいって無邪気にさえしてりゃいいんだ」

「あなたの先生ていう人は、案外若そうね。あなたよりは、かえって若く見えるわ」

「そうかなあ、おれとは五つ違うだけなんだが、あれでえらいんだよ」

森山は保は英語がよくできるとか、大学の教授になる資格があるとか、妻の前で誇張して褒めながら、心のうちでは、保の戯画を描いていた。

保は薬瓶を提(さ)げて暑い町を歩いていたが、懐中は無一文なので、どこへも寄るわけにはいかなかった。電車賃さえ持っていなかったので、止むなく家へ帰って、二階で疲れた足を伸ばしていると、

「森山さんに会ったのだろうね」と、母親は側へ来て訊ねた。

「会いました……」

「あの人は、渡瀬さんが死んだといってたよ」

「そうらしいですね」

「お前は冷淡そうにいってるけれど、何とか考えてるんじゃないの？　しっかりしなきゃいけないよ。御亭主が亡くなったからって、またあんな女に誑(たぶら)かされちゃ駄目だよ」

「わたしのような者を誰れが誑かしに来るものですか」

「お前が今一人でいるのが先方の附目(つけめ)になるかも知れないから」

「そう取越し苦労をしていたってしかたがありませんよ。……わたしのような者を誰れが誑かしに来るものですか」

　保は気乗りのしないような返事をして、母親から目を外らしたが、森山がよけいなことを母に告げたのが忌わしかった。今日から未亡人になったはずのとき子と再会の機会があるにしても、早くも母親や森山夫婦にそれを予想されているようじゃ、うしろめたくて危険だ。

「とき子も真実におれに会う気があるのなら、森山なんぞにそんな気振りを見せなければいいのに。あの女も浅薄だから困る」

保は、森山の言葉を半信半疑で思い出しながら、二三日静養していると、健康はほぼ恢復した。とき子から手紙が来るかと心待ちにされることもあった、森山の話はでたらめでこのままに何事もなく過ぎてしまうのかと思われて物足らない気持もした。

　彼は渡瀬の死を確かめるために、ある夜その家のあたりをうろついたが、なるほど渡瀬市造という表札は取られていた。まだ他の表札は出ていなかった。「あの男はもうこの中にいないのだな」と、今までは夢のようにボンヤリ思っていた渡瀬の死を、ハッキリ見つめている気になったが、そうすると、この家に生き残っているとき子の将来が、保には打っちゃっておけないものになった。先方から知らせて来るのを待っているよりも、此方から進んで一刻も早く、当人に会いたくなった。森山なぞに気取られないで、今ここででも会われないものかと、偶然の機会を熱望しながら、耳を聳て目を凝らしていたが、そこへふと、荒っぽい怒声が家の中から洩れて来た。保は驚いて、板塀に身を寄せて隙間から内を覗こうとしたが、暗くってわからなかったので、次第に、軒燈の照っている方へ進んだ。怒声は止まなかった。それに続いて女の声も幽かに聞えた。保はその声に惹かれて知らず知らず潜戸を開けて声のする部屋の方へ近づいた。

「あなたが何とおっしゃっても、あたしそれ以上お答えすることは出来ませんの」

「わたしがもっと早く帰って来てれば、兄にもっと快く安心して死なせてやるんだったのに」

「あなたは根本からあたしを誤解していらっしゃるんだから、あたしそれ以上言いわけなぞいたしませんわ」

「それで、あなたはこの先勝手な真似をして暮そうというんだな。死んだ兄やわたしなどの顔を潰しても……」

「これまで長い間あたしを虐待した上に、これからも、あなたたちがぐるになってあたしを虐めようとするんですね。まだ初七日もすまないうちに、あなたが代表になってあたしを押えつけに来たんですね」

「一日でもおくれると、兄の遺産なぞどうごまかされるかわかりゃしないんだ。このごろのあなたの身持ちだってわたしはちゃんと察してるんだから、隠したって駄目です。

兄の病中にさえ、夜おそく忍び込んだものがあることは、ちゃんと証拠が上ってるんだ。大野仙吉という名前までわたしの耳に入ってるんだから」

保はその名前を聞くとギョッとした。嫉妬と失望とで五体が戦慄して、室内の話し声さえ茫漠として、この世の声のようには聞き取れなかった。「何をおっしゃるんです？」「嘘です」「兄は病中にさえ……」などと室内では言い争っていたが、女はやがて部屋を駆け出たらしかった。

それと同時に、庭に人のいる気配を見つけたかの男は、障子を開けて誰れだと咎めたが、保が茫然として逃げもやらずにいるのを見つけると、裸足で庭に飛び下りて引っ捉えた。保は弁解する余地もなく無我夢中で争って組んずほつれつしていたが、昔運動家として習い覚えた柔術の手が無意識に働いて、両手で相手の咽喉を締めつけて倒した。そして、顔を見覚えられているおそれがあったので、再び息を吹き返さないようにと、足で喉を踏み潰した。

はき物を捜してはくことだけは忘れないで、そとへ駆け出したが、家へ着くまでは、どこをどう歩いているかわからなかった。家の格子戸を開けて入った時に、幸いに、母にも弟にも気づかれなかったので、ソッと台所へいって水道で足を洗い顔を拭い水をも呑んだ。二階へ急いで上って寝衣に着替えて横たわってから自分のした一大事を思い出した。「夢ではなかったのだ」

不断力業をしたことのない自分が、しかも病後に、あんな頑強らしい男を倒したことは不思議でならなかった。ラスコルニコフのように斧を持たず不意打ちもしないで、堂々と正面から組みついて勝ったのは、自分の身体に不断は気がつかなかった力が潜んでいたのかと、保は自分の細い手を出して見つめた。手には一滴の血もついていないで犯罪の跡は見つからなかった。

「奴、おれを大野仙吉だと思ってやがったのだな。……おれも大野に代ってあんな惨いことをしたのは馬鹿なことだ。……森山の馬鹿め、いい加減なことをいやがって、そのためにおれもおそろしい犯罪をする破目になったのだ」

保は恐怖を感じながらも、とき子に対する愛着は新たに燃え立った。平和だった昔をしのんだり、わが世の徂く春を傷んだりした彼も、今は逃れるにも逃れられない渦巻に巻き込まれたようであったが、どうせ巻き込まれるのなら、しばらく会わなかったとき子をも連れ込もうと思うとともに、このごろいじけていた彼の心も焰のかたまりとなった。

三

やがて気を紛らせるために階下へ下りると、母親は茶の間で熱心に針仕事をしていた。弟は自分の部屋で読書をしていた。

「保はさっきどこへいっていたのだい。大変慌てていたじゃないか」と、母親にいわれて、保は、打ち解けかけた鼻先を折られて、顔を顰めて、

「腹こなしに早稲田辺まで駆けて来たんです。汗びっしょりになって……」

「一人で駆けっ競をしたってつまらないじゃないか。運動のためなら、家のまわりの掃除でもしてくれたらいいのに。そうしたらわたしも助かるし、これから毎朝拭き掃除でも手伝っておくれな。身体がよくなったのなら、お前の身体にもいいんだよ」

「ええ。……」保は生返事をして茶の間を出て弟の部屋へ行ったが、弟の誠三は兄の顔を見ると、

「どうかしたのかい」と、訝しそうに訊ねた。

「どうもしないよ。脳が少し痛むけれど、なに大したことはない」保はそういって頭の前の方を拳でコツコツと叩いた。

「今朝あたりよくなってたのに、また顔色がわるいようだな。家にじっとしていて神経を使うからだろう。温泉へいって保養するのもいいだろうが、物ごとを苦にするからいけないんだよ」誠三はかねていおうとしていた忠告をこの機会に試みようとして、「兄さんはもういい加減で昔のいやな記憶を棄ててしまわなきゃいけないね。世間じゃ、兄さんが自分で心配してるほどに兄さんのことを悪く思ってやしないよ。また学校の教師になることはちっとむつかしいかも知れないけど、森山のように翻訳をやってもいいだ

ろうし、遠山さんがいつか話してた末松商店の社長の秘書にでもしてもらったらいいだろう。今日の世に職業の選嫌(えりきら)いをしていちゃ駄目だよ」

「おれは職業の選好(えりごの)みはしないよ。やる気になりゃ、筋肉労働でも、区役所の代書でもやるつもりだ」

「兄さんだってまだ若いんだからな。方針を立て直して、一生懸命に新しい仕事をやったら、誰れにも負けりゃしないと、僕には思われるんだ。お母さんだってそういってるよ」

「そりゃ、おれだって、人の知らない力を持ってるんだから……」といって保はふと感傷的に「誠三、お前は柄にない欲望を起さないで、今の仕事をよく勤めて、適当な候補者があったら早く結婚することにしろ。宇津川の家はお前が受けついでいくべきものだよ。おれは駄目なんだ。おれを当てにするな」

「兄さんがそんな弱い音(ね)を吐くのはおかしいな。……遺産も何もないこんな家を誰れが継ごうと、それは問題じゃないが、……しかし、兄さんはそんなに世間に対してビクビクしなくてもいいじゃないか。善良過ぎてるのはかえっていけない。僕は兄さんが悪人になってもいいから、もっと大胆になってくれればいいと思うよ」

「お前やお母さんは、おれをよっぽどの意気地なしと思ってる。おれ自身でもそう思ってるんだからしかたがないが……」保は淋しく笑って、「しかし、意気地のない人間でも、どういう機会でえらいことをやらんとも限らないから、そう見くびったもんじゃないぜ」

「兄さんは、旅行でもして来て気分を変えてから、仕事を見つけるといいんだよ」

「そうだねえ」

保は、弟の心持とは違った意味で、身を隠すための旅行を企てたが、このままとき子に会いもしないで、他所へ行っちまう決心はつかなかった。

「何を考えてるの？　今夜兄さんはどうかしてるよ」

「そんな探偵のような目つきをしておれを見るなよ」

保はふと尖った声でいって、出し抜けに弟の部屋をでていった。戸外の足音はみんな自分の家を目ざして、今に誰れかが入って来りゃしないかと、あたりが寝鎮まるまでビクビクしていたが、身心の疲労のために、いつとなしに苦しい眠りに落ちた。

目が醒めた時には、赫耀とした日が照っていて、夜中頭の中に入り乱れていたさまざまな人間の影が一時消え失せたが、そこへ母親が上って来ると、思わず顔を背向けた。

「大変なことが出てるよ」と、母親は新聞を突きつけて云った。

「何です？」保はわざと落ち着いて云って、新聞を取るや否や、母の目を避けながら紙上へ目を注いだ。

「渡瀬という人の弟が昨夕誰れかに殺されたんだってね。詳しいことは書いてないけれ

ど、あの金富町の渡瀬に違いないだろう。遺産の争いが原因だろうって誠三は云ってい
たが、そうかも知れないね」

「さあ……」保は新聞の記事の簡単なのが物足らなかった。そして、簡単な記事を穴の開くほどに見つめながら、刑事巡査や検事や警察医などが死体を取り囲んで加害者捜索の手がかりを求めている有様を紙上に思い浮べていた。「とにかくあの男は生き返らなかったのだ。あれっきり死んだことだけは間違いなしだ。それであの男のほかにおれの姿を見た者のないに極(きま)っている。証拠物件が紙(かみ)っ片(きれ)一つ残っていやしないし、おれがあの男に対して殺意を抱く嫌疑のかかる糸口もないのだ」と、彼れは思って、何となく心が安らかになった。

「何しろあの家庭がいけないんだね。あの家の人の根性がみんな腐ってるんだろう。あいう人たちに関り合いがあったら、どんなまき添えをくうかも知れないんだから、恐ろしいことさ」

「東京の中だけにでも毎日一つや二つは殺人事件があるんだから、そう驚くことはありませんよ」

保はすぐに森山を訪ねて、その後の様子を聞きたかったが、母親の手前気が差してすぐには出かけられなかった。それで、ゆうべの母の言葉に従って、自分で小さな庭の掃除をしたり草むしりをしたりして時を過ごしていたが、そこへ、森山が汗に濡(ぬ)れてアタ

フタとやって来た。

「先生が、草むしりをなさるんですか、珍らしいことですね」と、呆れたようにいって、傍へ寄って、「今朝の新聞をお読みでしたか」

「読んだ。君は吃驚したろうね」

　保は自分が出かけるよりも、森山の方から来てくれたのを喜んで、二階へ連れて行った。

「驚きましたね。新聞を読むと、すぐに飛んで行ったんですが、検死は済んで死骸は当人の家へ引き取られていました。私がこのごろ懇意にしてる彼家の老婢に会って大体のことを訊いたんですがね。犯罪者の見当はまるっきりつかないらしいんです。老婢は使いにやらされていたし、も一人の若い女中は湯に入っていて、その時は奥さんと、殺されたお客のほかには誰れもそこにいなかったんだそうです。殺した奴は刃物も何も使わないで素手で仕事をしたのだから、よほど腕力の強い男なんです。……とにかく奥さんが嫌疑を受けて一応取り調べられてるんですが、どうも変ですねえ。あの客に個人的に恨みがあったとしても、わざわざあの家へ行って殺すというのは変ですからね」

「殺された渡瀬の弟はどんな男だ。君は会ったことはないのか」

「島谷豊三という名前だけは知っていますが、見たことはありません。商用で北海道へよく行ってるんだそうですよ。……ところで、私も今日意外に思ってることがあるんです。悪くすると明日の新聞に出るかも知れませんが、有力な嫌疑者が一人あるんです」

「それは誰れだ？」

「警察の方で疑いをかけてるだけで、私は冤罪だろうと思ってるんですが奥さんに一人秘密の情人があって、あるいは其奴の所為じゃないかと目をつけられてるらしいんですがね」

「それは誰れだい。そんな男があったのなら、先日の君の話は嘘っぱちだったんだね」

保は、森山の奴先日いい加減なことをいって、おれを唆かせやがったと憎々しく思われたので、ふと責め詰るようにいった。

「だから冤罪だと思ってるんです。あの奥さんにそんな情人があったとは私には信じられませんよ」

「君の観察は当てにならないからな。それで、冤罪でも嫌疑を受けてる男の名は何というんだ？」

「大野仙吉という人だそうです。……先生は御存じでしょうか」

「知らないねえ。……その男が証拠になるものを残してでも行ったのかい」

「そんなものはなさそうです。根拠のない嫌疑だから、すぐに放免されるでしょう」

「どうだかな。君なぞもあんな家へ近寄るとつまらない疑いを受けるから用心したまえ」

「ところが、私はきょうから彼家へ寄宿することになりましたよ。奥さんのお望みなんですから。……若い女中は怖がってお暇を貰っていっちまったし、男ぎれが家に一人もなくっちゃ奥さんもお淋しくって、それに、奥さんは、御主人の身内の方に睨まれていらっしゃるから、何かにつけて、御自分の用を足させる書生をお置きにならにゃ不便なんでしょう。……急な場合に適当な人物を見つけるのは困難だから、老婢と御相談の上で、私をでもということになったんです」

「それは意外だ。君一人でいくのかい」

「なに、家庭を彼家へ移すんです。家内にはまだ話さないんですが、今日中に引っ越します。荷車を一台持ってくりゃいいんですから雑作はありません。……私が彼家へ寄宿したら、決して先生のおためにならんことはしませんよ」

森山が渡瀬家の意外な変事を、もっけの幸いにしているらしいのを、保は苦々しく思っていた。後日詳しい報告をすると約束して森山が帰って行ったあとで、保は、「今日から先輩や友人を訪問して職業の口を捜して来る」と母親に対する口実をつくって、簞笥から羽織や袴を出してもらって、久しぶりに身装をつくろった。母親はそれを見て、喜しそうに「キチンと身だしなみに気をつけてれば、お前も立派な男だよ。どこへ行ってもひけを取ることはないのさ」と云って、保の出て行く姿に目を注いだ。

保は家を出るには出たが、行先の当てはなかった。自動車や自転車などを避けるのに気を使いながら、絶えず犯罪の結果について思いを凝らしていたが、無意識の殺人について良心の苛責(かしゃく)は感ぜられなかった。自分の身に隠れた力のあることが新たに発見されたのが心強くさえ思われた。犯罪の痕跡を残していないのだから、少し注意して言葉や挙動を謹んでいれば、世界の人間が総がかりで捜したって、おれの罪を見つけ出さりゃしないのだと、彼れは怯みかかる自分の心に力をつけた。

薄暗がりでボンヤリ見ただけの死者の顔は、白昼の街上にちらついて、そこらを往来している生きた人間よりも邪魔っけだったが「あの男は地震で潰されたようなものだ。雷に打たれて死んだようなものだ。おれが故意に殺したわけじゃない」と、死者の顔に向って言いわけをした。

彼れはどこをとおったともなく足の疲れるまで歩いた。正午近くなって、飢渇を覚えたので、目に触れた粗末な洋食屋へ入って、ソーダ水を飲んでライスカレーを食べたが、この上当てなしの歩行を続けるのはいやになったので、煙草を吸って休んでいた。自分の家にいたり知人の家へ行ったりするよりも、知らない人のなかに身を置いている方が、結局気楽でいいわけなので、「誰れもおれのしたことを知りやしない」と、あたりの客を見て、その話などに耳を留めていたが、そうしていると、自分も誰れかに向って口を利(き)きたくなった。黙っていると独想の重荷に頭脳がひしゃげそうになった。

それで、洋食屋を出て再び歩き出した彼れは、水道町の森山の家へ向ったが、森山夫婦は忙しそうに家財調度を片づけて荷車に積んでいるところであった。

「先生はどこへいらっしゃったんです？」と、森山は保の改まった服装を見て訊ねた。

保はいい加減な返事をしたが、ふと見ると、見覚えのない老婆がいたので、

「誰れだ？」と訊ねると、「渡瀬さんの老婢（ばあや）さんです。手伝いに来てもらったんです」

と森山は云って、無雑作に保に紹介した。

よけいな紹介をされたと、保は危険を感じたが、老婢（ろうひ）に対して圧（おさ）えがたい興味が感ぜられたので、懐かしそうに声をかけて、

「誰れもその男を見たものはなかったんですか」と訊ねた。

「わたしはあいにく外へ出ていまして、お家へ帰ると、奥様がお客様はどうなすったんだろうとおっしゃって、みんなで捜したんでございますよ。はじめは黙ってお帰りになったのかと思いましたのですけど、お帽子もおはき物もございますから、変だ変だといっているうちに奥様がお庭へお下りになって、そこへ倒れていらっしゃるところを御覧になったんです。……私は後で思い出したのですけど、そういえば、わたしがお使いにいって帰って来る途中で、裸足で駆けた変な男に会いましたよ」

老婢（ばあや）がそういうと、保は思わず目を外らした。

「それで殺した人の目星はついたんですか」保は、あの時の自分が下駄をはいていたことを思い出した。

「警察ではいろんなことをおっしゃるんですけど、これといって証拠はございませんのですから、奥様も大変御迷惑なんでございますよ。ただ今も御親類の方がいらしっていろいろに評議をしていらっしゃるんです」

「しかし、嫌疑者があるというじゃありませんか」保はこの老婢が曲者(くせもの)で、とき子の秘密に関係しているらしく直感して、「大野という人はあなたは知ってるんでしょう」というと、老婢は驚いた顔して、

「あの方は旦那様のお知合いで、一二度お遊びにいらしったことはございました。御親類のどなたかが警察の方に何かおっしゃってお疑いをお受けになったんでしょうけれど、根もないことなんですわ」

「そりゃ、犯罪の嫌疑は事実なのかも知れないが、あの人と渡瀬家とは何か込み入ったわけがあるんだろう」保は微笑を含めて気軽く訊ねたつもりだったが、言葉に詰問の調子を帯びていた。

「どうでございますか。わたし何も存じませんのです」

「僕は裁判官じゃないから、立ち入ったことを訊問(じんもん)しちゃいけないね」

保はみずから省みて、それ以上いわなかったが、森山はニヤニヤ笑った。

「さあ出かけようか。先生もそのうち私の部屋へお遊びにいらっしゃい。私はこれから小説の第一回がはじまるように思われますよ」といってから、老婢に向って、「あなた

は一足先へ帰っていて下さい。お客様があるのに、長々家を開けてていちゃいけないでしょう」

「わたしはいない方がお客様の御都合がよろしんですよ。昨夕のお客様も、奥様とお話しになることをわたしたちに聞かれないようにとお思いになってわたしに使いをいいつけになったのですから」

「奥さんも可愛そうだな。みんなに虐められて」

「旦那様がお亡くなりになったあとで、すぐに旦那様の弟さんがむごい目に会ってお亡くなりなすったんですもの。わたしどもでさえ気味が悪くて、あのお家には長くいられそうじゃございませんです。でも、奥様は割りに気がお強いですね。お葬式が済んだあとでは、お二階にお一人でお寝みになるんですから」

「あの奥さんには、外から入って来る泥棒なんかよりは、親類の人の方が怖いんだろう」

　そんな話をしているうちに、荷車は挽き出された。老婢は一足先きへ出て行って、森山の妻は家主へ挨拶に行った。

「私はあしこへ行ったら、犯罪人の探偵もやって見ましょう。今度のことについちゃ、私の目は刑事以上に利きそうですからな」

「どうだか。あの婆さんが曲者だよ」

「あの老婢は私の家内の知合いの家に長く世話になってた人で、素性はよっく分ってるんです。あの人はただの下女なんですが、さっきあの老婆(ばあさん)がうっかり喋舌(しゃべ)った話のうちに、不思議なことが私の耳に留ったのですよ。あしこの主人の病中に、庭木戸の掛金が外してあったり、奥の室の戸が夜中に開いていたりしたことがあったそうです。……」

「それは老婆自身が開けたのじゃないか」と、保は相手の言葉の終るのを待ちかねて、慌ただしく云った。

「そんなことはありますまいが……」

「とにかく、先日君がわざわざ僕のところへ来て云ってたことは空想だったんだね」

「先生はそれについて失望なすったんでしょうか」

「なあに。……君はあの未亡人や大野という男に取り入って、利益にありついたらいいじゃないか」

「僕はそれほど悪党になれませんよ」

「だって先日はメフィストみたいなことをいって僕を唆(そその)かしたじゃないか」

「ハハハハ」

森山は苦笑した。が、保は先日とは違って、森山などを見下すような気持になっていた。そして、去年までは時々訪れたことのある渡瀬の家の室取りなどを思い出して、自分が今夜にも、その掛金の外れている庭木戸から入って、とき子の部屋へ入って行くことを空想した。

「森山の奴、腹の中でおれを憫れんでいるんだな。……見ていろ」

保は森山に別れてから独り笑いを浮べた。

四

二三日経った。朝ごとに新聞の来るのを待ちかねて、事件の経過に注意していたが、まるで的確な目当てはついていないのであった。

一度嫌疑を受けた大野仙吉も、その夜は欧州行きの友人の送別会に出席していたことがわかったので、疑いは雑作なく晴れていた。保はそれを物足らなく思ったが、しかし、大野は新聞の上で醜い風説を立てられたために、社会的地位を失うことになったらしいので、保はいくらかの腹癒せをしたように感じた。ある新聞にはとき子の写真を掲げていた。

紙上に出ているいろいろな臆測は保には滑稽に思われた。「これじゃ本当のことはわかりゃしないんだ。おれが名乗って出ても、おれを殺人者だと思うものはないかも知れない」と、犯罪の発見についての恐怖は薄らいだが、その恐怖が薄らぐとともに、とき子と大野に対する嫉妬はますます熱を加えた。これじゃ、おれが大野のために邪魔者を殺したような結果になったのだと忌々しくもあった。

「保は毎日そとを駆け廻っていても、まだ仕事の口が見つからないのかい」と母親に皮肉な口調で云われると、何をしてでも自分の腕を見せたくなったし、第一毎日の外出に、母親お当てがいの小使銭に甘んじていなければならぬのが堪えがたかった。上べだけにしろ先生として崇められて教壇に立ってしかつめらしい講義をしたことのあるおれも、扶持を離れて尾羽打ち枯らした浪人になると、母の目にさえおれという人間の価値が下落してみえるんだからたまらない。学問の光なんていい加減なものだと、みずから嘲ったが、しかし、今の彼は、あの事件のあった前の彼のように、心魂がいたずらに萎けてばかりはいなかった。

ある夜、保は金富町の渡瀬家の前に立った。来客があって潜戸がまだ開いていたので、彼はそこからソッと入って庭の植込みの蔭に潜んでいた、意外にも笑い声などがどこかの部屋から幽かに聞えて来て、戸を鎖さない部屋の燈火が何となく華やかで、凶変のあった家とは思われなかった。これでは、家の者が寝鎮まるのはいつのころやら分らなかったので、保は空想して来たことを断念して、潜戸から外へ出て、つまらなく家路へ向ったが、庭の木蔭で聞いた笑い声は、その夜も翌日も彼の耳元を離れなかった。

次の夜、保はまた、魔物に導かれでもしたように、渡瀬家の前に立った。が、今度は潜戸はピッタリ締まっていたので、あたりをまごまごしながら、前夜と打って異って寂としている家の中に耳を傾けていたが、やがて、彼の手は裏木戸に触れた。先日森山のところで聞いたように、その木戸の掛金は外れていたので、さては大野の通路がついているのだなと気づいて、彼の心臓は激しく鼓動した。かねて知っている階子段の下の便所の側の雨戸は、そっと引けば開いた。気が焦って手はわなわな震えていたが、閾には蠟でも塗ってあるように、雨戸はするすると、音を立てないで開いた。大分隔たっている部屋からの寝息がかすかに響いて来るだけで、凶変の後の警戒は感ぜられなかったが、見上げると、階子段の上には、電燈が煌々と点いていた。闇に悩まされなくっても、行手の道は明るかった。

「二階では起きて待っているのだ」と思うと、自分の足音を二階の人に聞かせるつもりで、軽く音を立てて上って行った。階子段を上りつめると、先日うち独りで気色ばんでいた時のような元気は失せて、大蛇の洞穴を覗き見するように怖気づいたが、ふと寝床から身を持上げて、蚊帳越しに此方を見入った彼女を、蚊帳越しに見返すと、保は豊満な花を見つけた餓えた蜂のように思慮をめぐらす暇はなかった。

「宇津川さん、どうしたんですよ」

とき子は思わず高い声で云って、跳ね起きて寝衣を掻き合わせた。

「静かにしていらっしゃい。僕はあなたを脅しに来たのでもないし、泥棒に入ったのでもありません」保はそう云いながら、おのずから相手を圧服するような顔つきをして、蚊帳の側に坐った。

「だって、今時分、突如に、こんなところへ」とき子は青褪めた顔して震えた。

「僕は森山に急用があって訪ねて来たんですが、戸が締ってたから、今時分叩き起すのも何だし、そこらをぶらぶらしてると、庭木戸が少し開いてるのが目について、うかうか入って来たんです。僕は疚しいところがあるのじゃなし、夜夜中あなたの寝室へ侵入する必要はないんですが、僕は狐に抓まれてこんなところへ来たようなものですよ。……失礼は許して下さい」

「わたし、あなたにお目にかかりたかったのですけど、こんなところでお目にかかろうとは思いませんでしたよ。さっきトロトロと眠りかけてたところへ、突如にあなたのお顔が目についたのだから、今でも夢を見てるんじゃないかと思われてなりませんわ」

「僕を夢の中の人間と思っていらっしゃい。……僕も先日まではあなたを夢の中の人間と思っていたのだから。……」

「わたし、あれから随分ひどい目に会いましたのよ。あなたは御存じないんでしょうね。手紙を一本どこへでも出すことは出来ないし、新聞を一枚読むことも出来なかったんですもの」

「でも、これからはあなたのわがままが出来るんじゃありませんか。神様か、何か目に見えないものの手引きで今夜ここへ来たんですから、あの後の話を聞かせて下さい。僕が前触れもしないで化物のようなさまをしてあなたの枕もとへ現われたからといって、あなたは僕に会ったことを悲しんでやしないでしょう。僕もあの後は、監獄に入ってると同様な生活をして来たんですよ。あなたに話すとなると、夜中話しても尽きないだけの話の材料を持ってるんです」

「それは、わたしだって、あなたには一日も早くお目にかかって御相談したいと、先日から毎日そう思っていたんですけど、今夜はいけませんわ」

「誰かがあなたを訪ねて来るから、僕がいちゃいけないんですか」保はふと気色ばんで詰った。

「何をおっしゃるんですの、あなたは」とき子は訝しげにいって、「あなたも御存じのようなおそろしいことがあって、警察の注意が厳しいんですから、こんなところにいらしってもしも嫌疑をお受けになったりしちゃつまらないじゃありませんか」

「お家の庭で殺人のあったことなんですか。庭木戸に懸金がかかっていなかったり、雨戸が締っていなかったりするから、そんな変事が起るんですね」保は動じないで、冷笑を洩らして「警察でも誰でも、まさか僕に対して殺人の嫌疑をかきゃしないでしょう。夜中にあなたの寝室に入り込んでるところを人に見られたら、僕の名誉は台なしになるわけなんでしょうが、そういうことは僕はかまやしませんよ。僕の持ってた名誉なんてものはとっくに滅茶滅茶に潰されてるんだから。……」

　保が平然としてそういうのを、とき子は驚きの目をもって見た。この人いつの間にこんなに度胸が据わったのかと怪しみながら、「名誉を潰されたのはあなたばかりじゃありませんよ」

「他にもそういう男があるというんですね」

「何をおっしゃるの？　今夜はだしぬけにわたしを苦しめにいらしったのね。……どっち向いてもわたしを苦しめようとする人ばかりなんだから、わたしの生命は続きませんわ。あなたでさえそうなんだから、わたしが半年も押し籠められてる間に、世の中の人間という人間はみんな鬼になったのですね」

「あなただけが鬼でないんでしょう。そういえばあなたは、半年前に比べて痩せも窶れもしないで、苦労した人とは思われない。僕を見てごらんなさい」

　自分の面は鬼に化しているのかと、保は自分には見えない顔を醜く想像したが、「あなたこそちっともお変りはないわ」と、とき子にいわれたので、このごろ聞いたことのない懐かしい言葉のように悦しかった。

　とき子はつと立って、羽織を引っかけて、蚊帳の片隅をはずしながら、床の間の時計に目を留めた。柔らかい寝床やなまめかしい寝衣姿は、しばらく独身生活を続けて来た保の目を眩ませた。誰か自分の妨げになるものが階子段から上って来たら、先日の夜のような暴行をやりかねない気持になった。一夜をここで気ままに明かせたら、明日の日の目は見なくってもいいように思われていた。

「此方（こちら）ではもう蚊が出るんですか」

蚊帳の隔てを取って側近く坐ったとき子の顔は、誰に見せるためにか、化粧を凝らしていて、ボンヤリ見ていた時よりも、ひときわ美しかった。

「そんなに蚊はいないんですけど、わたしだけ蚊帳を釣っていますのよ」

「何かの用心ですか。……離れたところに一人でよく怖くありませんね。ここじゃ寝息も聞えませんね」保はふと耳を澄ました。

「怖いなんて、そんなことはわたしもうとおり越してますわ。……でも、森山さんが泊って下さるようになってから、いくらか気強いんですの。この呼鈴（よびりん）は森山の枕もとに通じてるんですから」

「しかし、僕には森山なんか怖かありませんよ」

保がそういって笑うと、とき子も微笑した。

「あの人はあなたのお弟子なのね。あの人からあなたのお噂は時々聞きましたよ。牢屋（ろうや）の中で娑婆（しゃば）のたよりを聞くような気で聞いたのですけど、……でも、あの人はわたしの身の上についちゃ上っ面のことしか知ってやしませんわ」

「森山は僕の身の上についても、上っ面のことしか知ってやしませんよ。そのくせ、僕とあなたとの間に立って連絡を取って何か企（たくら）むつもりだったのだからおかしい。しかし、使いようによって、あの男は役に立ちますよ」

「あなたのお弟子だと云うので、懐かしくなって信用したのですけれど、人の心は当てになりませんわ。わたし、もう誰をも信じられないような気がしますの。あなただって以前のあなたとは違ってるかも知れないんですもの」

「でも、あなたに会いたければこそ、危険を冒して来たんです。世間に妨げられて一時二人の間を裂かれても、あのまま永久に別れるはずじゃなかったのだから……」

「じゃ、なぜあの時わたしを助け出そうとはして下さらなかったの？　あの時は世間を恐れてお逃げになったじゃありませんか。渡瀬がまだ生きていたなら、あなたはわたしのところへはいらっしゃらないに違いない。わたしがどんなに渡瀬や渡瀬の身内のものに虐（いじ）められていても、あなたはわたしのために指一本動かそうともなさらなかったじゃありませんか。……今夜わたし一人でいるところへ忍んでいらしったくらいが、男としてどれほどの冒険なんでしょう。わたしこそ、両親から当然わたしに残された財産を渡瀬や渡瀬の兄弟なんぞにいいようにされないために虐待や侮辱の中を忍耐して来たのですわ。あの時わたしが生命（いのち）がけで渡瀬の手から逃げ出したにしても、あなたは、決してわたしを受け入れて庇（かば）っては下さらなかったに違いないんですもの」

　とき子はあの時を思い出してふと心を乱して涙をさえ浮べた。その涙に保は怯懦（きょうだ）だった自分を恥じながら、

「僕も弱かったんです。……今の僕ならあんな煮えきらない意気地のない真似はしませ

んよ。こんなつまらん人間でも、半年の間には随分打ち鍛えられたんですからな」

「あなたが奥様とお別れになったり、渡瀬が亡くなったりしたために、あなたはわたしに対して急に強くおなりなすったの」

「そんな皮肉をいうもんじゃありませんよ」保は、見くびられているような不快を感じて「言い遅れたけれど、御主人の御不幸のお弔詞をいわなければなりませんね。どういう御病気だったのです？」と、わざとらしく改まった口調でいった。

「森山さんからお聞きになったでしょう」と、とき子はそっけなく答えた。

「御臨終は穏やかだったのですか。あなたの御看護で安心して目をおつぶりになったんですか」

「どうですか。死んだ人の話は止して下さい」

「なぜ？　あなただって思い出が多いだろうのに。長いこと連れ添った仲だから」

「あなたとそんなお話をする必要はありませんよ」

とき子は、夫の死際の話をするのをいかにも厭がっているようにいって、ふと時計を見て、「どうせあなたにはいろいろなことを御相談して知恵をお借りしたいんですけど、今夜はいけませんわ。近いうちどこかでゆっくりお目にかかりたいと思ってますの。……庭の木戸口までお送りしますわ。このごろは家の中が取り込んでるものだから、戸締りさえ忘れてしまうがないんです」

「僕がいて悪ければ帰りますがね。……あなたの自由な生活を妨げる権利はないようなものなんだから」保はいやみをいったが、すぐに立ち上って出て行く気ぶりも見せなかった。「あなたに会ったら、半年の間に胸一杯に溜(たま)ってる思いを吐き出して、紙一枚の隔てもない話が聞けるだろうと思ってたのに、僕の当てが違ったんですね。あなたが以前のようだったら、近いうちなんて、月末の払いを延ばすような口を利かないで、今僕の来たことを喜んでくれたでしょう」

「あなたはお察しがない。わたしはまだ八方から監視されてるんじゃありませんか。病人が亡くなってから、まだ初七日(しょなぬか)が済んだばかりで、それに世間を騒がしたような不思議なことがあって、わたしまでもひどい疑いを受けたことは、あなただって御存じのくせに。……あなたまでもわたしを苦しめないで下さい」

「あなたの他に、も一人の嫌疑者のことも新聞に出ていましたね」

「それで、わたしを責めにいらしったの？ あなたは卑怯ね」とき子の顔は見る見る険しくなった。「混み入った内輪の事情は御存じなしに、新聞のでたらめな記事を信じていらっしゃるのね。……災難続きで頭脳(あたま)が疲れてるところへ、同情のないあなたなんかのお相手をしちゃいられないから、今すぐにお引き取り下さい」

キッとしたとき子の言葉に、保は刃向えなかった。渡瀬の死因や大野と彼女との関係について突っ込んで索(さぐ)りを入れようと思っていながら、言葉を、続ける勇気が失せて、口を噤んでしょんぼりしていた。

「わたし困りますよ」と、とき子は当惑しているように露骨に眉を顰めて云った。

「お邪魔なら帰らなきゃならないが、……僕とあなたとの関係は、以前よりももっと深刻になってるんですよ。あなたはそのわけを知らないのだし、僕も軽卒に今打ち開けるわけには行かないのだが、あなたが僕を除外しようたって、一生除外出来ない因縁がひとりでにつくられてるんです。不思議な運命でそうなってるんだから、あなたもそれだけはよく覚えて下さい」

「あなたを除外しようなんて、私決して思ってやしないの。近々にあなたの得心のいくようにお話しますから、今夜はおとなしく帰って下さいね。気味のわるいようなことおっしゃらないで」

とき子は立って、保の手をとって座を立たせようとした。

「われわれはもう尋常の生活は出来ないんですよ。庭木戸や雨戸がひとりでに開いたり、あなたの寝室へ僕のようなものが不意に現われたりしたのは、随分不思議なことなんだが、世の中にはそれ以上不思議なこともあるんですよ」

保は先夜の秘密を打ち明けて、とき子からも隠してることを打ち明けさせて、それによって二人の親しみを回復しようと、あせり心地になりながら、さすがに、「あなたの邪魔ものの一人をこの庭で殺したのはおれだ」ってことは口のそとへは出しかねた。

「不思議なことでも何でも、この次にゆっくりお伺いしますわ」と、とき子は急き立てた。

「あなたは察しがつかないんですね。それだけあなたの神経は静かだからいい。……御主人の亡魂が毎晩この部屋へ出て来てもあなたは驚かないに違いない」

保は、何となく渡瀬の死因に疑いを起し出したが、それについてとき子にうしろめたいことがあるのを、むしろ望みながら、とき子の顔を見ると、美しい眉目に罪業の影が差しているように思われてならなかった。

「あなたはどうかしていらっしゃる。早くお家へ帰ってよくおやすみなさいな」

「僕には家があってもないようなものです。あなたのように人に狙われるほどの財産はむろんのこと。電車賃さえないんです」

「お金に不自由していらっしゃるのなら、どうにでもしますわ。明日森山さんに頼んでお届けしますわ」

「そうすると、僕は今夜泥棒しにきたようなものですね」

保はみずから嘲るようにいったが、とき子が咄嗟の間に鏡台の側から指環を取って渡すのを見ると勢いづいた。それが嵩張った金よりも指環だったことが愛情のしるしのようで悦しかった。

「お金をお届けした時に、引きかえに森山さんに渡して下さればいいんです」

「僕は金よりもこの指環を頂いといた方がいいんですが」

「どうにでも」とき子は無雑作にいった。

が、その時階下(した)の方で幽かに足音がしたようだったので、彼女は目の色変えて聞き耳を立てた。

五

耳の迷いであったように足音は止んだが、とき子はもはや保に気兼ねなどしていられないように、慌ただしく階下へ下りていった。階下の廊下にも庭にも人の影は見えなかった。彼女はいくらか安心して、庭木戸には堅く掛金を掛けて、自分の部屋へ戻った。

「あんなことがあってから、夜庭を見ると怖くって」と、独(ひと)り言(ごと)のようにいうと、指環をいじりながら目を瞑(つぶ)っていた保は、

「あなたは、殺された人の怨霊(おんりよう)が庭の植込みの中に迷ってると思いますか」と、ふと目を開けていったが、その目は凄かった。

「怨霊だなんて、脅(おど)かしちゃいけませんよ。そうでなくってさえ、時々ぞっとすることがあるんですから」とき子は身震いして、「あなたはさっき階下の方で足音をお聞きにならない？」

「僕は聞かなかったが、あなたは足音が気になるんですか」

「わたしの思い違いだったのかしら……」

「怨霊なら足音なんかさせないで来るでしょう。……いや、死んだ人間のことはどうだか、僕らには分らないな。……あなたは死んだ人間よりも生きた人間の足音の方が気にかかるのじゃないんですか」

「戸締りはちゃんとして来ました。あなたがここで夜を明かそうとお思いになれば御勝手ですわ」

とき子が度胸を据えて云うので、保はかえって薄気味が悪かったが、

「世間を遠ざかってあなたに会ってる夢は、たびたび見たことがあったが、真実に会えるとは思えませんでしたね」と、照れ隠しに云って、指環をいじりながら、相手の胸にも昔の思いが温まって来たのかと、そのし向け方を、ひそかに胸を轟かせて待っていたが、そこへふと、階下の廊下から足音が響いて来たので、二人は聞き耳を立てた。

「誰れかここへ来るのかな」と、保は呟いて思わず立ち上ったが、足音は階子段の下から遠ざかって次第に消えてしまった。

「今度はあなたにも足音が聞えたんですね。……だって戸締りはちゃんとして来たのに」

とき子は腑に落ちなかったが、今度はおじけづいて、階下へ様子を見にいく気になれなかった。

「森山か誰れか、家の者の足音じゃないんですか」と保は、森山に見られて面目を失するのはさすがに厭だったので、「とにかく今夜はこれでお暇しましょう。あなたも御迷惑でしょうから」と出て行こうとすると、とき子はふと慌てて、すがりついて引き留めた。

「わたし怖くなったんですから、今あなたに行かれちゃ困りますわ……。わたし、今はじめておそろしい気持がしだしたのです。あなたのせいなのよ」

「僕こそ気味が悪くなったんです。今夜は帰って、改ためて会いましょう」

「じゃ、わたしを揶揄いにいらしったの？」

「だって、さっきわたしを追い出そうとしたじゃありませんか」

保は多少揶揄うつもりでいったが、自分にすがりついているとき子の目は異様に光っていて、何かに脅かされているらしいので、「何がそんなに怖いのです？」と訊き返して、立ちかけていた腰をおろした。

「あなたが突如にいらしったためなんです。あの足音は渡瀬の足音に違いありません。この階下が渡瀬の病室だったのですから」

「何かと思ったら。……あなたは随分迷信家なんですね。渡瀬さんが僕たちの秘密話を聞きに、お墓の中からやって来たと思ってるんですか」

「わたしばかりでなくって、あなたもお聞きになったのじゃありませんか。きのうまであんな足音はしなかったのです。渡瀬が亡くなろうとも、自分の家の庭で人殺しがあろうとも、わたし、それほど苦に病まなかったのだけど、もう駄目ですわ。一人で平気でこの部屋で眠ってなんかいられませんの。……あなただってお墓の中からいらしったようなものなの。みんなあなたのせいなんです」

「そう僕にばかり罪をなすくりつけちゃ困りますね」保は相手が絡みついて来るのに胸を躍らせながら、「あなたも御主人の看護はよくしたんでしょうから、そんなに恨まれるわけはないんでしょう。良心に咎められるようなことをあなたはしているんですか」

「わたし、この半年の間は渡瀬に復讐することばかり考えていました。……今だから言っちまいますわ。特別にあなたを恋いしたわけでもないし、夫の名誉を傷つけようとしたわけでもないのに、わたしの一時の気保養みたいにあなたにお交際しただけだったのを、世間は大げさに悪く悪く捏造して、わたしを陥し入れようとしたんですもの。渡瀬に復讐するのは、世間に復讐する気持だったのです。渡瀬はわたしを押し籠めて苦しめながら、自分の神経を毎日毎日苦しめて次第に生命を耗り減らしていたのです。それがわたしにだけはよくわかっていました。だから、あの人の寿命がそう長くないことは、わたしにだけはよくわかっていましたの。……亡くなる時には、わたしの息で、油の尽きた燈明の火が吹き消されるように生命の火が消えたのですけど、あの人はまだこの世とわたしに未練があったのですわ。あの人の魂がこの家に残ってるように思われますの。

加害者の見当のつかない殺人があったり、突如にあなたがいらしったりしたのも、その魂のせいかも知れませんよ」

「死人がそんな不思議な力を有ってるんですかね。……それにしては、昨夕まで誰がこの部屋へ忍んで来ても、覗きに来なかった魂が、今夜に限って変な足音をさせてやって来て、あなたを脅すのは変ですね。しかも、特別にあなたに思われてもいなかった僕のようなものがやって来たのに、墓の中から嫉妬を焼いて出て来るのはいよいよ変だ」

保は口では冷かすようにいったが、病死した渡瀬や殺されたその弟の顔は、茫然とそこに漂っているように思われだした。死によっても亡ぼされない恨みと憎みとが、この部屋の中に動いているように思われだした。

「わたしは明日の晩から、森山さん夫婦にお頼みして、この階下の部屋に寝てもらうことにしますわ。わたし急に臆病者になったのですわね」

「そうして、あなたは御主人が亡くなったあとも、自分で自分をこの部屋に押し籠めていようと思ってるんですか。自由の身になったはずのあなたが、好んで不自由にするのは妙ですね。死んだ人間に脅されて、生きてる間の時間を粗末にするのは馬鹿らしいじゃありませんか。僕なんぞは自分で手を下して人の生命をとったとしても、すんだことはすんだことにして忘れてしまいますよ。……たとえば、僕が今あなたの喉を圧えて、あなたの息が絶えたにしても、あなたの死骸をそっとここへおいて裏木戸から逃げ出して、自分の家に帰ったなら、明日からケロリとして、何ごともなかったように平気で生きてられるんですからね」

保は興に乗ってそういって、戯れにとき子の喉へ手をやったが、先夜の闇の中の争いが心を刺戟して知らず知らず手先にグッと力を籠めて彼女の喉を押し潰そうとしかけた。が、とき子は驚いて保の手を払い退けて、身を退けて警戒した。

「そんな怖い実例を見せて頂かなくってもよござんすよ。殺人試験の材料にならなら他の方をお使いになるといい」

「ハハハハ」保は刹那の悪夢から醒めて空虚な笑いを洩らして、「だけど、このさき僕が殺人を実行するには、あなたより他には為甲斐のある相手はないと思われますよ。あなたが寝ずの番をつけていようと、どこへ身を隠していようと、僕はちゃんとあなたの居所へ忍んで来て、自分の目的を仕遂げるつもりです。何だかそんな自信が出来て来ました。……あなたもつまらないものに見込まれたわけですね。……でも、驚くことはありませんよ。あなたが爪のかけらほどの好意でも寄せてくれりゃ、そんな最後の手段を取る気にゃなれませんからね。愛も恋もしみじみ味わったことのない僕は、あなたの目から落ちる涙の一滴で満足するくらいなんだから」

口先ばかりではない、心でもそう思ってるらしいと見て取ったとき子は、おどおどしていた胸をにわかにくつろがせて、「あなたは欲が少なくっていらっしゃるのね。わたしを生命ごとさらっていこうとしていらっしゃるのかと思ってたら、わたしからわずかなものを望んでるだけなの？　お安い御用だといいたいけれど、それでは、わたし何だか張合いがありませんわ。どうせお互いに無慈悲な悪名を被せられた前科者なのですもの。あの時の因縁をお忘れにならないのなら、重くってもわたしの身体全体を背負って下さらなきゃいやです」

「軽そうだから、僕にだって背負えないことはあるまい」

「わたしには、あなたの目に見えない錘がついているんだから」

「それは分ってるさ。あなたが、あたり前の貴夫人でないことは分ってるんですよ。僕だって昨日までの宇津川保じゃないんですからね。この世が地獄なら地獄に落ちてるつもりで生きてるんですよ……あなたには階下の足音がまだ気になるんですか」

とき子も保も同じように階下の方へ耳を注いだ。どこからも音は聞えて来なかった。

「庭で殺された人はあなたの今後の生活の妨害者だったのだから、その殺し手が誰れだったにしろ、あなたのために恩人なんですね。警察の手でいくら調べても手がかりのないところを見ると、あの加害者は人間以上の者かも知れませんね」

「そんなものが夜になるとこの辺をうろうろするようじゃたまりませんわ」

とき子は、ふと萌した疑いをもって保の顔を見つめたが、保はそれが感ぜられたので目顔を和らげた。

その時幽かな音がとき子だけの耳に触れた。庭木戸を叩く音にちがいなかった。あたりを憚っている咳の合図も彼女の耳に響いた。彼女は呼吸の詰るような思いをしながら、自分の身体を小さくしていたが、間もなく外の音は消えてしまった。

「もう一時ですね」保が時計を見て云うと、

「早く夜が明けるといい」と、とき子は呟いた。

保がその家を出て行ったのは短い夜もまだ明けきらない薄暗いうちであった。自分の家へ帰ると、幸いに戸は立て寄せられてあるばかりで、サルはおろされていなかったので、音のしないようにそっと開けて入った。母も弟もまだ快い眠りを続けていた。

二階へ上るとすぐに寝床に就いた。保は、二三度母親に呼び起されても生返事をして正午時分まで昏睡を続けていた。ようやく目が醒めると、真昼の光は部屋の中に一杯に充ちて、近所からは不断聞き馴れている日常生活の物音や人声が騒々しく聞えて来た。そして、昨夕渡瀬の家へ入って行ったことも、とき子に会ったことも、一場の夢に過ぎないように思われたが、しかし、指環はちゃんと枕もとに置かれてあった。昨夕相手の女の云ったことや自分の云ったことが、次から次へと思い出された。

「死人の怨みも憎みもあったものじゃないが、廊下の足音だけは変だった。森山が忍んで様子を見に来たのじゃなかったのか」

保は、こんな風だと、自分の将来はどんな意外なことに出くわすかも知れないが、これまでのような平凡な地道な世はとおれなくなったおれだ。一生が滅びるまで運任せで危ない綱渡りでもやっていけと、自分に力をつけたがとき子の心根はまだたよりなかった。

「もうお午御飯だよ、またどこか悪いのか」と、声をかけて階子段から顔を出した母親の目は、保には警官の目よりも眩しかったので、顔を背けながら、

「少し頭が痛いんだが、なに大したことはありません。すぐに起きますよ」

「昨夕はどこへいってたのだい。いつ帰ったのか、わたしちっとも気がつかなかったよ」

「昨夕は少し遅くなりました」

「そういえば、今朝早く森山さんが来たよ。まだ寝てるのなら、ほかへ廻って後で来るといってたが、あの人は渡瀬さんの家へ同居してるんだってね」

母親は階子段を上って保の枕もとへ寄って来たが、ふと指環を見つけると、

「こんな物をお前どこから持って来たの？」と、異状なことを発見したようにけたたましく声を立てて訊いた。保はこれはしまったと思いながら寝床から起きて、

「それはつまらない玩具みたいなものですよ」

「だって道で拾ったんじゃあるまい。……わたしなぞ金目のある指環は一度も見たことはないから分らないけど、ダイヤというのじゃないかしら。いい気持に光って品がある

じゃないか」

「なにまがい物ですよ。……お母さん嵌めてごらんなさい」

「まがい物かしら。じゃ幾干にもならないんだね」

母親は自分の指に嵌めて見たが、そうしていると、自分の萎びた指にも価値がつくようだった。

「私がこれを貰っておこうか。他人からの預りものでないのなら」

「それは困りますよ。お母さんもいい年齢をして、そんな指環が欲しいんですか」

保が嘲るようにいうと、母親は目に角を立てた。

「馬鹿なことをおいいでないよ。……どんな因縁のある指環かしらないけど価値のあるものなら、お前の机の上に置いて寝かしとくよりは、わたしの手で役に立てようと思ってるのさ。まがい物でもこれなら幾干かになるだろう」

「つまらないものだけど、売ったり質に置いたりしちゃ困りますよ」

「じゃ、わたしが預かっておいて、お前が職業を見つけて月給を取って来たらそれと引替えに返して上げよう」

「戯談じゃない」

「……お前は昨夕この指環を持って来るために苦労していたのかい。夜明けまで一晩かかって」

「なあに……」保はドギマギした。

「渡瀬の奥さんのに違いない。あの女よりほかにお前にこんなものをくれる女はありゃしない。お前の能なしにも呆れるよ。匹偶の死んだのをいい幸いに、あんな女に掛り合いをつけて、指環の一つも貰って来るよりほかに、お前には能がないのかい。お前も人並みの学問をしていながら、よくそんな見っともないことができたものだ」

母親は保を罵ったが、指環が渡瀬の奥さんの物だとすると、高い価格を持っているに違いないと思われたので、悪い気はしなかった。それで、自分が大切に預かっておくといって、保が厭がるのを構わないで、階下へ持っていって簞笥の中へしまった。

保は昨夕渡瀬の家で夜を徹したことを母親に知られた弱味があるので、強くは争いかねたが、食事中、母親から、犯罪者の手がかりがついた様子かなどと、暗に昨夕とき子に会ったことの成行きを索られるので、保は食べる物も気持よくは食べられなくって、鵜呑みにしてただ腹を膨らせて食卓を離れると、そこへ、森山がまた訪ねて来た。保は相手の顔つきによって吉凶を判じるつもりで、注視したが、森山は例の無邪気な青年らしい顔をしていた。夜具など取り散らかされた二階へ上るや否や、森山は、

「わたしは、今日は妙なお使いで上ったんですよ。まだ寝てるうちに呼鈴を鳴らされたので、変ったことが出来たのかと心配して、慌てて奥さんのお部屋へ伺ったんですが、そうすると、奥さんは、突如に先生のお宅へいって来いとおっしゃるんです。先生がお

家にいらっしゃるかどうかすぐに様子を見届けて来るようにという命令なので、私は少し変に思って、何のためかと訊き返すと奥さんが御機嫌が悪くて、何のためでもいいからいって来いとおっしゃるんです。それで私は此方へお訪ねしましたが、先生が朝早くから外へお出かけになる気遣いはないんですからね。それで帰ってそう申し上げたら奥さんは安心なさいました」

「あの女(ひと)が今日に限って僕のことを気にかけるのはなるほど変だね」

保は空呆(そらとぼ)けてそう云ったが、とき子が彼の身を案じていることが分って悪い気持はしなかった。しかし、廊下の足音が森山のでないことも分って、新たに奇怪な感じに打たれた。

「ところが、も一度此方へお伺いしろと命令が下ったのですよ。私を先生の腹心の弟子だと奥さんは思い込んでるらしいから面白いですね。……今日の夕方、薄暗くなって、七時から八時の間くらいに、庭先まで先生に来て頂きたいとおっしゃるんです。それで先生が御承知なすったら、私にその時刻に門の側に立ってお待ち受けして御案内しろとおいいつけになったのですが、先生を御案内して奥様にお会わせする場所は、庭の植込みの中なんですよ。……老婢(ばあや)とか、臨時のお客とか、世間の人に遠慮してそうお極めになったのでしょうが、それにしても、庭の植込みの中にしなくってもいいわけだと、私には思われますが……」

「僕も会いにいく気になりさえすりゃ場所は庭だって廊下だってかまやしないよ」

「じゃ、どうかいらしって下さい。……先生のおためになることなら、僕は何でもやりますよ。渡瀬の奥さんは僕を信用してるんですから、非常に都合がいいです」

「なあに、僕は君を煩わしゃしないよ」

保は、もはや、森山などにあやつられたり知恵を借りたりしなくってもいいと、心のうちで誇っていた。

六

とき子がどんな風にして暮しているかと、保が森山に訊ねると、森山は、

「殺人事件があっても、あの家は世間のいってるように陰気じゃないんですよ。私も彼家へいって見てちょっと意外に思いました。家の後仕末に関係して時々親類の方が見えるし、お追弔に来る人もあるし、悪い噂があってから寄りつかなかった知り合いの方も、このごろは好奇心で訪ねて来るし、なかなか賑やかなんです。だから、一時気味を悪がってお暇を貰いたがってた老婢なんかも、このごろは旦那の生きていらしった時分よりも、陽気だなんて内々喜んでいますよ。奥さんだって元気です。傍で想像しているように萎れちゃいませんね。人間が一人死んだために、大勢が幸福になるんだとすると、妙なものですな。……私は移転してまだ一週間あまりにしかならないんだから、掃除や使

い歩きくらいに甘んじて、平凡な居候で収まってるんですが、奥さんの股肱の臣になって、彼家の財産をほかへ浚っていかれないようにしたいと胸の中じゃ企んでるんです。私よりも先生が熱心になって下さらなきゃいけませんよ」

「何を熱心になるんだ？」保は笑って、

「それはそうといつまでも犯罪人の目星がつかないのは変だね。刑事探偵はどんな方面を捜索してるんだろう？」

「それはわかりませんが、実は、私はもっとあの家の内情を知ったら、自分で殺人者の探偵をやって見ようと思ってるんです。人間のやったことならうまく捜したらわかりますよ。私は自信がありますよ」

「僕もそう思ってる。探偵は面白いぜ。一万円も懸賞がついていたら、僕も暇に任せて探偵してやるんだが」といって、保はわざと声を潜めて、「君はまだ刑事に目をつけられていないのか。嫌疑を受けちゃいないんだね」

「どうしてです？　脅かしちゃいけませんよ」

「彼家へ出入りする者は、誰れでも一応は疑いを受けたに違いないと思われるよ。ことに君などは不規則な生活をしていて、一癖ありそうに思われるからね。僕の目でさえそう思えることがあるんだから」

「先生がそんなことを云っちゃ困りますね。……僕も頭の中ではいろいろな険呑な計画は有(も)ってますが、理由のない三文(さんもん)にもならない殺人なんかやりゃしませんよ。……戯談(じょうだん)にも先生がそんなことをおっしゃるのなら、私はこれから真正(ほんとう)の犯罪者の探偵をして見ましょう。しかし、先生のおっしゃる通り無報酬じゃつまらないから、もしも私の探偵が成功したら、一万円でなくっても、せめてその十分の一くらいは私に下さらなきゃいけませんよ」

「僕から賞金をとろうというのかい。一文なしの僕から」

「なに、それは先生に財産ができた時に頂きゃいいんです。烏森(からすもり)の鳥屋で、おれにも巨万の富が得られるとおっしゃったことを私はいつも覚えてるんですからね。あの言葉を嘘にしないためにも、私に賞金をお出しになるためにも、先生は今の大切な場合に熱心にならなきゃいけませんよ」

「うまく僕を煽動(せんどう)するね。……そりゃ僕に金さえありゃ、君の望みの賞金は惜しみやしない。探偵したきゃして見たまえ」

そんなことを真面目に約束して森山が帰って行くと、保は後でひとり笑いを洩らした。敏捷な森山でも何にも気づかないのだと思うと、人間の愚かさが感ぜられた。しかし、森山にでも誰れにでも迂闊なことを喋舌(しゃべ)って襤褸(ぼろ)を出しちゃいけないと警戒された。

　髭を剃って湯に入って来ると、珍らしく手紙が来ていたが、それは、亡父の親友だった岩淵寛助が備中(びっちゅう)から上京して馬喰(ばくろ)町の宿屋に滞在しているという報知(しらせ)であった。この人なら東京の知人とは違って、以前の保として素直に自分を取り扱ってくれそうなので、保はすぐにも訪ねていきたかった。「岩淵さんは一度家へお招きして御飯でも差し上げたい」と、母親も云っていた。

「こんな狭い汚い家を、昔の懇意な方に見られるのはいやだけどしかたがない。あの方が来て下さるようだったら、お前からそう云って日を極めて来ておくれ。掃除でもよくして、久ちゃんに頼んで床の間に花でも生けておくことにしよう」と云って、母親は昔の知人には話したいことが溜っているらしかった。

それを幸いに、保は外出を口実にして、羽織に袴まで着けて、日暮れ前に家を出たが、途中でカッフェーへ寄って、そこから電話をかけて、自分の訪問を翌日の午後に延ばして、時間の打合せをした。

「保さんかな、久しぶりじゃなあ」と、電話口で大きな声を発した岩淵の関西なまりが、保の耳には、屈托のない晴れ晴れした懐かしい人間の言葉として響いた。

カッフェーや、商店の飾り窓の前などで時を過した保は、ようやく長い日の暮れるのを待って、予定の七時すぎに金富町へたどり着いた。潜戸から入ると、森山がそこにウロウロしていたが、行手を遮るように側へ寄って来て、

「あいにくお客様が来てるんです。もう帰るでしょうから植込みの中で待っていて下さい。私の部屋へも寄って頂きたいんですけど、先生が此家へいらしったことが人に知れ

るといけないんだそうですから。……老婢だって、今度入れた女中だって、油断が出来ないと奥さんはいってるんですからね」と、小声でいって引っ込んだ。

保は、お客は誰れかしらと、座敷の方を見やりながら、手入れを怠っている植込みの中へ入って木蔭に身を隠していた。何の気なしに入って来たのだが、そこにじっとしていると、先日のおそろしい夜の光景がまざまざと目に映った。今座敷で話している男がここへ飛び下りて来たら、先夜と同じことが繰り返されそうな気がしだした。……

「あの時どうしてあんな強い力がおれの身体から湧いて出たのか。神業みたいなものだった。大の男が都会の真中でグウの音も出さないでくたばって、加害者に一点の疑いもかからないのは不思議だ」と、あたりを見ていたが、ふと彼れの足もとからかすかな唸き声が聞えた。地べたが泣いているようであった。木の葉の間にはビクビクもがいている断末魔の人顔が見えた。

「おれも迷ったな。死んだ人間が迷って出たのではない。おれの心がさからいだしたのだ」と、心を取り直して明るい座敷の方へ目を転じると、座敷から廊下へ出て来た客もちらと庭の方を顧みたので、保はふと戦慄して打っ倒れそうになった。「あの顔だあの顔だ」と夢心地になってる間に、客はとき子に送られて玄関の方へ消えてしまった。

保は無意味に、木蔭を二三歩ずつゆきつ戻りつしていると、足音も立てないで近づいて来たとき子は、ふと、

「お待たせしました」と、微笑した白い顔を見せて懐っこい声でいった。

「急に僕に話すことが出来たんですか」保の声は震えていた。

「せっかくお招きしたのですけど、ゆっくりお話なぞしていられませんの、今にも大勢お客が来るそうですから、見つかっちゃいけませんわ」

「警察の方で面倒な取調べがあるんでしょうか」

「いろんなところへ嫌疑がかかってるらしいんですの。……そのうち森山さんからお知らせしますわ」

そういって、とき子は、庭木戸の方へ追い立てるように保を連れていって、そこからそとへ出した。

保は狐に抓まれたような気がして家へ帰ったがあの植込みの中に立たされたことは一種の刑罰を課せられたように感ぜられてならなかった。そして、夜が更けると、鍵のかかっていないあの庭木戸を開けて大野が忍び込んでいるさまがまざまざと見えるようで、落ちついて寝てなんかいられなかったが、母親の目を忍んで、夜遅く家を抜け出すのはむつかしかった。

翌日は、約束した通り、午後岩淵を馬喰町の宿屋に訪ねていった。何年か会わない間に白髪が殖えて老人じみていたが元気はよかった。湯上がりに貸浴衣で大胡座を掻いて、その後の身の上を話したり訊ねたりした。洋食にビールなど取り寄せられて大いに歓待されたが、近来美食したことも他人に優遇されたこともなかった保は、この田舎漢の好意を身に染みて有難く感じた。

「わしは漁業権の問題で、村の総代になって農商務省へ歎願にやって来たんじゃが、それは附けたりで、久しぶりに東京見物をして、昔馴染みにも会おうと思っているのじゃ。一度あなたに案内を頼んで、自動車に乗って東京中を乗り廻して見ましょうかな」と、老人は太平楽をいったが、保がある事情で、妻を離別して、職業をも失っていることを聞くと、心から同情をした。

「そりゃあんたも運が悪いね。しかし、あんたくらいに学問がありゃ、そのうちいいことがあるだろう。今遊んでおるのなら、この夏はわしの郷里へやって来ちゃどうです。つまらん田舎じゃが、海水浴も出来るし、うまい魚が食べられるし、健康にはいいですぞ。ちっとも遠慮はいらん。思い立ったらすぐにやって来なさい」

「都合によったらお邪魔に上りましょう。僕も東京近所よりゃ遠方へいって静養したいんですから」

　保は相手の好意を喜んで、梅雨晴れの暑さの加わりつつある住みづらい都会の気候からすぐにも逃げようかと、近年接する機会のなかった晴れ晴れした海辺を空想に浮べた。瀬戸内海の浜辺の白砂青松や、静かな水に浮んでいる釣舟や、悠々たる白雲を、幼いころの記憶から呼び起して見ていると、そういうところで平和に生活しているこの老人な

どの一生が羨ましくなったので、

「僕の親爺も若い時分に東京へなんか出て来ないで、あなたのように田舎にじっとしたなら、もっと長生きをしたでしょう、僕だってあくせく生活の心配をしなくってもすんだんですね」というと、

「それがじゃ。あんたのお父さんは、わしとは違って、功名心の強い人じゃったから、とても田舎に落ち着いちゃおれなんだ。先祖伝来の田地を安う売っ放して東京へ引き移ったのだが、あなただってお父さんの子じゃ。名誉心も強かろうし、とても田舎に引っ込んでぐずぐずしちゃおられまい」

「なに、このごろの僕には名誉心も功名心もありゃしませんよ。喰えさえすりゃ、田舎で百姓か漁夫(りょうし)になってもいいと思ってるくらいですよ」

「学問した人がそんなことを云っちゃいかん。お父さんは若い時分の目的を十分にし遂げないで死なれたんじゃから、あんた方兄弟は、お父さんの志を継いで、えらい者になるのが、何よりも孝行になるわけじゃ」

「へえ。親爺も若い時分には特別な目的を有(も)っていたんですかね。親爺は生活のためにいろいろなことをやっていたように思われるんですが……」

「功名心の強い人だったから、あの人も若い時には将来政治家になるつもりだと云っていたが、しかし、県会議員や代議士の選挙に飛び廻るようなことはせなんだ。東京で修

業をして、西洋へも行って来て、それから政界へ出るんだと云ってた。風変りな人じゃから考え方が違っとった」

「夢みたいな話ですね。洋行どころか、晩年は腰弁でヒョロヒョロして暮してたんですよ」

「それは天運でどうしようもないが、お父さんは当年の大望が達せられなかったことを遺憾に思っておったに違いないのじゃ。わしはよう察しとる。……お父さんも経済が豊かでないのに、二人の子供に十分に学問させたのも、自分の志を継がせたいためだったのだろう。だから、あんた方はしっかりやって下さい。お父さんのためにもお国のためにも」

「しかし、親爺も僕に学問なんぞさせないで、お百姓の仕事でも覚えさせといてくれたらよかったんですね」

「あんたからそんなことを聞くのは意外じゃ」老人は不興らしく云って、保の顔を注視して、「わしなぞは早くから功名心を棄てて分に安んじとるせいか、気が楽じゃ。不平や煩悶(はんもん)はないね。この気持はあんたに配(わ)けて上げたいくらいじゃ」

「それはお金をどっさり有(も)っていらっしゃるからでしょう」

「いやいや。わしの平和な気持は金に関係はないな。かえって欲があると心に平和はないものじゃ」

「そうですかねえ」

保はそう云いながら老人の鞄に目をつけた。あの中に旅費が入っているのなら、あの鞄を奪ったなら、心の幸福を一人で占領しているような顔しているこの老人の平和もすぐに崩れるだろうと思われた。

老人は話を転じて、自分の村と隣県との漁業権の争いについて話したりしていたが、やがて、ふと思い出したように、これから保の亡父の墓へ詣ろうと言い出した。もう遅いからこの次ぎにしようと云って止めても、老いの一徹で聞かなかったので、保は不精不精に同意した。老人は自動車を命じて出仕度をした。

墓は芝の愛宕町の寺にあったので、途中にかなりの時間がかかった。老人よりも保の方は貸自動車に乗った例がなかったので、市中を疾駆している間、平生混み合った汗臭い電車に乗ったり、埃っぽい道をテクテク歩いたりしていた時とは異った感じがした。……ふと、とき子とこういう自動車に肩を並べて市中を駆け廻る快い有様が空想されだした。世人に奇怪な感じをさせた犯罪者が白昼公然、自動車を駆っている得意さが空想されだした。

「伯父さん先月妙なことがあったんですよ。新聞でお読みになったかも知れないが」と、金富町の渡瀬家の奇怪な殺人事件の話をすると、

「それははじめて聞いた。人家の多い、どこにでも電燈の点いてる暗闇知らずの東京に

も、そんなことがあるのかなあ」と、老人は感嘆して、「しかし、そんな死に方をした人間には、生きてた間に何か心暗いところがあったんじゃろう。人の怨みを買っていて長い間つけ狙われていたのかも知れないな」

「長い間つけ狙っていたのなら、どこからか露れるでしょう」

「さようさ。……それに、人の生命を断った奴が安穏に暮せる理はないからな。人に知れなくっても良心が咎める。わしの子供の時分にあったことじゃが、わしの故郷でもそういう不思議なことがあった。ある夜、渡し舟の船頭が、旅の人を向いの島へ渡して、舟附場で殺して金を取ったのじゃが、証拠がなくっていつまでもわからなかった。ところが一年も経って世間では忘れる時分になって、その船頭は、夜の同じ刻限に、自分一人でその舟着場へいって、錆びた鎌で自分の喉を切って死んだのじゃ。その鎌は旅人を切った鎌だったそうな。死人の亡魂が招いたのだろうと皆が云っておった」

「よくある昔話ですね」

「いや、実際あった話じゃ。今の時世じゃ、死人の亡霊なんぞ出て来りゃすまいが、殺した奴の心の中には、いつも死んだ人間がこびりついて離れないだろうから、一生気の安まる時はあるまい」

「そりゃそうでしょうね」

保は同感したように答えて口を噤んだ。死者の影は彼れの心に刻みつけられて、今も自動車の窓に映っているようであった。しかし影がうつっているだけでこの影は保を脅かしはしなかった。保の襟元を摑まえて自動車から引き摺り出そうとする気色を見せなかった。……「おれにはこの老人の云うような良心の影がないのか」「おれにはラスコルニコフのような深刻な悩みがないのか」と彼れは自分の心を不思議に思った。「外を見ると目がまいそうじゃ」老人は窓外を覗いて、自動車を避け迷ってる男女を見るとビクビクした。

寺の前に着くと、老人は、線香や花を買って、墓所へ行った。まだ新しい色をしている石碑の前に跪いて感慨に耽って、鼻紙に包んだものを若僧に渡して、あとでお経を上げてもらうように頼んで寺を出た。

「わしはあんたの家とはお宗旨が違うから、御回向をするにも困るよ。南無妙法蓮華経はわしの口からは気が差していえんからな」と、老人は保に云って微笑した。

「南無阿弥陀仏で結構ですよ。坊さんはお布施にありつきゃいいんだし、死んだ親父も御信心はなかったんだから」

「わしだって御信心は疎そかな方じゃが……しかし、市中のお寺はお寺へ行ったような気がせんから妙じゃ」

「死んだ人間も毎日騒々しくって、安心してお墓の中に寝ていられないかも知れませんね」

「ほんまにそうじゃ。生きとるうちは賑やかな都会で暮すのもええが、死んだら田舎の静かな墓地へ埋められた方がよかろう」

二人は快げに笑った。保は門前で老人に別れたが、老人は近日保の家を訪問する約束をした。

「あの人が訪ねて来たら、母は取っつかまえていろいろな愚痴をこぼすだろう。おれの不名誉なことも喋舌るだろうから、あの老人に対しておれも面目を失することになるんだ……」

保も、田舎の旧い知人の信用を失うのを好まなかった。この人一人だけにでも昔ながらの好意を有っていてもらいたかった。……彼れは電車にも乗らず、雑沓した市街を歩いている間に、父親に連れられて弟と一しょに、父の故郷の備中の漁村で一夏送った昔を、遠い夢のように思い出していた。

その夜、彼れはどこで何をするともなく宵のうちをすごして、夜が更けてから金富町へ向った。が、渡瀬の家の庭木戸は堅く鎖されていて、押しても突いても開かなかった。

「おれを拒むためなのか、それとも木戸の開いていたのはあの夜だけで、不断は締っているのか」

保は大野のことは努めて考えまいとした。家のあたりを一廻りして、家の中の物音に耳を澄ましていたが、薄暗いところから彼の方を見ているものがいるのに驚いて、彼は何気ない風をして行きすぎた。そして、後をも顧みないで家の方へ急いだ。

七

自分の家へ近づいてから、道の角に立って振り返ると、一人の男が後の方に立っていた。金富町で見た男か異った男か、保にはハッキリわからなかったが、不吉な感じに打たれたので、わざと遠廻りして、その男の影が後の方にいないのを見定めてから、急いで自分の家の中へ入った。

「おれは自分で気づかない間に刑事探偵に目をつけられているのかも知れない」と、彼れは、家の中へ入ってから、しばらくそとの足音に耳を留めていると、

「岩淵さんはどんなことといっていたい」と、母親は寝床から頭を持上げて訊いた。母親は旧い知人の話を聞きたがって、まだ眠もやらずに待っていたのであった。

保は墓参りしたことや御馳走になったことなどを話して、

「あの人は有福らしいですね。田舎者のくせに自動車に乗ったりして。村へ帰って自慢話の材料にするんでしょう」

「無駄費いするお金があるのなら、わたしの家へも用達ててくれればいいのに」

「今度家へ来たらそう云って頼んでごらんなさい」

「でも、ちゃんとした男が兄弟揃ってるのに、お金の合力を頼むのは不見識じゃないか

ね。なろうことなら生活の豊かなところを見せてやりたいくらいなのに」

「お母さんも見栄坊だ。貧乏なことは今日わたしが洗いざらい話しといたから安心していらっしゃい。くれる人がありゃ、乞食のような真似をしてもいいから、お金を貰ったらいいでしょう。……知恵と腕がありゃ、金持ちの金をうまく捲き上げるなりふんだくるなりするといいんだが、泥棒の真似が出来なけりゃ、乞食の真似でもするよりしかたがないんですね」

保は、探偵につけられているという疑惑から興奮して、附け元気の強がりをいって、母親が呆れて何かいいかけるのを聞き流して、自分の寝床へ入った。

「自分が意識してやったことじゃないから罪ではないし、それに十に十人に分る気遣いはないのだ」と、安心して、むしろ得意になっていたのに、今夜は黒い手が今にも自分の襟元を摑んで引き摺っていきそうな気がして、眠入っても、絞首台に縛りつけられた夢を見たりした。目を醒まして闇中を見廻すと、どこかで見たことのある深編笠で手首に縄をかけられている囚徒の姿が浮んだ。断頭台に頭を載せている、囚人の首筋を目がけて、西洋の弾左衛門が大きな斧を振り翳していた活動写真の古代外国のある光景が目前に浮び出た。

妄想の疲れで、保は朝になっても頭の中に蜘蛛の巣が張っているような気がして鬱陶しかったが、そこへ、森山が訪ねて来たので、何となく気晴らしになるようで勢いづいた。

「先夜は失礼しました。あの晩はいやなお客が来ていたので、あんなことになってすみませんでした。今夜は大丈夫です。奥さんが大事なお話があるそうですから、あの時刻にいらしって下さい。私がお出迎えして張番をしていましょう」

森山はまたとき子の使いとして来たのであった。

「また植込みの中で蚊に嚙まれて待たされるのか。いやだなあ」保は顔を顰めたが、思わせぶりの拒絶をさえしないで、「僕も掛り合いがついたのだから今さら尻込みはしないよ。行くことは行くがね……それで君の探偵はどうなった？　少しは手がかりがつきそうなのか」

「そうですね」森山は微笑して、「まだ易の卦がうまく出て来ないんです。精神を凝らしたら捜索の糸口が見つかるに違いないんだが、このごろはいろいろな俗務で忙しくって、私の守り本尊の悪魔大王がまだしっかりしたお告げを立ててくれないんですよ」

「でたらめの想像で犯人の見込みをつけられちゃたまらないね。証拠のないのに嫌疑を受けちゃ、誰れだって迷惑するだろうからな」保は相手を咎めるような口調で云った。

「なに、大丈夫です。私は警察官のように、根拠のないのに人を疑ったりなんかしませんよ。それに、犯罪人を突き留めても、警察へ密告しようなんて思ってやしないんですからね」

「フフン」と、保は不快な笑いを洩らしたが、ふと話を転じて、「君の妻君は彼家の妻君の気に入ってるのかい。お話し相手にされてるんだろうね」

「さあ。……しみじみ奥さんとお話したことはないようですね。奥さんは御自分の居室へは老婢のほかの女をお入れになりませんよ。掃除も御自分でしているんです。……でも、夜お一人じゃ不安心だと云って、用心のために、私の居室へ呼鈴が通じてるんですが、昨夕はじめてその呼鈴が鳴ったんです。私は何か変事が起ったのかと思って駆けつけましたが、奥さんは、いつにないキョトキョトした顔して、階下の廊下に足音がするから見てくれとおっしゃるんです。これは神経だ。この奥さんでも迷いだしたのだなと、私はおかしくなったのですが、真顔でおいいつけを守って、御主人の病室だった階下の部屋や廊下や、それから庭の方を捜しました。今日は怪談の時代じゃないから、怪しい形をしたものなんかは、丑三つ時にだって出て来りゃしません。それで奥さんも安心したのですが、私は奥さんも心が迷いだしたのだなと思っておかしくなりましたよ。疑心暗鬼ですね。人間が過去の影に捉われるのは馬鹿ですよ。生きた人間が死人のために苦しめられるのは馬鹿げてるじゃありませんか」

「その変な足音を誰れの足音だと妻君は思ってるのだろう」

「さあ。それが問題ですね。死んだ旦那様の足音だと思っていらっしゃるのなら、奥さんも心にやましいところがあるわけですが、私は家内にも誰れにも話さないんです。皆ながが怖がりますからね。それに、そんな話が世間へ洩れると、あの家はいよいよ化物屋敷になって、売物に出した時にいい値がつかなくなるでしょうから」

森山は、渡瀬家に寄食するようになってから、生活の心配がなくなった上に、金儲けの蔓を摑んだような感じを抱いて元気づいていた。

保は、森山を誰れよりも打ち解けやすい人間として、鬱気を散じるための話し相手にもまず彼れを選ぶのであったが、今日の彼れの話しっぷりによって、油断の出来ない気がしだした。秘密の犯罪を彼れに嗅(か)ぎつけられているようで、彼れの前ではうっかりした口が利けなくなった。

それで、今夜森山の手引きによって渡瀬家を訪問することには気おくれがしてなるべくなら、先夜のように真夜中に、そっと庭木戸を開けて入っていきたかったのだが、木戸が堅く鎖されているようではどうにもならないので、森山と約束した時刻に、表門から入っていった。森山は煙草を吹かしながら、そこで待っていたが、保を植込みの方へ導くと、「私はこれで役目がすんだのですから、御免蒙(こうむ)ります。今夜はこれから久しぶりで銀座の方をぶらついて来ましょう」といい棄てて姿を隠した。

保は導かれたところにじっと蹲(しゃが)んでいた。死人の唸(うめ)き声が後に聞えたり、あたりの夕闇が次第に濃くなるように思われたりするので、自分の迷信を哂(わら)っていたが、しばらくして明るい方を顧みると、そこには、とき子が目を凝らしてこちらを見ていた。保はつと立ち上ったが、明るみへ出るのを憚って動かないでいると、とき子の方から植込みの中へ寄って来た。こちらへ注いでいる彼女の目は親しみがなかった。

「なぜ僕をいつもこんなところへ呼び寄せるんです？」と保がわれ知らず詰責するように云うと、とき子はにわかに我れに返ったように、顔を和らげて、

「申しわけがございません。でもよく来て下さいましたわね」

「こんなところでは落ち着いたお話は出来ないじゃありませんか。家の中へ入るわけには行かないんですか」

「他人の目についちゃあなたのためになりませんわ。……今夜十一時後に来て下されば、庭木戸の鍵を外しておきます。そのときに詳しいお話いたしますわ」

「じゃ、今ここへお訪ねしたのは何にもならなかったわけですね」

「いいえ、そんなことございませんの。わたし長い間の疑いが晴れて、頭の中のシ、コリが取れたように思われますのよ」

「あなたが独り合点をしていても僕には分りませんね」

「今夜いらっしゃれば、お分りになるようによくお話しますよ。……誰れかに見つかっちゃいけないから、わたしこれでお別れしますわ、そして、十一時過ぎにはお待ちしていますから、間違いなく来て下さいましな」

とき子は二三歩後退りして、目でさようならを云って、家の方へ急いで入ってしまっ

た。保は何物かに追い立てられるように、門の外へ駆け出たが、総身の血が頭に上るような戦慄を覚えた。先日（こないだ）の夜、人の喉を絞めた時にも感じなかったほどの烈しい恐怖を感じた。

「とき子の奴感づいているのだな。それで検事なぞが犯罪人を犯罪の現場へ連れて行って実地調べをするような考えでおれを二度も植込みへ呼び寄せて、蔭からおれの挙動を観察していたのだ。あるいは森山がそんな知恵をつけたのかも知れない。……それにしても、とき子の奴、虫も殺さぬような顔をしていながら図太い奴だ。殺人者の側にいても平気な顔をしていた。おれの行為を感づいていても、おれを怖がった風を見せなかった」

　保はやたらに歩いた。自分がどこをとおっているかわからないようだった。そして、どういう処置を取っていいかと、一念を凝らしたが、いい知恵は出て来なかった。秘密を感づいているとき子を完全に自分の所有にして一生の運をともにするか、それが危ぶまれればとき子の生命（いのち）を絶つよりほかに、取るべき道はないように思われた。「大の男の生命をさえ取ったおれだ。羸弱（かよわ）い女一人の息の根を止めるくらい雑作（ぞうさ）はない」と、保は今夜にもその目算をし遂げる光景を想像した。たとえそのために自分が滅んでもいい。いつか犯罪が暴露して刑罰を受けなければならんのなら、今のうちにとき子のような女を死の旅の道連れにして、自分で自分の生命を断絶した方がいいのだと、恐怖に戦（おのの）いている心をみずから慰めた。

歩いているうちにとき子の顔がしばしば目先にちらついた。それが嶮しい表情をして現われたり可愛く見えたりした。歩き疲れて路傍のカッフェーへ寄って、倒れるように椅子へ腰をおろすと、女給仕がうさんくさい目を此方へ向けた。

「ビールを一杯下さい」

保はそう云って、夢でも見ているように、茫然とあたりの賑わいを見ていたが、酔顔を並べて高い声で言合いをしていた一組の青年の一人が、ふと、卓上の猪口を取って、仲間の一人の額に打ちつけた。傷つけられた男は立ち上って相手の男に摑みかかった。卓上の食器はひっくら返った。罵声怒号が入り乱れて周囲は混乱を極めた。保は片隅にじっとして見ていたが、喧嘩をはじめた方の一人が、仲裁人に支えられながら、英雄気取りで振舞っているのが滑稽に思われた。相手が憎いのなら、上べで強そうなことを云ってあばれたりなんかしないで、人のいないところで相手の咽っ首を絞めたらいいじゃないかと、自分を一段上手の英雄であるように保は思い上った。

喧嘩した二人が仲間に手をとられて別々に出ていったあとで、「お気の毒さまでした」と女給が言いわけして、ビールのコップを前に置いたので、保はふと夢から醒めたように、

「何をいって喧嘩をしたのだい」と訊いた。

「それがつまらないことなんですの。一人の方のお馴染みの女の人を、も一人の方が冷かしたのが喧嘩のはじまりなんです」

「馬鹿だねえ」

「不断はおとなしい方なんだけど、きょうは大変酔ってらっしゃるから、あんなことになったんですよ」

「お馴染みの女っていうのは君たちのうちの誰れかじゃないのかい」

「御戯談でしょう」

保はビールを飲みながら、二三の戯談口を利いていたが、さっきからあたりの騒ぎを他所にして、コーヒーを啜ったり夕刊を読んだりしていた、大きなロイド目鏡をかけた男の横顔に見覚えのあるようなのが気になったので、

「あしこにいる人はここへよく来る人なのかね」と、小声で女給に訊ねた。

「あの目鏡の方？　これまでいらしったことがあるかしら。お見かけしたことないようだけど……あなた御存じなんですか。あなたがここへお入りになると、すぐ後からいらしったようでしたわ」

「僕のすぐ後から？」保は思わず声を強めて目の色を変えて、「僕はちっとも気がつかなかった」

「御存じの方なんでしょう。あの方は喧嘩の方へはちっとも目をおつけにならないで、

あなたの方を時々見ていらっしゃいましたよ。御存じの方なんでしょう」

「なに知らない人だ」

保はそう答えるや否や、蟇口の中から五十銭銀貨を一つ取り出して女給仕に手渡しして立ち上った。そしてアタフタとカッフェーを出たが、気になったので出口でそっと振り返った。女給仕は呆気に取られていたが、かのロイド眼鏡は、夕刊を手にしたまま、横向きの顔を微塵動もさせないでいた。

保は大急ぎで歩いた。時々小蔭に立ち留まって後を顧みて、それらしい者が後を随けていないのに安心したが、しかし、いつどこでどんな奴に注目されているか知れないと心を許してはいられなくなった。汗に塗れて歩いているうちに、夜は更けて、大通りの商店も大抵は戸をおろして、人の往来も疎らになった。ある家で打ちだした時計の音を数えると、それは十一時であった。保は数を聞き終ると、運命の指差した時が来たように、一図に渡瀬の家へと急いだ。庭木戸は手を触れると雑作なく開いた。掛金を自分で堅く掛けて、庭を横切って縁側の雨戸に手をかけたが、閾には蠟でもひいてあるように、雨戸はスルスルと音を立てないで開いた。

しかし、二階へ上ると、とき子の姿は見えなかった。品のいい香水の匂いが部屋の中に漂っていて、来客でも待っているように、洋酒の罎や、ネーブルや林檎を容れた籠が小卓の上に置かれてあったので、女主人がいるには違いないと、保は安心して、疲れた足を伸ばして待っていた。すると、物狂わしいほどだった朝からの悩みもおのずから薄らいで、この一部屋が彼れにとっては、世界中でたった一つの隠れ場所のように思われだした。とき子に対する殺伐な考えなど忘れて、彼女の懐に頭を凭らせて心置きなく熟睡したくなった。

空気は寂としていた。しばらくして階下の部屋の障子が開いて、階子段に幽かな足音が響いた。とき子が入って来たのであった。浴衣の上に羽織を着ていたが、手に数珠を持っていたのが、保には不思議だったので、そのわけを訊ねると、

「お念仏を云っていました」と、とき子は邪気なく答えた。

「毎晩こんなに遅く、お位牌を拝むんですか。妙ですね」

「昨夕からなんです」

「廊下の足音が気になるからですか」保は不愉快らしく云った。この女が死者を追憶しているのが厭わしかった。

「念仏を唱えたら罪亡ぼしになるんですかね」と、皮肉に云うと、

「あなたはそんな気持におなりなさらないの？」

「念仏を僕が唱えるんですか。何のためにです？」

保は胸をドキドキさせながら、相手の言葉を判事の判決のように思って待っていた。

「どんなおそろしいことをおっしゃっても、あなたを責めないから、今夜は隠さないで

打ち明けて下さいましな」

「……」言葉がもやもやと保の咽喉につかえたが、彼れはそれを吐き出せなかった。

「じゃ、口へ出しておっしゃらなくってもいいんです。あなたが最初ここへいらしって、お帰りになる時に、わたし廊下で見送ってあなたの様子を見ていました。御自分では気がつかなくってもあなたの挙動は御自分の秘密をわたしに話していらっしゃると同様にわたしには思われました」

「どんな挙動だか知らないが、人の挙動をあなたが勝手に判断しちゃ困りますよ」

保は萎れた声でいって、相手から正面に見られるのが眩しそうに目をそらした。

「あなたも思いのほか気がお弱いのね」とき子の声は屈托もないように冴えていた。

「あなたはわたしのためには、大変いいことをして下すったのよ。目の上の瘤をとって下すったのです。あの人がいたら、わたしの一生はどんなに悲惨になったかも知れませんの。あの晩にもひどい拷問に会っていたのをあなたのために救われたようなものなんです。わたしが病中の主人を虐待して殺したと、あの人は思い込んで、どうしてもわたしの言いわけを聞かないので、当惑していたのが、不意に助かったのですから、人のおそれるような変事にもそれほどおびえはしなかったんですけれども、わたしのために生命がけの力を貸して下すった方があなただろうとは思わなかったのです。わたしの思いがあなたに通じたんですわね」

「……」保はまだハッキリしたことを言い出しかねた。

「わたしのほかにはあなたの秘密に針のさきほども気づいてるものはないんだから、気をお落しにならなくってもいいんですわ。あなたを苦しめようと思ってこんなことを云うのじゃありませんの。地獄に落ちるまでもお互いの心の変らないように、お互いの秘密を縫い合わせて、二人の胸の奥にしまっておこうと思って申し上げるんですわ」

「……」

保はかねて自分の望んでいることを相手から持ち出されたので、これこそ思う壺に嵌ったのであったが、そうなると、女の図太い言い草や態度が気味が悪かった。殺人の血を起請にして、互いに変らない契りを結ぼうとする女の心は、死人の怨みよりも凄かった。

八

保はついに白状してしまった。

「僕の殺人の筋道は至極簡単で、いってしまえば何でもないことなんだ。自分が計画してやったことじゃないし、僕の手で殺したのかどうだか自分でもわからないくらいなんだから。……死んだ人間は雷に打たれて死んだようなもので、恨みの持っていきどころもないわけなんですよ。それを検事が法律を楯にして文句をつけて、僕を罪に陥れたなら理窟に合わんことなんだが、あなたはそうは思いませんか」

「法律の理窟なんぞわたしにはわかりませんわ。でも、あなたのなすったことはわたしのほかには誰れも知らないんですから、それでよろしいじゃありませんか。目の上の瘤を取って下さった方をわたしが密告する気遣いはないんだし」

「だけど、あなたのほかにも、僕の秘密に気づいてる者がないとはいえない。……森山は油断が出来ませんよ。あいつ悪賢くって僕の一挙一動を穿鑿してるんだからね」

「あなたも無駄な取越し苦労をなさるのね。森山の前であなたが白状なすったって、あの男はあなたに疑いをかけはしませんよ」とき子はこともなげにいって、「わたしも目でこそ、あなたの一挙一動を見れば、隠していらっしゃることまで察せられるんですけど、他の人にはわかるものですか。あなたのために長い間苦労させられたわたしの目と、森山なんかの目と同じにされてたまるもんじゃない」

「そういえばそうだが……」

保は何となくまだ安心しきれなかったが、その話は中止してしまった。そして、とき子の注いでくれた甘い西洋酒を飲んで、彼女の剝いてくれた果物を食って、愛せられている男としての夜を楽しんでいたが、大野ととき子とがどれほどの深い関係にあるかということが絶えず彼の心にかかっていた。

「わたしも夏の間ここに辛抱していたらいいんです。秋までにはこんな厭なことばかり溜ってる家は何とか処分して、もっと小さな気持のいい家へ移って、生まれ変ったような新しい生活をしようと思ってるんですから、あなたもその気になって力を添えて下さいな。あなたは御自分では御存じなくても魔物のような力を持っていらっしゃるんだから、必要な時にはその力を借りたいと思ってますのよ」と、とき子は打ち解けた口を利いた。

「なに、僕がそんなえらい力を有ってるものですか。そういうえらい力はあなたの方が有ってるんだ。僕には金力も知力も体力も力ってものはなんにもないんです。先日までは今日を生きて行く力さえなくって、見かけだけ人間らしい形をしてる蟬の抜殻みたいな人間だったのですよ」

「それは、あなたが御自分の本性を御存じないからですわ。お金のことで屈託なさるなんて情ないじゃありませんか。わずかな俸給を、わたしに関係したつまらない噂のために棒に振ったって、お母さんのお小言があって、そのためにお母さんの前で頭の上らない目にあなたが会っていらっしゃるのなら、わたし、今すぐにでも、御入用なだけ御用立ていたしますわ。お母さんの前へ威張ってお出しなさるといい。先日の晩差し上げた指環なんか明日の日お売りになっても構いませんわ。お互いの誓いのしるしには指環なぞ、子供らしいものはいらないんですもの。あなたはわたしのために、生涯の邪魔物を取り除けて下すったんだから、二人の間は天が落ちても地が裂けても離れないことになってるんじゃありませんか」

「二人の仲の邪魔物は他には何もないんですか」

「他にまだ邪魔物が一つあると思ってらっしゃるのね。思ってらしてもいいです。わたし言いわけなんかしませんわ。あなたのおっしゃる邪魔物があなたの目障りになるのなら、御自分で取っておしまいになったらいいでしょう。わたしの邪魔物を取って下すったあなたですもの御自分の邪魔物をお取りになるのは何でもないじゃありませんか」

　とき子が平気な顔してそういったので、保は呆気に取られたが、とき子は押っ被せるように、

「夏の間は、わたし、お墓参りのほかには、この家から一歩も出ないで謹慎してる決心をしてるんです。明日の晩からは庭木戸もちゃんと締めて犬の子一匹入って来ないようにして仏様の供養をしたいんですから、あなたもそのつもりでいて下さいましな。いくらわたしを苦しめた人だっても、夫という名前を有ってた人なんだから、わたしもこの家にいる間はお位牌を守って謹んでいたいと思いますの」

「じゃこれっきり僕をここへ寄せつけまいとするんですか。今夜は僕に白状させるために呼んだのですね」

「あなたも疑い深い！　そう一々わたしの云うことを疑っていらっしゃるのなら弁解してもつまらないから、もう何にもいいませんよ」

「だって、御主人の病中にでも、夜中に庭木戸は開いていたというじゃありませんか」

「それはわたしが毎晩鍵を外していたのです。庭木戸を開けて、わたしの味方を待っていたのに、あなたは来て下さらなかったじゃありませんか。あなたはあれっきり世間を憚かって小さくなって毎晩開いてる庭木戸から入って来てわたしを連れて行こうともなさらなかったじゃありませんか」

「大野は僕と違って、御主人がまだ息をしているのを遠慮しないであなたの歓心を買いにここへ忍んで来たからえらいわけなんですね」

「皮肉を云っていらっしゃるの？　大野さんが何でえらいものですか。新聞に悪く書かれたくらいなことですぐに怯えて小さくなっているような人なんですもの」

とき子が嘲るようにそういったので、保はやや心強くなって、

「じゃ木戸御免になるにはよほどの冒険をしなきゃならないんですね。そんなことをいって、あなただって随分臆病なところがあるらしいんだから、……死んだ人の足音はもう聞えなくなったんですか」

そう訊かれたので、とき子は思い出したように、ふと耳を澄ました。夜は更けてあたりは寂としていたが、庭の方でサラサラと木の葉の触れるような音がしていた。

「風があるのかしら」と呟いて、「あなただって植込みの中では顔色をお変えになるじゃないの？……庭の方で今音がしてるのは、ただの風の音だと思っていらっしゃるの？」

「ハハハハ。そんな子供らしい脅かしをいっても駄目ですよ。僕は迷信家じゃないから。死んだものは死んだものだ」

「わたしだってそう思うんだけど、……死人が生きた人間にたたったり、お墓の中から出て来たりする気遣いはないいんですわね」

が、そう云っているうちに、階下の廊下に幽かな足音がして、それは保の耳にも聞えたので、二人は目を見合わせて青くなった。忍んだ足音は次第に近づいて、階子段を上りかけたので、とき子は保にすがりついて身体を震わせた。

迷信のないことを自負していた保も、この刹那には怪異な物の出現を予期して、胸は早鐘のように打った。が、階子段を上って、そっと襖(ふすま)を開けて顔を覗かせたのは、森山だった。

「君だったか。何しに来た?」保は一目見ると、責めるように云って、とき子を突き退けて坐り直した。

森山は退くにも退かれなくって、苦笑を浮べた顔して入って来て、羞恥と怒りにすぐには口も利けなかったとき子に向って、

「呼鈴が鳴りましたから、何ごとかと思ってお伺いしました」と、しかつめらしくいった。

「呆(とぼ)けたことおいいでない。呼鈴なんか鳴らしゃしませんよ」

「いいえ、確かに鳴りました。ゆうべと同じように鳴りました。お疑いになれば家内にお聞きになればわかります。熟睡していたのに目が醒めたのです。……御用がなければ帰って眠ませて頂きましょう。……どうも不思議だ」入口に畏まって坐っていた森山は、そういって座を立ちかけたが、

「まあ、待って下さい」と、とき子は慌てて引き留めて、

「ゆうべは呼鈴を力一杯押したのだけれど、今夜はどうもしなかったんですよ。手で触りもしない呼鈴が鳴るなんて……」と、無気味な思いをしていって、「あなたは部屋へ帰って眠ないで待っていて下さい。も少し経って、わたし呼鈴を押して見るから、音がしたら、もう一度ここへ来て下さい」と命令した。そして、森山が承知して出ていくと、

「いやな奴いやな奴」と口走って、

「追い立てるようでいけないけど、あなたは今のうちに早くここを出ていって下さいね。森山は後で呼んで私の口からいいようにいっときますから」といって保を急き立てた。

「森山は僕がここに来ていることを察して覗きに来たのじゃないかしら」

「そんなことはないんです。あの人そんな意地の悪い人じゃありませんよ」

「だって押しもしない呼鈴が鳴るはずはないから」

保は急き立てられても座を立たなかった。早くから内情を知られている森山に見られたことはさほど恐るるに足らなかったが、深夜に植込みの側を横切ってそとへ出るのは、

今夜は怖かった。ことに、先日の晩から自分の後を随けているかも知れない黒い影が、この家の外で、自分を待伏せしていそうに思われて、気遅れがした。宵にカッフェーで見たロイド眼鏡が目先にちらついた。

「今夜はこれで帰って下さい。……お約束したものは差し上げますわ」

とき子はふと思い出したように、押入れの中の手提金庫から幾干かの紙幣を取り出して、手早く紙に包んで保の前に置いて、帽子を自分で持って彼を送り出そうとした。が、保は頑として動かなかった。

「僕は夜が怖いんです。今ここを飛び出したら自分が破滅しそうに思われるんです。外が薄明るくなるまでここに置いてもらいたいんですが……」保はひどく萎れて、歎願するように云った。

「何だって急に臆病におなんなすったの？　困っちまうわ。呼鈴が気にかかるんですか」とき子は相手を嘲笑うように云ったが、自分の方が一層恐怖に襲われていた。保が来ているためにそんな奇怪なことが起るのではないかと思われてならなかった。

「あなたがここに泊まっていらっしゃることが家の者に知れちゃ、お互いのためによくないじゃありませんか。……どうせわたしの身体はあなたに捧げているんですから、もう一月か二月の間、世間のうるさい噂の消えるまで、穏やかにして辛抱してるのが、長い将来にはいいんですわ。……ともかく今夜はお帰りにならなきゃいけませんの」

「僕には長い将来がありそうに思えない。……ここにいると安心だと今まで思っていたのだけれど、あなたは僕の秘密を握ってるのだから、あなたが生きてるかぎりは、僕は安心して息を吐いちゃいられないわけですよ」

萎れていた保がにわかに反抗的な目つきをして、思いつめたような口吻で云ったので、とき子はふと危険を感じた。咄嗟の間に人を殺すような不思議な力を有っているこの人のことだから、いつどんな突飛なことをしだすかも知れないと思うと、その心に逆らうことは云えなかったので、努めて柔らかい顔して、

「それでは、階下の座敷でお眠みになって、あなたの気に向いた時にお帰んなさい。森山にはわたしからいいように云っておきますから」と、おとなしくいって、保を賺して階下へ連れて下りた。亡夫の病室だった階下の部屋には、位牌を安置して花や果物などが供えられてあった。

保は自分一人でそこにいると白木の位牌が、先日芝のお寺の墓地で見た父親の石碑とは違って、生物のように見えた。石碑は冷たいただの石にすぎなかったのに、白木の位牌には生々しい魂魄が宿っているようであった。電気が消されても、闇の中に、白木の位牌は生けるがごとく浮んでいた。この位牌が闇の中から手を出して二階の呼鈴を押したといってもそれが信じられそうな気がした。

二階ではとき子の手で呼鈴のボタンが押されて、招きに応じて森山がやって来た。

保は二階の話し声を聞き取ろうとして聞き耳を立てても、聞き取れないのでもどかしがっていたが、そうしているうちにウトウトと眠入った。しばらくして揺り起されたので目を醒ましたが、起しに来たのはとき子ではなくて、意外にも森山であった。

「もう夜が明けそうですからお帰りになったらよろしいでしょう。後で私がお宅へお伺いしますよ」

「いやな夢を見ていた。もう夜の明ける時分かしら」

保は部屋の中を見廻した。そして、まだ醒めきらない夢の後を追いながら、森山に送られて、フラフラと庭へ下りてそとへ出た。そとへ出てから気がついたが、朝らしい気色はどこにも見えなかった。空には月がかかっていて、どこの戸にも鎖されていて、そこらに人の影は見えなかった。

自分の家へ帰って、例のごとく母の寝床の側をそっととおって二階へ上ったが、寝巻に着替えるために衣服を脱ぐと、袂にはとき子がくれた紙包みの札が入っていた。自分に取って袂へ入れた覚えはなかったのにと、変に思ったが、久しく持ったことのない、嵩張った金を手に入れたので勢いづいた。それで、午餐前に寝床から起きると、母親が何も言い出さない前に、一重ねの紙幣を母親の前に置いた。

「お金をこんなに。どうしたのだい」と母親は慌てて訊ねて、手を触れかねて、ただ見ていた。

「お母さんは、僕に家にばかり因循（いんじゅん）としていないで、世間へ出て稼いで来いといったことがあるでしょう。それが世間で稼いだ金みたいなもんです。……なに、泥棒して取った金じゃないんだから、安心してお遣いなさい」

「だって変じゃないか」

「わたしが、それだけの稼ぎをして来たと思ったらいいんですよ。……岩淵さんなんぞに泣き言をいって恵んでもらったりするよりゃ、その金で、あの人にうんと御馳走をして吃驚（びっくり）させたらいいでしょう。田舎の知人に我々の貧乏なところを見せたくないと、お母さんはいってたじゃありませんか。わたしは岩淵さんなんかにどう思われたってかまわないんですけど」

「……お前の稼いだお金なら、わたし貰うのに遠慮すりゃしないよ。だけど、どんな仕事をしているの？　しょっちゅうフラフラと出ていって何をしてるんだろう」

　母親は怪しんではいたが、目前に金を見ていると、小言などいえなかった。わが子が泥棒して来たとは夢にも思われないのだから、他のどんな手段で金を取って来たって、真実（ほんとう）は構わないのであった。

　保は母の機嫌がいいので、平生よりも快く食事をした。朝寝と夜遊びをするために二三日顔を合わさないでいる弟のことを訊いたり、岩淵の噂をしたりしていると、渡瀬の家で不思議な夜をすごしたことは、この世のこととは思われなかった。

「そういえば、渡瀬さんのところの人殺しの犯人はまだ捕まらないのかい」

母親は世間話のうちにふと訊ねた。先日高価な指輪を保が持って来たことや、森山がしばしば訪ねて来るようになったことから押して、保はあんな因縁のあった渡瀬夫人のとき子にこのごろ関り合いをつけているのじゃないかと推察していたが、今の場合、息子が富家の女に親しむことを母親は非難する気にはなれなかった。以前の嫁のきぬ子を嫌っていた母親は、息子がとき子のような金持ちに近づくのを、むしろ家のためになるくらいに思っていた。

「犯人は捕まらないんでしょうね」保は気のない返事をした。

「森山さんも、わざわざ人殺しのあった家へ、越していかなくってもよさそうに思われるのに。あの人も物好きだね」

「生活費がいらないからですよ」保はそういって、ふと言葉を強めて、「もしも森山がわたしの留守に来てわたしのことを訊ねても、よけいなことは話さないようにして下さい。森山に限らない、誰れが来てわたしのことを訊いても、お母さんの口から何もいわないようにして下さい」

「このごろお前を訪ねて来る人なんか一人もないじゃないか。お友達は寄りつかなくなったし、森山さんのほかにには来る人なんかありゃしないよ」

「いや、誰れがわたしのことを訊きに来ないとも限らない。……先日うちわたしが戸外へ出てる間に、誰れもわたしのことを訊きに来なかったでしょうね。隠してちゃいけませんよ」

「わたしは何も隠しゃしないよ」

　母親が躊躇(ちゅうちょ)しながらそういったので、保は、さては何かあったのだなと、不安になって「隠しちゃいけませんよ。わたしに関係したことなら、どんなつまらないことでもわたしに隠しちゃいけませんよ。早くいって下さい」と、嶮(けわ)しく迫った。

「血相変えてどうしたのだい」母親は当惑しながら「わざと隠してるんじゃないけれど、お前にいったってしようがないから黙ってたのさ。……一昨日(おとつい)の晩に、伊沢さんが久しぶりに、近所へ来たついでだって寄ってくれたんだがね、その時におきぬのことが話に出たのだが。……今さらそんな話をしたってしようがないじゃないか」

「へえ、そんな話ですか」保は安心して、ホッと息を吐いた。伊沢は、別れた妻と彼との縁を結ばせた媒介者であった。

「おきぬはまだ家に籠(こも)っているから、此方の量見次第で元のとおりにならないものかと、伊沢さんは様子を索(さぐ)りに来たんだが、今さら、そんなことができるもんじゃない。自分で勝手に帰っていながら、いいところへ再縁の口がないから元の家へ戻ろうなんてあんまり勝手過ぎるじゃないかね」

「そうですねえ」

保は進んで、きぬ子の現状などについて訊こうとはしなかったが、彼女がまだ実家にいて此方へ戻りたい意志のあるのを知ると、何となく頼もしい気がした。きぬ子と平和な生活をしていた時分を思い出すと、渡瀬に関係したいろいろな事件は、苦しい厭(いと)わしい夢のように思われた。

彼は二階へ上って静坐(せいざ)して、「……だけど、おれが渡瀬の庭で人を殺したのも事実だ、渡瀬家の二階でとき子に会って将来を約したのも事実だ。押さない呼鈴が鳴ったのも事実だ。それよりも、とき子がおれの犯罪を見破っているのは確かな事実だ」

彼はこれらのことがみんな一場の夢として消え去らないのを歎息した。

九

風呂へでも入ったら、鬱陶(うっとう)しい頭がいくらか晴れやかになるだろうと思って、保が出かけようとしているところへ、岩淵老人が訪ねて来た。すぐその後から森山もやって来た。保は、一どきに二人の客に来られたので、どぎまぎしながら、老人の方は母親に任せておいて、自分は森山を誘って二階へ上っていった。そして、口早に、

「昨夕(ゆうべ)はどうしたのだ。僕には腑(ふ)に落ちないことだらけだったよ。押さない呼鈴が鳴ったなんて変じゃない。妻君と君とがあらかじめ打合わせをしておいて僕を闇打(やみう)ちに合わせようと思ってるんじゃないか」と、かさにかかって訊ねた。

「奥さんと打合せなんかするものですか。昨夕先生が階下へお下りになったあとですぐに私は奥さんに呼びつけられてお小言を頂いたくらいなんですもの」と、森山は冷笑を湛えながら答えて、「呼鈴がひとりでで鳴ったのは、我々の常識からいったら変に思われますが、しかし、世の中には不思議なことがあるんですね。今日の科学で宇宙や人生の秘密が一切さらけ出されたように自惚れてるのは身のほど知らずなんでしょう。押さない呼鈴が鳴るくらいな不思議は、世の中にざらにあることなんでしょうから」

「君は神秘主義の信者なのかい。柄にないじゃないか」

「ところが、常識家の私が、このごろ柄にない神秘家になりかかってるから妙じゃありませんか。……呼鈴の一件も変だが、それよりも、奥さんの精神状態がすっかり変ったから驚きますよ。昨日の昼間までの奥さんと、昨夕私が呼ばれていった時の奥さんとはまるで人が違ってるんですからね。奥さんは煩悶してますよ。それが、亡者が冥土で迷ってるのが目に見えると言い出すんだから、私も気味が悪くなりましたよ。あの腹の中のしっかりした奥さんにも似合わないことをいって涙を落すんだから、昨夕はよっぽど変な晩だったのですね」

「それで、君は、今日妻君のいいつけで僕を訪ねて来たのかい」

「そうでもないんです。奥さんがあんなになっていらっしゃるんだから、先生も御気分がどうかなってやしないかと思って、様子を見に来たんです」

「僕はどうもなってやしないよ。安心してくれたまえ」

「真実にそうなら私も安心ですが、大切な場合だから、先生は役にも立たんことに神経を傷めないようにして下さい」

「……今になってそんな僕を庇うようなことを云ったって駄目だよ。この部屋で毎日平和に寝ていた僕を煽てて、あの家へ誘い出して、夜の毒気に当てさせたのは、君のせいじゃないか」

保は怒気を含んで、森山に突っかかったが、森山は平気な顔で、

「それは、男がそとへ出りゃ夜の毒気にも昼の毒気にも当てられるのは当り前じゃありませんか。先生もそのくらいなことで泣き言をおっしゃっちゃいけませんね。世に毒がありゃ此方でも毒を持って対抗したらいいでしょう」

「そういってまた君に煽てられちゃたまらないよ。僕はこのさきどんな目に会わされるかわからないからね」

「私は先生の味方ですよ。渡瀬夫人に関係したことで私がお役に立つようなら、私はどんなことでもしますよ。……あの夫人の精神状態が変って冥土へいってる死人を大切にして、先生を粗末にするようになったら、私自身の利害からいっても、九仞の功を一簣に欠くわけなんですからね」

「だって、君は渡瀬家へは深く喰い入ってるんだから、僕がどうなろうとかまわないじ

ゃないか」

「いくら信用されてたって、高が寄食者じゃありませんか。先生を離れたら、私は渡瀬家に対して何の力もありゃしません」

森山が腹に一物持っていそうなのに上べは悠然としているのを、保はもどかしがって、

「そんな抽象的な理窟なんかどうでもいいじゃないか。……それよりも、例の犯罪の探偵はどうなった？　少しは手がかりがあったのかい」

「いや、私の方じゃまだ目星がつきませんが、家の奥さんにはほぼ見当がついてるらしいんです。蛇の道は蛇で、奥さんの目はすばしこいのですね」

「じゃ、君は懸賞にはありつけないわけだね。妻君に先を越されちゃ」

保は強いて戯談らしく云って、つくり笑いを洩らしたが、森山もあの妻君から犯人の正体を知らされているのだろうと、もはや疑う余地もないように感じたので、顔を青くした。

「懸賞の一件はとにかく、犯人を知ってるのは、天下に奥さんと犯人自身だけなのですよ」

「も一人あるだろう」

「それは誰れです？」

「白ばくれたって駄目だよ」

「私のことですか。……そうお思いになるのなら、そうしておいてもいいですが」

その平然たる言葉が、頭上に落下する雷のように保の耳に響いた。峻厳なる裁判官の判決のように感ぜられたので、保はおのずから首垂れた。やがて、

「どうにでもしてくれ、渡瀬未亡人と森山洋吉とに僕の運命の鍵は握られているんだ」

と、萎れた声でいった。

「先生はどうしてそう気がお弱いんでしょう。だから夜の毒気に当てられたりするんですよ。他人に運命の鍵を握られたりなんかしないで御自分で運命を開拓なすったらいいじゃありませんか」

「君は好んで僕を窮地へ陥れようとはしないだろうが、僕は一生君の前には頭が上らなくなったのだ……」

「それ以上何もおっしゃらない方がいいんですよ。先生が何か秘密を持っていらっしゃるにしても、私は先生の口からは何も承らないことにしときましょう」森山はこともなげにいって、「奥さんだって、傷持つ足でビクビクしてるんだから、他人の秘密なんかに関係して、よけいなお喋舌りをすりゃしませんよ。安心していらっしゃい。それに、私が奥さんの側に随いていて警戒してるんですから」

保が森山の前に一切を打ち明けて、とき子の精神状態の変ったことをも詳しく聞こうとしているところへ、岩淵老人が遠慮しないで上って来て、

「ここがあなたの書斎か」と、気軽にいって、あたりを見廻して、それから森山に挨拶して坐った。

　保は闖入者のために肝腎な話の妨げられたのを不快に感じて、老人に対してろくに口を利かなかったので、おのずから座が白けた。鈍感な田舎の老人も、二人の様子を変に思って、まじまじ顔を見ていたが、

「保さんは、さっき階下で会った時とは顔色が違った。身体の加減が急に悪くなったんじゃないかね」と、気遣わしそうにいった。

「いいえ、どこも悪かありません」

「しかし気をつけんといかん。こんな狭苦しいところで学問ばかりしておっちゃ、身体も悪うなるわけじゃ。お母さんも心配しとられたが、どうだな、私と一しょに田舎へいっちゃ」

「都合がついたらお伴しましょう」

　老人が腰を据えてしまって、田舎話をしだしたので、森山は思いを残して暇を告げた。保は、今夜にでも彼れに会えるようにと頼んだ。

「あの人はあんたの門弟だと、お母さんはいっていなすったが、弟子にしちゃ横柄じゃ」と、老人はいって笑ったが、保には、今はこの老人の方がよっぽど横柄に見えて忌々しかった。母親に頼まれたといって、老人は、保のために、新たな嫁の世話をしよ

うと意気込んでいたが、保にはそんな話を身を入れて聞く余裕はなかったので、間の抜けた返事をしながら、心を鑿（のみ）のように尖（とが）らせて、森山の頭の中をコツコツ抉（えぐ）っていた。

……「森山の奴、おれの秘密を知っているらしいのに平気でいる。殺人くらいは何でもないという顔をしている。悪知恵の勝った一癖ある奴だが、それにしても殺人という大事件を、犬猫の死んだことくらいに軽く見なしているのは不思議だ。常人とは違っている。彼奴（あいつ）の精神状態もよっぽど変だ。生まれつき頭脳の働きに欠けているところがあるか、あるいは狂人であるのかも知れない」と、目を見据えて考えていると、老人は、

「あんたは、身体の加減が真実（ほんとう）にどうもないんですかい」と、再び訊ねた。

「いえ、どうもありません」と、保は、ふと気を取り直して、「時候の加減で頭脳（あたま）が少し疲れてはいますが……」と、言いわけらしい口を利いた。

「用心しないといけない」

老人の注ぐ目が、保には眩しかった。そこへ、母親が麦酒（ビール）に二三の肴（さかな）を添えて持ち込んで話の仲間に加わった。

「一度妻帯しとった人が、独り身になっていちゃよくない。田舎の女でよろしけりゃ、私が心がけて捜すことにしましょう」と、老人が云うと、母親はその親切な言葉に縋（すが）りついて頼んだ。

「そう云って下さる方は、東京には一人もございませんのですから」

いなことを口にしだした。

「立派に学問をした者が、半年も一年も何もせいでブラブラ遊んでおるのもようないことです。俸給の高はどうだろうと、またどこかの学校の教師を勤めなさいな。身体がよくないのなら、暑い間私の家へ来て海水浴でもやって身体に元気をつけて、秋になってから、みっしり何かやり出す決心をしちゃどうです」

老人は保の亡父の代理のような口を利いた。

「そうでございますとも。東京にはそういう御意見をして下さる方が一人もないのでございますよ」と、母親が喜んで相槌(あいづち)を打つと、老人は得意になって、処世法の教訓みたいなことを口にしだした。

保は麦酒の二三杯も飲んで、青褪(あおざ)めていた顔を紅くしながら、老人の教訓談を聞くともなく聞いていたが、誰れでもいいそうな常識的な話が、今の自分にとっては用のないものと思われだした。とき子や森山や、保自身などは頭脳の構造からして、この老人などとは違っているらしく思われて、老人が、人間はこうしたらいいと信じている道は、保にはとおっていけない道のように思われていた。

「私は今度いろいろな買物を頼まれて来てるのじゃ。中学へ通ってる倅(せがれ)に蓄音機のレコードを頼まれたりしてるのだが、保さんが暇なら、明日にでも一しょに蓄音機屋へいって下さらんか」

「ええ、お伴しましょう。このごろは買物なんか滅多にしないんだから、他人の買物のお伴でもして見たいんです」

　保は呆けたような返事をした。

「倅は学問好きだから、いずれ東京へ修業に来ることになるでしょうが、そうしたら、保さんに御指導を仰がなきゃなりますまい。監督者のないところへ若い者を一人で出すのは不安心だが、当家の御兄弟に監督をお頼みしとけば間違いはあるまいと、今から当てにしているのじゃ。その節はよろしく願いますぜ」

「しかし、あなたから渡世の教訓を承らなきゃならんような私だから、御子息の監督どころじゃありませんよ」

「ハハハハ。これは恐れ入った。学者に向って柄にない意見なんぞして。身のほど知らずじゃった」

「どういたしまして。ためになるお話を聞かせて頂いて、何よりも有難いんでございますわ」母親は心からお礼を云って、「久しぶりに東京へいらしったんですから、一晩でも私どもへ泊って頂きたいんですけれど、こんな汚いところで、かえって御迷惑でございますわね」

「いや、私も懇意なお家に泊めて頂けば何よりなんです。私は歳を取ってる上に旅に馴れとらんので、宿屋では夜中なんぞに不意に無用心に思われたりしていけません。それに、宿屋でお茶代を当てに、御叮嚀にあしらわれるよりゃ、懇意な家で打ち解けたお話でも聞いてる方が楽しみになりますのじゃ」

「それなら、今夜からでも泊って下さいましな。御覧のとおりで何にもお構いいたしませんけれど」といって、母親は保に向って、「ねえ、そうして頂こうじゃないか」

「そうですねえ」

保はそっけない返事をした。平生ならとにかく、このごろの彼れにとっては、こんな老人を傍に置くのは容易ならぬ邪魔ものになりそうに思われたのであった。

「大した荷物があるわけじゃないから雑作はない。今晩にも宿屋を引き払って、此方へ御厄介になりましょうかい。……私のいる宿屋はえらく高いので驚いていますのじゃ。はじめから覚悟はしとったが、こうひどいとは思わなんだ。一杯のお茶も迂闊には飲めませんぜ」

宿料や飲食費のことを数字的に話して、老人が、後刻を約して帰っていったあとで、保は母親に向って、

「お母さんがよけいなことをいうからいけない。あの人は金持ちぶった風をしていても、田舎者だから腹の中が吝なんですよ。わずかばかりの宿代を惜しんで、こんな狭い家へ泊りに来なくってもよさそうなものだが」

「私も、ああいったからって、まさか、あの人が、オイソレと話に乗って来ようとは思わなかったよ。……でも、来たら、悪い顔しないで泊めて上げるんだね。何かの時に家

のたよりになる人なんだから」

「いや、それは当てになりませんよ。今度も旅費はどっさり持って来てるらしいし、自分でも、東京で少しは贅沢して遊ぶつもりだったのでしょうけど、根がケチンボだから、急に惜しくなったんでしょう。そこへお母さんがうっかりうまいことを云うもんだから、それを幸いに、二つ返事でやって来る気になったんです。……全体お母さんは、あの人をどこへ寝かすつもりなんです？」

「そうだね。……二階へでも寝かすほかしようがないだろう」

「そうだろうと思った。……それで、私は宿なしになっちゃった」

保は忌々しそうに云った。階下で、母や弟の側に寝るのもいやだったがそれよりも、この二三箇月来の自分の考え事の堆積しているこの部屋を他人に荒されるのがいとわしかった。

「まあ、時の災難だと思ってあきらめるのさ」と、母親は、この田舎の物持ちに取り入っておくのは後々のため悪くはないと思って、夜具蒲団の用意などを考えながら階下へ下りていった。

保は老人の勧めた再婚の話から連想して、きぬ子のことを思い出した。彼女がまだ再縁しないで実家にいて、此家へ戻りたい意志のあることが何よりも頼もしく思われだした。森山やとき子に取っ摑まって魘されている夢から醒ましてくれるものは、世の中にきぬ子だけのように思われだした。

どうかして、今日のうちにでも、内所で、きぬ子に会える手段はないものかと考えていたが、きぬ子に会うためにも、間に立って道をつけてくれそうなものは、森山のほかにはなかった。いやでも、森山の助けを借りなければならなかった。

それで、保は、日暮れ前に、岩淵老人のやって来ない前に、母親にも知れないようにそっと家を出た。

きぬ子の実家は、芝の仙石坂の上にあった。保はそとからでもその家の様子を見ようと思ってそちらへ足を向けたが、気が差して途中から引き返した。そして、金富町附近の洋食屋へ入って使いを雇って、森山へ呼び出しの手紙を届けさせたが、森山は差し支えがあって出られないと断わって来た。そのそっけない返事を聞いた保は萎れてしまった。料理を誂えて自分一人で夕餐を食べたが、食物の味わいはなかった。

洋食屋にいる間にもそとを歩いている間にも、先夜のように尾行者の有無を気遣う余裕はなくって、ひたすら森山をおそれていた。森山の心の動き方一つで、自分の運命がきまるのだと思うと、森山は神のごとく魔のごとく、保の心に映った。

保はその夜も、人の寝静まった時刻に、渡瀬家の庭木戸の前に立った。そして、そっと戸を押したが、戸は開かなかった。昨夜とき子が云った通り、今夜からおれを拒絶しようとして堅く鍵をかけているのだと思うと、がっかりして、そこを立ち去る気力もないようになったが、ふと夢心地で、絶望的な力を揮って、木戸を破って庭の中へ転げ込んだ。メリメリと木戸の壊れる音は、亡夫の位牌の前に坐っていたとき子の耳に響いた。彼女は不思議に思って、廊下へ出て、雨戸を少し開けて覗いたが、庭先に突っ立っている人の影がボンヤリ目に映ったので、総身に水を浴びせられたように驚ろいた。

十

「あなたでしたの？」

とき子は、雨戸の側へ寄って来た人影を見てそういったが、その人影が保であることがわかっても、とき子の驚きは止まなかった。

保は薄笑いを浮べて、縁側へ足をかけたが、とき子は遮ることが出来なかった。

「上ってもいいんでしょう」

保は、とき子の側を潜って廊下に立った。そして、自分の家ででもあるように、階子段を踏んで二階へ上っていったが、とき子は随いて来なかった。見ると、二階の部屋の中は綺麗に片づけられてあった。

保は不思議な思いをしながら、しばらく待っていたが、とき子の足音も聞えなかったので、いらいらしたあまりに、例の呼鈴のボタンを押した。押した後で、自分で自分の所行に驚いたが、何らの手応えのないことがわかると、自棄になって、指先に全力を籠めて、続けざまに押した。しかし、予期に反して、森山も誰れもやって来なかった。すると、自分が木戸を破ったりしてまで、此家へ闖入したことがおそろしくなって、こんなところにぐずぐずしていたら、一身の破滅になりそうに思われだしたので、慌てて立ち上って庭へ飛び下りて、破れ木戸の間からそとへ出た。が、しばらくそこを離れないで、家の様子を見ていると、とき子と森山とが、そこらの隙間から此方を覗き見していそうに思われてならなかった。

自分の家の二階には、今夜から岩淵老人が寝ているのだろうと思うと、保は、例のように自分の家へそっと帰ってゆくのも躊躇されて、安んじて身を置くところがどこにもないような気がした。そして、再び、破れた木戸口から庭へ入り込んで、とき子から慰めの言葉を聞こうと望んだが、ふと靴の音が後の方からかすかに聞えて来たのに驚かされて、慌てて道を急いだ。時々振り返って見ると、人の影は見当らなかったが、靴の音は、自分の家の戸口に着くまで絶えず耳に迫って来た。

彼れは逃げ込むように家の中へ入った。母親は珍らしくまだ起きていたが、彼れの帰りの遅いのを咎めはしなかった。

「二階にはお客様を寝かせてるのだから、お前は誠三の側で寝たらいいだろう。夜具は蚊帳の中へ入れてあるよ」と、母親が云うと、保は、

「困ったなあ」と、顔をしかめて、母親の側に坐った。

「何も困ることはないじゃないか。お前は岩淵さんをよくもてなして、あの人が故郷へ帰る時に、一しょに随いて行って、当分彼方で遊んで来たらいいだろう。そうした方がお前の身のためになるだろうよ。……さっき誠三もそう云ってたよ」

「どうしてです？　誠三がそんなことを云うのは？」と、保は気色ばんだ。

「誠三はお前がこのごろ夜遊びをして帰りが遅いのを気遣ってるだけなんだろうけれど、わたしの心配は少し違ってるのさ。お前にはもっと根深い苦労や心配があるに違いないと、わたしは睨んでいるんだよ。これまで夜中過ぎにそっと帰って来る時のお前の足音を、寝床の中で聞くだけでも、お前がどれほどの苦労をして来たか、わたしの胸にはちゃんと響くんだからね。わたしの目から隠し了せるものじゃない。……でも、わたしの前で、一切合切打ち明けてしまえといやあしないよ。隠しておきたければ、わたしゃ誠三にもいわないでいてもいいのだけど、……」母親は小声で静かにそういったが、凄いような目つきで保を見ながら、ふと、声に力を籠めて、「打ち明けなくてもいいけれど、負けちゃいけないよ。何であろうと負けちゃいけないよ。お父さんは世間に負けて早死にをしたのだけど、お前だけはどんなことがあっても負けないような元気を持ってなきゃいけない。……それに、去年あんなことがあってから、お前は次第次第に萎けちゃって、人間の抜殻みたいになったのじゃないか。先月ごろから少しは気力が出かかってると頼もしく思っていたら、やはり、ぐずぐずになりそうじゃないか。何事にでも勝って来た人間の顔つきじゃないよ。……どうせ駄目なのなら、叩き潰されない前に、岩淵さんに随いて当分田舎へいって、身体でも丈夫にして、よく思案をし直して来たらいいだろう」

「そりゃ、都合によったら、田舎落ちをしてもいいですが、わたしは、今誰れにも負かされてやしませんよ」

「それならいいけれど。……わたしは今夜お前がどんな足音をさせて帰って来るかと思って、耳を澄ませて待ってたのだよ。あれは、負けて逃げて来た足音じゃなかったのかい。わたしたちの目を醒まさせまいと思って、あんな足音をさせていたのかい」

保は何とも答えなかった。そして、鉄瓶(てつびん)から微温湯(ぬるまゆ)を一杯酌(く)んで飲んで、不承不承に、弟の蚊帳の中へ入って、横になった。弟は薄目を開けて、

「話し声が聞えたから、夜が明けたのかと思ったよ」

「聞いていたのか」

「よくは聞えなかったが、……」

「お前と一しょに寝るのは久しぶりだなあ」

保が親しみを感じていうと、弟は、

「僕はもう一寝入りしなきゃならないんだから、静かにしておくれよ。睡(ねむ)りが足りないと、仕事の能率が上らないからね」

「おれにだって仕事があるんだ」

「仕事？　兄さんも何かやってるのかい」

弟は再び薄目を開けて、訝しげに訊ねた。

「人間は生きてるうちは、誰れでも仕事を持たされてるんじゃないか。おれを遊んでると思ってるのは大違いだ。それどころか、おれは眠てる間だって、仕事をやらされてらあ」

「そんな三文にもならない仕ごとなんぞ止したらいいだろう」

「止せるものなら止すのだが、人間は生きているうちは止せないから駄目だよ。おれが頭を使っているのは、お前が会社で事務をとってるのとちっとも違やしないよ。おれの方が一層烈しい仕ごとをやってるようなものだ」

「僕は眠いよ」

誠三は兄の屁理窟の相手にならないで、横を向いて眠入った。保も眠つくように努めたが、雨戸の隙間から薄明りの差すころまで、頭は冴えて仮睡まれもしなかった。そして何の屈託もなさそうにスヤスヤと眠っている誠三を羨ましく思うよりも、むしろ不思議に思っていた。……「負けるな」と彼れを説諭した母親の量見も不可思議なものになった。夜の渡瀬家が奇怪な存在であるばかりでなく、母や弟や客の岩淵老人も、平常と異った人間になってしまったように、彼には思われ出した。

「世界が変ったのか、おれの頭が狂ったのか」

　彼れがようやく苦しい睡眠に陥った時には、誠三はすでに出勤の仕度をしていた。二階の老人も階下へ下りていた。保が母親に無理に揺り起されて、珍らしく早起きをして、皆なと一しょに朝餐(あさめし)を食べたが、自分の顔を皆なに見られるのが絶えず気にかかっていた。老人は、ここの二階が宿屋とは違って眠心地(ねごこち)のよかったことをニコニコして話したが、保は自分の睡眠を老人に横取りされたようで忌々(いまいま)しかった。

　蓄音器屋へレコード買入れのお伴に行くことは、誠三が望んだので、保は止(や)めになった。「兄さんには音楽は分りゃしない。僕の方が適任なんですよ。伯父さんが十二時ごろ、僕の社へ訪ねていらっしゃれば、昼休みを利用して、十字屋へ御案内しましょう」といって、誠三は西洋音楽の通(つう)を並べた。

「じゃ、今日もおれには用なしか」と、保は苦笑したが、

「兄さんには自分の用事があるんだろう。兄さんは僕らの知らない大仕事を有(も)ってるんだから」と、誠三は揶揄(からか)うようにいった。

「保さんはそんな大仕事をやっていなさるのかい。わたしはちっとも知らなんだ」と、老人は真面目でいった。

　誠三が勤めに出かけて、老人が請願のために役所へ出かけたあとで、保は自分の部屋へ入って、眠足(ねた)りない頭脳を休息させながら午(ひる)すぎまでじっとしていたが、彼れの頭脳

に先日うちから知らず知らず萌していた殺人の計画がハッキリした形を取って浮んで来た。

「森山でもとき子でも、おれの秘密を知っているものを一刻も生かしておくわけにいかない。……それに、今一度殺人を実行したなら、おれの頭脳にも強い力がついて、萎けた気持から蘇生するかも知れないのだ。鬼か神かが母親の口を借りて、負けるなとおれに告げた。……よしわかった。……些細な財産や甘ったれた色恋なんか、今の場合心にかけちゃいられない」

彼れはそんな自問自答をして、世界の興亡の鍵を自分の手に握っているように感じながら、長い日の暮れるのを待っていた。

そして、弟や老人が帰って来ない前に家を出かけたが、母親は、

「今夜も遅いのかい」と、珍しく玄関まで出て来ていった。その声は非難の調子を帯びていなかったが、保の耳には意地悪く響いた。彼れは黙って出て行ったが、例のごとく市街をうろついている間に、母親の声が絶えず耳についているので悩まされた。それで、今夜はなるべく早く帰るようにと心がけて、まだ夜が更けなくって、人の往来も頻繁な時分なのをかまわないで、渡瀬の家へ行って見た。壊された木戸は、前よりも頑固に修繕されていて、そこからは入れなかったが、時刻が早かったので、潜戸はまだ鎖されていなかった。保は、そこから入って、まず森山をたずねるつもりであったが、庭先に立

っていた女がふと目についたので、木蔭に隠れた。しかし、よく見ると、その女は森山の妻君のさだ子だったので、ようやく安心して傍へ寄って行ったが、さだ子は保の顔を見ると、血相を変えて、挨拶もしないで家の中へ駆け込んだ。

保は呆気に取られた。危険を感じながら逃げ出しもせず、家の中へ足を進める力もなく、しばらくじっとしていたが、家の中からは誰れも出て来なかった。じっとして目を開けてだけいる彼れの二つの目に映るものは、荒寥たる光景であった。

これが都会の真中であろうか。妖怪変化の住んでいる武蔵野の野中の一つ家でもありそうに思われた。庭の中には死屍累々としていて、とき子も森山夫婦も、人間の皮を脱いで悪鬼の相好をしてそこへ現われて来そうであった。頑丈に建っているらしいその家が、今見ているうちにガラガラと崩れるか、火を吐いて燃え失せるかしそうであった。早くそうなって、保自身の記憶とともに、この家も此家の人も、みんな一しょに焼けてしまうといいと、念じていると、森山ととき子とが、何事もないような顔して目の前に現われた。

「昨夕はどうなすったんですね。木戸を壊したりなすって?」と、とき子は穏やかに訊ねた。腹にわだかまりのなさそうな晴れやかな顔が、保には悦しかった。

「私の部屋でお茶でも飲んでいらっしゃい」

森山がこともなげに云って誘ったので、保はおとなしく随いて行ったが、とき子はどこかへ姿を隠した。

　森山の部屋はただの書生部屋で、しかも壁が壊れていたり畳が擦り切れていたりして、保が想像していたような気楽な生活が営まれているようには見えなかった。妻君のさだ子はいなかった。

「君たちは僕をどうしようというんだね。ここへ来るたびに、僕は脅かされるんだが、まるで君たちは共謀（ぐる）になって僕を揶揄（からか）ってるようなものだ」

「それは先生の邪推ですよ。あなたは気長に忍耐していらっしゃればいいんです」

「君もこんな汚らしいところで忍耐して、将来の成功を当てにしてるのかい」

「部屋の中の汚らしいくらい何でもないじゃありませんか」

　森山はそう云いながら台所の方へいって、サイダを持って来て、保をもてなしたが、

「先生が忍耐して穏やかにしていらっしゃらなきゃ、私の前途も暗闇なんですよ。私のためにでも、も少し度胸を据えていて下さい。せめて二十日か三十日の間でも、此方へ寄りつかないで、お宅にじっとしていらっしゃるわけにはいかないでしょうか。此家には私が頑張ってるから大丈夫なんですよ」

「僕は盲目的に君を信じてやしないよ。君は僕を唆（そその）かして殺人までさせたのだが、その秘密を握って、この上自分の都合のいいように僕を利用しようと思ってるんだろう」

「先生が殺人者ですって?」森山は面白そうに笑って、「戯談（じょうだん）も事によりますよ。この

家へ来てそんな戯談をおっしゃるもんじゃありませんよ」

「君こそ白ばくれたって駄目だよ。よく知ってるくせに。……僕の生命は君の手に握られてるんじゃないか。……僕はそれで今夜もやって来たのだ。此家の女主人公に附き纏うためじゃないんだよ」

「私が探偵して犯罪人を突き留めると云ったものだから、それで、先生はとんでもないことを空想して心配していらっしゃるんですね。あなたが夜中に此家の奥さんの居間へ来ていらっしゃるのを私が見たからと云って、それであなたに殺人罪の疑いをかけるような、そんな浅薄な考えを、私は起しゃしませんよ。私の探偵はもっと根拠のある確実な道を採るんです。犯人に目星をつけていても、今それを迂闊に申し上げるわけには行きませんがね」

森山が真実しやかにそういうのを聞いても、保は安心されなかった。そして、自分があの晩ふとした機会で渡瀬の弟を殺害した経過を渋滞のない口調で話して、相手に得心させようとしたが、森山は頭から戯談にして取り合わなかった。

「座興でないのなら、先生は精神過労の結果そんな妄想を起していらっしゃるんですよ。御注意なさらにゃいけませんね」

「じゃ、ここの奥さんに聞いて見たまえ。あの人は僕の秘密を見破ってるよ。それで、僕を遠ざけようとしてるんだ」

「それは先生の思い違いです。奥さんはあなたを遠ざけるんじゃないんです。このお家の跡始末をつけるまで、御親類や知合いの方につまらない疑いを受けないように用心していらっしゃるんです。あなたを遠ざけるのじゃないことだけは、私が堅く保証いたしますよ。だから、先生もその点は御安心なすって、つまらないことに精神を浪費なさらないようにして下さい」

「あの大事件が僕の妄想なら、僕が今君に会ってるのも、僕の妄想かも知れないね。先日来夜更けにこの家へ入り込んで見聞きしたことは、みんな僕の妄想だったのかも知れないね。僕はそうであればいいと望んでいるよ」

「とにかく今夜は早くお家へお帰りになってよくおやすみなさい。そこらまで私がお送りしましょう」

森山は柔しくそういって、手を執らぬばかりにして保を促して部屋を出た。異常な決心をしていたはずの保も、素直に潜戸からそとへ出た。

「善でも悪でも、大抵は世間に分らないで済んでしまうんですよ」

森山は一言意味ありげなことをいっただけで、あとは相手が受け答えをしてもしないでもかまわないで、賑やかな口調で、瑣末な世間話をつづけた。気候のことや食物のことや、女の頭髪や衣裳の批評などを話題にした。人どおりの止絶えがちな街上を涼しい風に吹かれて、そういう親しみのある平和な話を耳に触れながら歩いていると、保の頭脳も次第に安まった。

「家へ帰ってもいいが、きのうから二階を、田舎の客に占領されてるんだから困るんだよ」とこぼすと、

「それじゃ、静かにおやすみになれる家を御紹介しましょうか」

「そんな家はどこにある？」保は振り向いて訊ねて、森山がニヤニヤ笑っているのを見て、

「君の紹介ならろくな家じゃないね。迂闊に君の誘惑には乗れないよ。僕は懲りてる」

「私がお勧めするのは怪しい家じゃありませんよ。私の休息場にしてるんですから」

「君はそんなところを有ってるのか」

「お差し支えがなければお連れ申してもいいんです」

「いってもいいね」

保はまた弟の側に寝かされるのがいやさに、森山の誘いに従ったが、連れていかれたところは色街ではなかった。金富町からはそう遠くない。江戸川べりの小さな家であった。

「この方を一晩泊めて上げて下さい」と、いって、森山は家へ入って、老人じみた主婦にコソコソ話をしてから、

「気がねをなさらないで泊っていらっしゃい。明日の朝私がお訪ねしますから」と、保

にいって帰っていった。

主婦は二階に寝床を延べてくれた。森山という男は妙な男だ、何のためにこんな家に関係をつけているのだろうと、保は怪しんで、主婦に訊ねると、

「あの方は奥さんをお貰いになる前に手前どもに下宿していらしったのです」と主婦は答えた。保はそれを信じなかったが、強いて聞き糺す必要もなかったので、

「そうですか。僕は一度も聞いたことがなかったが……」といっただけで、寝床についた。

昨夕からの睡不足で、彼れは横になると、物を考える力もなくトロトロと眠入ったがしばらくして階下の方の物音にフト目を醒ました。夜は更けているのであろうのに、階下ではしきりに話をしていた。主婦一人のはずだったのにいつの間に誰れが来ているのであろうかと、保は気になったので階子段の側にはいだしてそっと覗いた。話の相手は主婦の匹偶ではなくって、意外にもまだ若い色っぽい女であった。

保は眠い目が醒めたように感じて、便所へいくのを口実に、階子段を下りていった。若い女はすでに聞かされていたのか驚きもしないで愛嬌を含んだ挨拶をした。

十一

「お眠みになれませんですか」と、主婦はお世辞を云った。

「いえ、今までよく眠っていました。何時ごろでしょうか」と、保は訊ねて足を留めた。

「さっき一時が打ちましたよ」と、若い女が云うと、

「今夜は大変遅くなっちゃった。でも、もう安心して眠れるでしょう」主婦は若い女に向って云ったが、保が行きもやらず突っ立っているのを顧みて、

「一ついかがです？　大変おいしいんですよ」と、土産物らしい水蜜桃(すいみつとう)の箱を押しやった。

「有難う」保は階子段の側に蹲(しゃが)んで、

「このごろも森山君は此方へよくお伺いするんですか」と、寝床に就く前に訊ねかけたことを、また主婦に訊ねた。一眠入(ひとねい)りしたあと、この家のことがまた気にかかりだしたのであった。何だってこんな若い女なんかが夜遅く来ているのだろうと怪しんでいた。

「あたし、森山さんにはしばらくお目にかからないわ。このごろは金富町へ越してらっしゃるんですってね」と、若い女は何の気なしにいったので、

「あなたも森山を御存じなんですか」と、保は訊ねると、

「ええ、あの方の奥さんには以前大変御懇意にして頂いていました」と、若い女は答えて、主婦に向って、「あの奥さんには二三日前に神楽坂でお目にかかったのよ。森山さんが好奇心(ものずき)で、人殺しのあった家なんかへ越していったので、気味が悪くって困るって、こぼしていてよ。何だか化物屋敷みたいなんですって」

「そんなことはないよ。御立派なお家なんだよ。いってごらんなさい」

「でも、奥さんはあたしには遊びに来いといわないのよ。知った人に来られちゃ迷惑するらしい口吻だったの。あたしも、そんな人殺しのあった家なんかへはいきたかないわ。……殺した人はまだ捕まらないんだけど、奥さんには、犯人が薄々分ってるんですって。警察でも目星がまだつかないのに、奥さんにだけわかってるというのは変じゃないの。誰れにもわからないことが自分にだけわかってるのは随分気味の悪いものなんですってね」

「あの奥さんはどうかしてるのね。人殺しのあった家へ越していったために神経を起していろいろな邪推をしてるんでしょう」

「そういえば、あの人、このごろは顔の色が悪くって身体も痩せたようじゃないの」

「そうでもないよ」

保は、蔭の方で二人の話を聞いていたが、宵のうちに渡瀬の庭で自分を見た森山の妻君が血相変えて家の中へ駆け込んで、それっきり顔を見せなかったことを思い出して、心を悩ました。

「さあ、もう眠ましょうよ」と、主婦がいって、寝仕度に取りかかったので、保も自分の寝室へ戻った。よけいな話を聞かされたために、安らかな眠りの妨げられるのを悔いながら、保は一夜をそこで過した。朝になると、森山が約束通り訪ねて来たので、

「君が連れて来たところだけあって変な家だね。夜遅く綺麗な女が来ていたが、あれは何だい」と、寝床を離れていうと、

「この家は平凡な家なんだけど、先生が偶然変な晩に泊り合わされたのです。身内のある娘が母子喧嘩をして家を飛び出したのを、皆して捜して、夜中になってようやく行方を突き留めたのだそうです。階下へ来ていた若い女も捜索隊の一人なんで、遅くなったからここへ泊めてもらったといっていました」

「そんなことだったのか。そういえば僕の家でも、僕が家を空けたので、捜索隊を出してるかも知れないね」

「その御心配には及びませんよ。私が昨夕お家へ使いでお知らせしときましたから」

「君はなかなか注意深いね」

保はそれを喜んだ。昨夕からの森山の好意を認めて、一時彼れに対して抱いていた嶮しい気持をも忘れるようになった。

「あなたがお家にじっとしていらっしゃるのがおいやになったら、いつでも此家へ遊びにいらしってもいいんです。私に御用があったら、此家の主婦を使いに立てて呼び出して下さい。夜御自分で金富町へいらっしゃるのは、お互いのためによくないんですよ」

「じゃ、そうしよう」保は柔順に同意した。

「あのお家が片づくまで、あなたが静かに辛抱していて下さりさえすれば、その間のお

小使銭はいくらでも御用立てすると、奥さんはいっていらっしゃるんです」

「有難いわけだね。ふんだんに小使銭を貰って、ブラブラ遊んでいられりゃ、人間としてそれほど結構なことはないわけだね」

「先生はそう思っていらっしゃりゃいいんですよ。よけいなことはお忘れになって」

「そうだね。よけいなことは忘れて、自分で小細工なんかはしないで、君の指図に僕の身を委(まか)してればいいんだね。先月久しぶりに君に会って世の中へ引き出された時には、善いも悪いも君に任したはずだったのだから」

「そうおっしゃっても、先生はすぐに迷いなさるからいけない。ありもしないことを空想して精神をおいためになっちゃ、先生を世の中へ引っ張りだした甲斐がないんですからね。……私もまだ朝餐前なんだから、御一しょに御飯を頂くことにしましょう」

　森山はそういって、主婦を呼んで寝床を片づけさせた。保が顔を洗って来る間に、かねて用意されていた朝餐が持ち込まれたが、お給仕にはかの若い女が侍(はべ)った。お化粧をよくしていて昨夕よりも立ち勝(まさ)って美しかった。森山とは互いに打ち解けた口を利いて、昨夕の家出女の捜索話で賑わったが、保は黙って、女の目の動きや唇の動きに心を注いでいた。そして、こういう若い女の給仕で食事をするのも久しぶりだと、別れた妻きぬ子のことを思い出していると、箸の運びもおろそかになった。その様子を見てニヤリと笑っていた森山は、女が食卓を片づけて階下へ下りるのを待って、

「あの女はまだ独り身なんですよ。貧乏で家の中の折合いも悪いんだけど、いつも無邪気な顔して世を面白そうに暮してるんです。先生はあんな女がお好きですか」

「うん僕もああいった顔は好きだ」保は真面目に答えて、「だけど、それだけのことだよ。僕があの女に見惚れていたと思ってるのなら、君の心理観察は零点だ。……僕はどういうものだか、このごろはどんないい女を見ても、その方へ心が、惹かれないんだ。二人の女のどっちかがいつも目の前にぶらついていて、僕には世界の女は二人に限られてるように思われてるんだよ」

「二人の女?……先生も執着が強いんですね。そんなに執着の強い方が、半年の余もよくお家にじっとしていられましたね」

「しかたがないからさ。……今となっちゃ、どっちの女も腹の底から僕と親しむわけにはいかないらしいから、いっそ二人の女が二人とも死んでくれればいいと思ってるよ。そうしたら僕も諦めがついて、新規な女に目がつくようになるだろうね」

「だって、家の奥さんは、あなたと新しい生活をはじめることを楽しみにして待っていらっしゃるじゃありませんか」

「君はそんなことをいって僕を釣っといて、機会を見て、暗い穴の中へ僕を突き落そうとするのじゃあるまいな」

そこへ、さっきの若い女が、昨夕の水蜜桃を盆に盛って持って来たので、保は顔を和

らげて、

「大変あなたの御厄介になりましたね。お礼に何か上げたいんだが……」といって、その女の手を見て、「指環を一つ差し上げたいんですが、受け取ってくれますか。懇意でない女に指環を上げるのは変なようだけれど、ちょうど持合せの指環が一つあるんですよ。本物のダイヤだか贋物だか僕には見分けがつかないんだがどうせ不用なものなんだから」

あまり突然なので、女は呆れた顔をした。

「下さるものなら頂いたらいいでしょう。……しかし、先生が指環なんか持っていらっしゃるのは変ですね」と、森山が怪しむと、

「大丈夫だ。殺して取ったのでも、こっそり盗んだのでもないよ。だから、大っぴらで指に嵌めていても嫌疑を受ける気遣いはないんだ」と、保はニコリともしないでいった。

「その指環には何だか謂われがありそうですわね。全体指環ってものは、迂闊にやり取りするものじゃないんでしょう」女は、相手の言葉が戯談ではなさそうなのを変に感じていた。

「僕が指環を種に因縁をつけるとでも思ってるんですか。無邪気らしい顔してるあなたでも、男の心をすぐに変に取るからおかしいね。あなたのその美しい手が少し淋しそうだから、僕には不用な指環を贈物にして、あなたのお役に立てようと思いついただけな

んです」

　保は率直にそう云ったのであったが、女は安物の指環一つ嵌めているだけなのを見破られたような気がして顔を紅らめた。そして照れ隠しに、

「じゃ、頂きますわ。いつ頂けますの？」

「今夜でも。……今夜あなたがここへ来て下されば僕が持って来て自分であなたの指へ嵌めてあげましょう」保は女が邪魔物のようにしている手に目を注けながら「僕が今夜までに、自由に出歩きも出来ない、人間になったら、森山君からお渡しすることにしましょう」といって、森山に向って、「指環は母に預けてるんだから、君がわけを云って母から貰って、この方に渡してくれたまえ」

「ええ」森山は生返事をして、「だけど、先生が御自分でお渡しにならなきゃつまりませんよ。晩までに先生の生命がなくなるわけはないでしょうから」

「それはそうだろうが」保は、腹の底までも純白らしいこの女の前に、一切を喋舌って不安な重荷をおろしたくなって、「指環は人から強奪したのじゃないが、僕は犯罪者なんだから、秘密がばれたら、それっきりの人間なんですからね。……あなたは昨夕主婦さんに、渡瀬の家の人殺しの話をしていなすったが、その犯罪人は僕なんです。森山君の妻君が薄々勘づいてるそうだが、森山君自身はもっとよく知ってるんですよ……」

　それだけ云って息苦しくなって言葉が詰まった。そして、女が驚くと、

料にならないものだから、戯談の材料になっていけない」


「戯談だよ」森山は笑って、「真実の罪人がいつまでも分からないものだから、戯談の材料になっていけない」

「それを戯談だと思ってるのなら、君は鈍感だよ」

「じゃ、先生を殺人者にしておきましょう」と、森山はまだ戯談にしきっているようにいって、女に向って、「おしなさんも、今夜先生にお目にかかる時には用心しなきゃいけないよ。どんな機会で喉を締められるか知れないから」

「ええ」女も戯談扱いしているように笑って、「でも、絞め殺されるのは、そんなに痛い思いをしないで済むのじゃないでしょうか。痛い思いしないで死なれるものなら、あたしいつ死んでもいいように思われますのよ」

「ホウ、おしなさんはあきらめがいいんだね。僕なぞは真平だよ。三十にもならずに死んでたまるもんじゃない」

　森山は快活にそういって座を立って「私はお先へ失礼します」

「もうお帰んなさるの？　奥さまによろしく」女も座を立った。

「僕の家へ一度遊びにいらっしゃい」

「ええ。一度お邪魔させて頂きたいんですけど……そういうお家へ入っていくのは怖いようですわね」

「だって、あなたは絞め殺されたいと望んでるんじゃないの」

「じゃ、死にたくなった時にお伺いしますわ」

二人は面白そうに笑いながら、階下へ下りて行った。

保は、あの話しぶりや表情によって推察するとおれを少しも疑っていないのだと思ったが、そのために心が軽くも世が明るくもならなかった。あれほどおれをよく知っているはずの森山が、おれの行為を見破らないばかりか、おれの自白をさえ信じないのは不思議だと、彼はもどかしくなった。「森山はそんな目の利かない馬鹿じゃない」と、自分で確実な判断を下したが、そうすると、自分の殺人が疑わしくなりだした。……「おれの頭脳が先日からどうかしていたのだ。あの男を殺したのはおれじゃなかったのかも知れない。おれは夢にでも見ていたのか。……そういえば、警察で犯罪者の残した証拠を見つけなかっただけじゃない。おれ自身でさえ自分が人間を殺害した証拠を確実に見つけられないのだ。ただそう思ってるだけなんだ。この手で——少年時代に柔道で叩き上げたこの手で確かにあの男の喉を圧(おさ)えてその息の根を止めたはずなんだが……」

保は、しばらく独座してそんなことを考えていたが、やがて、階下へ下りて、主婦に暇を告げた。「今夜あたり、またお邪魔しに来るかも知れませんよ」と、いって、まだ主婦と話をしていた若い女おしなに、愛想よく再会を約してそこを出た。

そして家へ帰ると、すぐに母親に向って、

「いつかお母さんに預けた指環を返して下さい」というと、母親はいやな顔をして、

「あれをどうするの？」

「都合で先方へ返さなきゃならないんです」

「だって、あれはお前の物だといって、わたしにくれたのじゃないか。……あれはもうとっくに質屋の庫へ入ってるんさ」

「急に金に困ったわけじゃないでしょうのに、なぜそんなことをするんです？　しかし、すんだことはしかたがないから、早速質屋から出して来て下さい。金は先日お母さんに上げといたのだから、あの金で出せないことはないでしょう」

「今年になって、後にも先にも、たった一度あれっぽっちの金を持って来て、よくそんなえらそうな口が利けるもんだね」と、母親は冷笑した。

「それは別の話です。指環だけは出して来て下さい」

「まさか盗んで来たのじゃあるまいし……」

「いえ、盗んで来たのです」

「でたらめをおいいでない。無理にも指環をわたしから取り返そうと思ったって、自分に泥棒の悪名をつけるには及ぶまい。第一お前あんなに金目の高い物が盗んで来られるものか」

「それは、わたしを褒めるんですか。貶すんですか。あの指環はそんなに価の高いものなんですか」

「価が高くっても廉くっても、貰ったものは返さなくってもいいだろう」

「じゃ、どちらでもよろしい。お母さんがどうしても返してくれないのならしかたがありませんよ。……しかし、わたしだって、時と場合で泥棒くらいやりかねませんよ。人殺しでもやれそうなんだから」

「そうしてわたしを脅かそうと思ってるのかい」母親は多少気遣わしくなりだした。

「お母さんは、わたしに世間へ出て来いとか、負けて来るなとかおっしゃったけれど、わたしは、駄目です。世間に負けるさきに自分で自分を負かしてしまったのですよ。わたしは、真実に人を殺したかどうだか決まりもしないのに、自分を犯罪人のように思って、先日うち一人でビクビクして逃げ廻っていたのです。これから先だって、死ぬるまで毎日そう思って、世間を恐れて逃げ廻って日を送るかも知れませんよ。わたしが真実に殺したのなら殺した、殺さないのなら殺さないと、どちらかハッキリことが決まるといいんですが、わたしの頭脳じゃ、とても決りがつきそうじゃありませんね」

「しっかりおしなさいね。先日うちから毎晩外へ出て何をしていたのか知らないけど、つまらないことを気にかけて身体を壊しちゃいけないよ。……お前に人殺しなんかがどうして出来るものかね。それだけは、お前を生んだお母さんが受け合うから安心しておいでな。……あの指環がどうしてもいるのなら、今すぐにでも、質屋から出して来て上げるよ」

母親は柔しい声で保を慰めるようにいった。そして、保の心を乱すのを恐れて、彼れの謂う殺人とは誰れを殺したことなのかと、その名を訊くことさえも、憚っていた。

「いや、質のことはどちらでもよろしい。それから、わたしは気が狂ってやしないんだから、安心していて下さい」保は、母親などに狂人扱いされて騒がれるのがいやさに、努めて平和を装いながら、「わたしは、自分を生んだ母親にさえ、人殺しの出来ない男だと思われてるんですかね」とつまらなさそうにいった。

「今日はなぜそんないやなことを考えてるんだろうね。お客のいない間、二階へ上ってゆっくり昼寝をして頭脳（あたま）を休めたらいいだろう。眠（ね）てる間にわたしは質屋へいって指環はちゃんとお前の手へ返すことにしよう」

母親はそういって、二階へ夜具を運んで、風通しのいいところへ保のための寝床をつくった。保には二三日客に奪われていたその部屋が懐かしかった。床の間には弟が随（つ）いていって買ってきた蓄音機のレコードが置かれてあった。

「お前も岩淵さんなんかの前で、さっきのようなことをいっちゃいけないよ」

母親はそういって保の方を顧み顧み階子段を下りていった。

十二

日暮れごろ、指環は母親から保の手に渡されたが、彼は、おしなに約束したことは、夢であったような気がして、念頭に薄らいでいた、そして、手離すのを惜しんでいる母親に再び預けた。

「お前は岩淵さんに随いていって、二三箇月も田舎で遊んできたらいいだろう」と、母親は保の心身を気遣って勧めたが、

「田舎へいったって西洋へいったって駄目ですよ。この頭脳を持っていったのでは、どこへいったって十分な保養はできやしませんよ」

「おかしなことというのね。この頭脳もあの頭脳も、自分の頭のすげ替えはできやしまいしさ」母親は笑って、「あんなに学問のよくできたお前の頭脳じゃないか。先日うち他所でどんなことがあったのか知らないけど、狂人か白痴みたいなことをいっちゃいけないじゃないか。……指環は誰の手からお前の手に渡ったのか、そのくらいなことはわたしにだって見当がついてるんだよ。学問のできるお前によけいなおせっかいをするでもないと思って、わたしは黙っていたのだけれど、さっきのように狂人じみたことをいうようじゃ、わたしだって打遣っちゃおけないよ」

「打遣っておけないたって、わたしを座敷牢へ入れるわけにはいかないでしょう。わたしも監獄へ入るよりゃ、座敷牢へ入れられる方がいやですね」

「座敷牢がいやだといって、お前は半年の間も二階にばかりすっ込んでたのだから、自分でつくった座敷牢に入ったようなものじゃないか。それがいやなら、広々とした世間

へ出て働いておいでな。一度や二度ケチをつけられたからって、それで萎(いじ)けるってことあるものか」

　母親は励ますつもりでいった。

「わたしは森山に誘い出されてから、随分働いたつもりなんですよ」

　保は独り言のようにいった。そして、森山の忠告に背(そむ)いてでも、とき子に会わなければならない。あの女だけが自分をよく知ってくれてるのだ。生き死にをともにしてくれそうだと、独り極めにして、今夜のうちにどうかして、森山などに知れないように、彼女の部屋へ忍び込んで隔てのない話をしようと思いながら、母親の手前無雑作に外出しかねていたが、そこへ、岩淵老人が俥(くるま)で帰ってきた。

「きょうも暑うごわすな」といって、膨らんだ提鞄(さげかばん)を抛(ほう)り出して、素裸になって水道の水を浴びた。母親の出した浴衣を肥満した身体に引っかけて、縁側で胡坐を掻いて、

「わたくしは、これですっかり用事が片づきました。大変御厄介になったが、あすはお別れじゃ」

「それはお名残り惜しゅうございますね。またいつお目にかかれるかわかりませんですね」

「あなたもお丈夫なうち、一度田舎へお遊びにお出かけなさい。あなたは長い間苦労なすったのじゃから、もう楽隠居してもいいわけじゃ」

「楽隠居どころか、わたしはいつになったら、お三どんが廃業できるのかと思ってるのでございますよ」

「なに、もう少しの御辛抱じゃ」老人は母親の差し出した団扇を使いながら、

「東京は賑やかでいいが、小さな家であくせくしていちゃ寿命が縮まるわけじゃ」といって、片隅で口を噤んで茫然としている保を見て、「保さんは、馬喰町の宿屋へ訪ねて下すった時よりも、顔がひどく窶れたが、暑さにでも中てられなすったのかな」

「そうでもありません」保は老人に正面に顔を見られるのをいやがって、縁側ににじり出て、「じゃ伯父さんはあすお立ちになるんですか」と、話をほかへ転じようとした。

「あすの朝の特急で立ちましょう。お別れに、あなたや誠三さんと一杯やりたいんだが、この近所に、うまいものを食べさせる涼しい家はありませんかな」

「そりゃあるかも知れませんが、そんな無駄なお金をお使いになるよりも、わたしの家でおやりになったらいいでしょう」

「ほんとにそうなさいましな。わたしが何かおいしそうなものを見つくろってまいりますから」

母親もそういったので、老人もその気になって、紙入れから紙幣を一枚引き出して、「これでよろしいように」と頼んだ。母親はいくたびも辞退したあとで、それを「お預り」して、夕餐の料理を、あつらえに出かけた。

「昨夕（ゆうべ）あんたは他所（よそ）へ泊んなすったようだが、どこへ泊んなすった？」

老人がふとそう訊ねたのが、詰責の調を帯びているように、保の耳に響いた。

「友だちの家です」保は咄嗟にそう答えたが、声は尖っていた。自分の寝室を奪ったこの老人に言いわけなんかする必要はないと腹では思っていた。

「それならいいが、あんたはお母さんに心配させないようにせにゃいかん。下女も使わないで、年齢（とし）をとったお母さんが一人で働いていなさるのは、見ていてもお気の毒じゃ。早うお嫁さんを娶（めと）らなきゃいけませんぜ」

「ハハハハ」保は空虚な薄ら笑いを洩らした。田舎の老人の常識的な忠告が、今の彼の心に素直に受け入れられるには、あまりに不似合いなのであった。老人はその笑いが自分を馬鹿にしているように思われたので、不機嫌な顔をした。

「田舎者の意見なんか片腹痛いと思いなさるか知れないが、……」

「そうは思ってやしません。……しかし、わたしやわたしの母の気持は、とてもあなたのような田舎でノンビリした豊かな生活をしていらっしゃる方にはおわかりにならないんですよ」

「何ぼわたしが田舎者の気の利かん人間じゃというても、お母さんの気持はようわかっていますぞ。保はこのごろ母親にも弟にも打ち明けられないことがあるに違いないから、それをあなたから聞いてくれと、昨夕お母さんはわたしにお頼みになった。しかし、あなたは田舎者のわたしに腹蔵なく打ち明ける気にはなれますまいな」

「それは昨夕のことでしょう。けさ母は、伯父さんの前で迂闊(うかつ)に口を利くなといってましたよ」

「いや、そういうことなら、わたしも立ち入って聞こうとは思いません」

老人は一層不機嫌な顔をしたが、保は意に介しないで、「それは立ち入ってお聞きにならない方がよろしいでしょう。わたしは、たとえ母に戒められたって、伯父さんの前で、わたしの頭脳の中にもやもやしていることを一切打(ぶ)ちまけたって構わないんですが、伯父さんはお聞きにならない方がよろしいでしょう。せっかく東京見物をなすって面白い思いをして、平和な田舎へお帰りになるのに、東京に対して不愉快な印象を残すようなことはお耳にお入れにならない方がよろしいでしょう」

「それはそうじゃが……」老人は、やや機嫌を直して、保の嶮しい目顔を注視して、「わたしの東京見物は久しぶりじゃが、楽しみにしてきたほどのことはなかった。どこへいっても人臭くって、騒々しくって、諸式が高くって、人間も不親切で、こんなじゃ、とても長うおられるところじゃないと、しみじみ感じていますのじゃ。わたしは昔、あんたのお父さんに誘われた時に、ちょっと心が動いたのじゃが、まああの時、こちらへ飛び出して来ないでよかったと、打ち明けていうと、そう思っているんです。……わたしの土産話は東京生活の幸福でないことなのだから、あんたが今いった不愉快なお話も、参考のために耳に入れときたいものじゃな。東京へいきたいいきたいと、寝言にまでいうておる村の若いものどもの戒めのためにも、一つ聞いておきたいものじゃ」

「へえ、あなたはそんなに東京に愛想をお尽かしになったのですか。わたしの家のおもてなしがよくなかったのが、その原因の一つじゃないんでしょうか」

「どうしてどうして。東京がよくないのを、あんたの家のせいにするわけはありませんて」

「だけど、わたしのような人間が東京人なんですよ。村へお帰りになって青年の戒めにお話しなさろうと思っていらっしゃるためか、あなたは先日からわたしの顔をよく御覧になっていましたね。わたしの顔は都会の音や空気で虐げられた顔なんですが、わたしの頭脳はそれどころじゃないんです。……」

老人の目は保の頭に注がれた。「東京の若い人の頭脳の中には、どんなえらいものがあるのや、田舎者にゃ、わからんが、あんたは物事に屈託せんように心がけなければいかん。……全体あんたは何を考えていなさる?」と、老眼も好奇心で光った。

おれは人を殺した、首を締めて殺したと、腹の中でいいながら、相手を見上げたので、老人はわけがわからないながらも、無気味な感じに打たれたが、そこへ、母親が帰ってきて二人の様子に疑いの目を向けた。

「伯父さんに何か御意見をうかがっていたのかい」と、二人の側へ腰をおろして訊くと、

「いや、わたしの方から、保さんの御意見を聞いていたところなんです」と、老人は顔を和らげて、「お別れに、記念になるようなことを承っておきたいものじゃな」

「お母さんの帰りがもっと遅れたら、伯父さんに打ち明けるつもりだったが、まだ何にもいやしません」保は母親の方を顧みて、「御馳走ができるんですか」

「どうせこの辺の仕出屋じゃろくな物はできやしまいよ。お口に合うかどうだか」

「いや、わたしには何でもおいしいんじゃ。大勢揃って食べると、何でもおいしく食べられるが、誠三さんのお帰りがきょうは大変遅いじゃありませんか」

「そうでございますね。お友達とどこかのカッフェーへでも寄ってるかも知れませんよ」

「今夜はお別れじゃから、誠三さんが仲間に入ってくれんといけませんな」老人はそういってから、ふと「わたしは、夕御飯を頂いたら、荷物造りをして、今夜の夜行で郷国（くに）へ立つことにしましょう」

「そんなにお急ぎにならなくってもよろしいじゃございませんか。明日の特急でお帰りになるはずで電報をお打ちになったのなら、その時刻にお出迎えの方が停車場へいらっしゃるでしょうのに」

「いや、それは構いません。一日でも早う帰った方が、何かに都合がよさそうですわい」

「夜行ではお疲れなさいますよ」

母親は、手のかかる客が早く立ってくれるのは、内心有難いのであったが、自分たちのもてなしに気に入らないことがあるためではないかと気遣われた。保は一層そう思っていた。

「お前が何か、伯父さんのお気に障ることを申し上げたのじゃないか」と、母親が保にいうと、

「決してそういうわけじゃありません」と、老人は慌てて否定して「ただわたしの都合で急ぐのじゃから、悪う思わんようにして下さい」といいわけして、わざと機嫌よく笑った。

「わたしどもの内輪のこともよくお話して、このさきどうしていいか、御意見を承りたいと思っていましたのに」

「なあに。田舎の老いぼれの意見なんぞ、東京の方には何の足しにもなりゃしません。そのうち御相談事でもあったら、手紙ででも知らせて下さい」

老人はそういって、荷物の整理をしに二階へ上って行った。母親は気拙い顔して保を見て、

「せっかく泊ってもらったのに、立ち際に気拙い思いをされちゃつまらないじゃないかね。お前が何かいったのだろう」

「わたしはまだ何もいやあしなかったが、あの人はわたしを煙たがりだしたのです。……そんなことはどうでもいいとして、お母さんは当てがはずれたのでしょう。客を泊めて面倒な思いをしたのに一文の得にもならなかったんだから……最初馬喰町へ訪ねていった時に偶然見たんですが、あの人の紙入れは大変膨らんでいましたよ。どっさり持って来た旅費を、大して費わないでそのまま持って帰るんでしょうね」

「ちょっと東京へ来るにも、そんなに大金を持って来るのかしら。以前はわたしの家の身代も、岩淵さんの身代も同じことだったのよ……」

　母親は溜息を吐いた。羨望の念が面に漂っているのを、保はまじまじ見ていたが、ふと、

「さっき、あの人と差し向いで話をしていると、あの人のような頑丈な田舎者の咽喉は、わたしの力じゃ締められないものかと思われてなりませんでしたよ。お母さんの目の前で人間一人を絞め殺したら、お母さんだって、今朝わたしのいったことを信じてくれるでしょう」

「つまらないことをおいいでない。岩淵さんの耳へ入ってごらんな。戯談事にしてすまさりゃしないよ」

「戯談じゃありません。……これが野中の一軒家だったら泊り合わせた旅のものを絞め殺して、胴巻の金をまき上げる気に、お母さんだってなるかも知れませんよ。お母さん

もそういう欲のない人間じゃあないんだから」

「親に向ってよくもそんなことがいえたものだ」母親は憤りを眉目に現わしたが、平生の保の口からそんな不穏な言葉が出ようとは思われなかったので、怒るよりもおそろしくなった。そして、客に気づかれるのが気がかりだったので階子段の方へいって、

「お手伝いいたしましょうですか」と声をかけた。

「なあに。鞄に詰めさえすりゃいいですから」老人の声は快活であった。

そこへ、誠三が汗ぼったい顔して帰って来たが、不断の元気を失ってしおとしていた。

「きょうは少し遅かったのね」と、母親がいうと、

「退け際に森山君が社へ訪ねて来て、一しょにカッフェーへ寄って話をしていたんです」

「森山がお前を訪ねていった?」保は飛び上るようにいって「じゃ、僕のことを話しにいったのだな」

「まあそうだ。……僕は聞かされなくってもいいことを聞かされたようなものだ」

「当人の僕にいわないで、お前にいうのは不都合だね」

「兄さんは頭脳が疲れてるから、当分どこかの田舎へやって保養させろというんだがね。兄さんが夜中に他所の家へ無断で入ったりして困るなんて云っていたよ。僕はそんない

やな話を聞かされたかないんだ」

「森山の奴いい加減なことをいってやがる」

保は、母や弟の手前怒って見せたが、腹の中ではいいようのない屈辱を感じていた。おれを引っ張り出した森山が、そんな侮辱をおれに与える道理がないと思い返したが、とにかく自分は狂人か白痴か、みじめな人間になり下ったようであった。堂々と殺人をしていながら、警察にも知人にも、世間の誰にも知られないように、巧みに跡をくらましているのを誇っていたころの自分とはまるで人間が違っているようであった。……森山の奴、弟にそんなことを告げにいく暇に、なぜ警察へでもおれの犯罪を訴えて出ないのだ。

「保は岩淵さんに随いて田舎へいって遊んで来ればいいと、わたしも思ってるよ。わたしからあの方にお頼みしようか」と、母親は、森山に同意しているらしくいった。

「わたしは転地したきゃ、独りで好きなところへいきますよ。……一体梅雨時分に、病後の養生に、独りで伊香保かどこかへいこうと思ったのを、旅費のことなんかでお母さんに止められたものだから、こんなみじめなことになったのだ」

「転地なら今からだっていいじゃないか。だけど、頭脳の悪いものが一人で遠方へいくのはいけないから、岩淵さんの郷里へ御一しょに行ったらいいだろう」

「それよりも、わたしはこれから森山に会って来ましょう」

保がすぐにも出かけようとすると、母と弟とは慌てて押し留めた。

「森山君に口留めされてることまでも僕はいっちまったんだから、そのつもりでいてもらわなきゃ、僕が迷惑するよ」と、弟は気色ばんだ。

「僕を狂人か白痴あつかいして、皆なして僕を座敷牢へでも入れるといい」と、保は悄然としていった。そして、二階から下りて来た老人を見て「僕が白状することを伯父さんにも第三者として聞いてもらったらいいのだ」と、いって、老人が坐るのを待って、三人に向って、なにか言い出そうとすると、母親は目を尖らせた。そして、

「今夜で伯父さんともお別れなんだから、つまらない話を止して、みんなで気持のいい御飯を頂くことにしようじゃないか」と、保が危険な言葉を吐くのを圧えた。

保はしばらく口をつぐんでいたが、その間に老人と誠三とは互いに別れの言葉を取りかわしていた。

「あんたは明日のお勤めがあるんじゃから、お見送り下さらないでもよろしい」と老人が辞退すると、

「じゃ、わたしがお見送りしましょう」と、保が言い出した。

が、老人は一層堅く辞退した。見送られるのは気詰りだ、独りで立つ方が気楽でいいとさえ云った。

「いくら、東京や東京人がおいやになったからって、そんなにコソコソとお立ちになら

なくってもよろしいじゃありませんか」

「ハハハ。そう皮肉を云われちゃ、田舎者は返事にも困りますな」

「わたしは、国府津くらいまでもお見送りしたいと思ってるんですよ」

保は平静にそう云ったが、心の中にはある企みを有っていたのであった。汽車の中でも、周囲の乗客が夜の眠りに誘われている間に、この逞しい田舎老人の首っ玉を締めて確実にその息の根を留めたなら、みじめな衰えた気持になっている自分の心にも、再び強い力が湧いて出そうに空想された。渡瀬の庭でやった行為が疑う余地もなく自分にだけは事実として確かめられて、自分で自分の心の薄弱さに萎れて迷っていなくってもいいように思われた。

十三

四人は別れの話などしながら晩餐を終った。岩淵老人は、下関直行の発車時間を調べて、俥で出かけることにした。保は、老人が辞退して、母親も危かしがるのにもかかわらず、押して見送ることにした。

「じゃ、誠三も一しょに行っといでな」と母親は、気乗りのしない誠三を、兄に随けてやろうとした。

で、兄弟は、老人よりも一足先きに家をでて、電車で東京駅へ向った。

「伯父さんは大変金を持ってるんだね。蓄音機のレコードを買いに行った時に見ると、提鞄の中に百円札の束を入れていたよ」と、誠三がいうと、

「あの人は、東京でどっさり買物をするか、老後の思い出に紙幣(さつ)びらを切って遊ぶかするつもりで来たらしいんだ。それで初めのうちは、自動車に乗って料理屋通いなんかをしたらしいんだが、次第に金の減るのが惜しくなりだしたのだろう。若い時分から身代を殖(ふ)やすことばかり考えて来た田舎者だから、費(つか)ってるうちに、すぐに算盤(そろばん)を持ち出すようになるんだよ」と、保は云った。

「老人(としより)は大金を持っていても費いようがないだろう。僕なぞは、あの札束を一つ持っていたら、涼しいところへ好きな旅行が出来るんだが。……停車場へ行くのも、あんな爺さんを見送るためじゃつまらないな」

「だから、お前は行かなくてもいいよ。僕は大船か国府津くらいまで見送って来よう。汽車の都合で今夜は家へ帰れないかも知れんよ」

「何のためにそんなところまで行くんだい。止したらいいだろう」

誠三は怪しんで思い留まらせようとしたが、保は、「東京を少しでも離れて見たくなったから僕の勝手で行くのだ。お母さんには秘密(ないしょ)にしといてくれ」と、言葉に力を入れて云った。

「そりゃどこへ行こうと、兄さんの勝手だが、大丈夫かい、間違いがあっちゃ困るから

ね」

「お前は森山のでたらめな言い草を信じておれの頭脳を疑ぐってるのか」

「そんなことはない。兄さんが調子外（はず）れの人間でないってことは、僕は誰れよりもよく知ってるよ」

「兄弟の心が見透せないようじゃ駄目だね。……とにかく、おれの邪魔をしないで、おれの行きたいところへ行かせてくれ」

保はそう云って、停車場で老人を待ち合わせて国府津までの切符を買って、否応（いやおう）なしに一しょに汽車に乗った。

「そんなに遠方まで見送って頂いちゃ相済まんな」と、老人は気の毒がって、「あんたはこのごろはお暇なんだから、このままずっとわたしの郷里まで一しょに行きなすったらいいんだが、お母さんにお断わりせなんだから、そうもなるまいな」

「母に無断だってかまやしません。旅費さえ持ってれば、名古屋まででも京都まででもお伴していいんです」

「そんな突飛な真似をしちゃいけないから、そのうち旅仕度をして出直して、わたしの郷里へおいでなさい」

「わたしの旅行には仕度なんかいりゃしませんよ。旅費さえありゃ言い分はないんです。母へは汽車の中から電報を打っとけばいいんです」

保は謎をかけるようにそういったが老人は旅費を立て替えてやろうとは言い出さなかった。保は、今夜のうち生命がどうなるかも知れない運命を背負っている老人が、物惜しみをして、持っている大金の端くれをも、知人のために取り出そうとしないのを、人間の剛欲(ごうよく)の標本のように思いなして、侮蔑と憎悪を寄せた。そうして、亡父の親友であったという親しみをも、自分に多少の好意を持っている老人だという情愛をも、努めて押し潰してしまって、ただの剛欲な生物として相手に対していると、胸に抱いている殺意に勢いが加わった。

「伯父さんは寝台をお取りになるんでしょう。場所が空(あ)いてるかどうか訊いて見ましょうか」と云うと、

「寝台なんか浪費(ついえ)だから、どちらでもいいんだが……」

「でも、大分込んでますから、寝台ぐらいお奢(おご)りになってもよろしいでしょう」

「そうじゃな。老人だからそのくらいな楽はしても罰は当たるまいな」

「早くそう云わなきゃいけませんよ」

保は、通りがかりの給仕を呼んで頼んだ。幸いに、上段の場所が一つだけ空いていた。保自身は、まだ一度も汽車の寝台に寝たことがなかったので、寝台を寝心地のいい極楽みたいに空想したりしていた。

「用意が出来てるんですから、わたしにかまわないでおやすみなさい」

と勧めると何となしに保を煙たがっている老人は、すぐにも寝台へ行きたかったが、「じゃ、コーヒーでも飲んでお別れをすることにしようか」と、お愛想を云って、保を食堂へ誘った。一夜の旅の老若男女の寝様や坐り様に目を配りながら、保は幾つかの車室を通り抜けて食堂へ入った。そこにも、飲んでいる者食っている者が幾十人かいたが、保の知った顔は一人もいなかったので彼れは安心した。

「麦酒でも召し上るか」と、老人は食卓に就いてから云ったが、保は、

「いや、わたしはコーヒーがよろしい」と云って、自分が酒を斥けたばかりでなく、老人にも勧めなかった。頭脳に潜めている殺意を実際に現わすに当って自分で酒の力を借りるのを厭わしく思ったし、酔った者を相手にするのをも好まなかった……渡瀬の庭でやったような夢心地の所行でなしに、磨ぎ澄ました頭脳で、冷静的確に、志ざしていることを実行して、自分の心の力を見るのだ。

　保はゆっくり、二個の西洋菓子と一杯のコーヒーを飲食しながら、老人の喉仏の動くのを見ていた。食物を嚥下するたびに動いているその喉仏の上に、保自身の手が非凡の力をもって、圧しかかる有様が保には絶えず想像されていた。

「これも経験の一つだと思うて飲んでいるのだが、コーヒーというものは、苦いばかりで少しもうもうない。お菓子でも西洋物の味は、日本の羊羹などに比べると、殺風景極まる」といって、老人は汚れた口の端を鼻紙で拭った。

「食物ばかりじゃなくって、今度東京へいらっしゃって、いろいろ珍らしい経験をなすったんでしょうね」と保が訊くと、

「見るもの聞くものが、みんな珍らしい経験でした。生きておると、いろいろなものが見られる、長生きはすべきものですな」

「人間は年齢をとっても、世の中の面白さは若い時分と違わないものなんでしょうね」

「さあ。……わたしなぞは、一生の勤めをやって来たわけだから、これからは安楽に日を送りたいとばかり思っておるのじゃが、あんた方若い人はそうでもあるまいな。……お家に泊っていて様子を見ると、あんたは何かしら迷うていなさるようじゃが、若いうち迷うのはありがちのことだけれど、よう気をおつけなさい」老人は真面目にそういって、快活に笑って、「田舎もののくせに、学問のある人に向ってよけいな差出口を利くのはよくないことじゃ……さあ、これでお別れにしましょう。こんなに遠方まで見送って頂いて、わたしも心残りがありませんわい」

老人は座を立って、元の席へ戻って、煙草を一本吸うと、身の廻りの荷物を給仕に預けて、寝台の方へ案内させようとした。保はさまざまな姿勢をしている乗客の目を見廻した。幾十の目が、老人と、保との二人を記憶に留めようとしていると考えながら、これだけの目が注がれている真中で、老人の喉っ首を圧えて息の根を止めたなら、おれの手に隠然具わっている殺人的魔力を、誰れも疑うものはあるまいと、ふと空想するとと

もに、「そんな愚かなことを考えるようじゃ、おれの頭脳も多少狂いかけてるのかな」と、独り笑いを漏らして、「みんな、そういう目をしておれの顔を見てよく覚えていろ」と、心の中で叫んで、給仕に導かれる老人に随いて寝台の側までいった。そしてそこで別れを告げたが、下の段の寝台にはまだ客が来ていなかった。

　保は予定の目的に向って躊躇しなかった。枕に頭を下して、楽々と手足を伸ばしたばかりの老人の喉仏は不意に、重石で圧せられたように、保の手から伝わる力のために、幽(かす)かな唸(うめ)きを漏らす余裕さえないように、息を絶った。

　咄嗟の間に死骸となった老人の逞しい顔面を見つめてから、保はそこを離れて、間もなく汽車が国府津に着いたのを幸いに、平然として外へ出た。もはや夜が遅くって上り列車はなかったので、駅前の旅館に泊ることにしたが、彼れはあたりの人目も恐れることもなく、ただ激しい心身の疲労を感じて、寝床へ入ると死人のようになって眠った。

　翌朝、昏睡から醒めて廊下へ出て、涼しい汐風(しおかぜ)に吹かれて、大海を見渡していると、東京の自分の居室(いま)などは掃溜(はきだ)めの箱のように思われた。何年目かに汚れた都会を離れて、清浄な世界に身を置いた彼れは、どちらかが夢であるような気がした。

　しかし、昨夕(ゆうべ)の所行は夢ではないのだ。旅館の柔らかい寝床に横たわっていた間に見た夢ではないのだ。「渡瀬の庭でやったことは夢であったとしても、昨夕汽車の寝台で行った兇行(きょうこう)は夢ではないのだ。おれのこの目で確かに見たのだ。おれのこの手で確かに殺したのだ」彼れは、二度も続けて頑丈な男の息の根を雑作なく絶つことの出来たほど、自分の細い腕に、非凡な力の潜んでいるのを不思議に思った。死者を憫(あわれ)んだり、警察の目を恐れたりするよりも、自分の持っている力に対する歓喜の思いが強かった。勇ましい大海の波濤(はとう)や赫(かがや)く夏の光の中に自分という人間が活き活きと生きているようであった。

宿の前の砂の上を少しの間歩いた後で、不断よりも多量にかつ味わいよく朝餐を食べた保は、直(ただ)ちに帰京するはずの予定を変じて昼の間は箱根で遊んで、日暮れごろになってから帰京の途についた。浜辺の砂の上ででも、山間の緑樹の下ででも、彼れは、自分の精神がこのごろになく冴え冴えしているのを覚えた。

「おれは隠れた力を有(も)ってる人間だ。おれの頭には異状はないのだ。おれは狂人なものか」

小田原から東京までの汽車の中で、彼れは、昨夕の変事が世に伝わっていることを予想していた。夕刊を開いている人の目は、車中の殺人記事に注がれているように思われた。客と客との囁(ささや)きもその事件に関係しているように思われた。変装している刑事探偵の目が自分の方へも注がれているのじゃないかと疑われた。

名古屋あたりか京都あたりか。岩淵老人の変死が見つけられたのは、夜があけて寝台が取り片づけられる時分だったに違いない。それから死因が検査されて、枕もとにあった手提鞄や、給仕に預けられた荷物が調べられたに違いない。……「そうして、ふとすると、給仕の口から、同行者のおれに嫌疑がかかっているかも知れない」

保は東京駅でおりると、非常線を突破するような気持で、まず江戸川べりの家へ向った。例の主婦（かみさん）は何の気なしに迎えてくれた。

「昨夜はしなちゃんが遊びにきて、あなたがいらっしゃるはずだといって、遅くまでお待ち申していたのですよ」と、主婦がいうと、保は約束した指環のことも思い出して、

「それはすみませんでしたね。昨夕は客が来たものだから」と言いわけして、「今夜は急用があって森山君に会いたいんですが、すぐに呼んでもらえませんか」と頼んだ。

主婦が留守を頼んで出て行くと、保は茶の間に寝そべっていたが、すぐ側にその日の夕刊らしい新聞が置かれてあったので、彼は気味の悪い思いをしながら、引き寄せてそっと開いて見た。大きな活字の見出しを見廻したが、それらしい記事はどこにも出ていなかった。そんなはずはないがと、むしろ物足らない思いをして、隅から隅まで捜したが、二三の傷害記事はあっても、肝心な大事件については一行も書かれていなかった。

「いくら遅く発見されても、もう東京の新聞に知れていなきゃならないはずだが、警察の方で記事の差し止めをしているのか」

世間ではまだ誰れも知っていないのかと思うと、保は張合い抜けがした。そして、森山が主婦に連れられて訪ねて来ても、茫然としていた。

二人で二階へ上って差し向いになると、「急用といってどんな御用なんです？」と森

山は腹の中でうるさく思いながら訊ねた。

「直接に君に用事があるんじゃないよ。君とこの女主人公に至急会う必要があるんだ。早速会えるように道をつけてくれたまえ」

「それは困りましたね。……わたくしが承まわって奥さんにお伝えしちゃいけないんですか」

「君は悠長だね。人伝てで足りるようなそんな呑気な用事じゃないんだ。それに一刻も争うような場合なんだよ」

「へえ、そんな大事件が急に起ったんですか」森山は揶揄うような笑いを洩らして「先生はこのごろは、しきりに平地に波瀾をお起しになるじゃありませんか」

「愚弄しちゃいけないよ。君は僕を見くびってるが、僕には君の知らないような力があるんだ。自分でそれを確信してる」

「へえ。それは結構です。長い間自暴自棄していらっしゃった先生が、そういう自信をお起しになったのなら私の望みも達せられたわけなんです。先生を無理に憂鬱な書斎から引っ張り出した甲斐がありますからね。しかし、それほど御自分の力を確信なさるようになったのなら、もっと落ち着いていらしったらよろしいじゃありませんか。奥さんは決して先生を棄てて逃げやしませんよ。それは私が保証いたします」

「君の観察は悠長だ。僕が力の確信を得たために、どれほど僕の身の周囲に危険が伴ってるか、君にはまだわかっていないんだね」

「世間がうるさいから、当分のうち、渡瀬家を遠ざかっていらっしゃい。つまらない危険を冒さない方がいいんですよ。庭木戸を打ち壊したりなんかしてつまらないじゃありませんか」

「僕のいう危険はそんな子供じみたことじゃないよ」保はもどかしそうにいった。

「じゃ、例の犯罪の一件ですか。……先生はまだ悪い夢に魘(うな)されていらっしゃるんですか。自信の出来た方に似合わないじゃありませんか。……先生のそんな繊弱(かよわ)い腕で、大の男の生命が取れるか取れないか、常識のある者にはわかっていますよ」

「……僕はゆうべ東海道の下り列車の寝台で、田舎の老人を殺したのだ。渡瀬の庭でやったと同じ手段で殺したのだ」

保は森山の無理解なのがもどかしくてたまらなくなって、ふと、沈痛な顔をしていった。森山は黙って保を見つめて眉目を曇らせた。

「君はそれをも疑っているのなら、あすの新聞をよく読んで見るとわかるよ。きょうのどの夕刊にも出ていなかったのなら、遅くもあすの新聞にはきっと出るだろう。もしも新聞に出ないようなら警察が記事を差し止めてるのだから、犯人が捕まったら詳しく出るだろう。その犯人は僕だ。殺された老人は君が先日僕の家で会った岩淵寛助という男だ」

「じゃ、先生のお父さんの御親友だった人じゃありませんか。……何のためにそんな残酷なことをなすったのです？」

「君はそういって僕を裁判するのか」

「いや、殺害の理由が私には分らないからお訊ねしただけなんです」

「僕は今はじめて事実を打ち明けたのだが、君が警察へ密告しようと思うのなら密告してもいいよ。……しかし、僕はその前にとき子さんに一度会わなきゃならない。君も邪魔はしないだろうね」

「そういう大変な場合なら、むろん家の奥さんにお会わせするように尽力しますが、私は物好きに密告なんかはいたしませんよ。迂闊に密告でもしようものなら、私の方が警察から大目玉を喰わされるでしょう。……先生も私には何をおっしゃってもよろしいが、他の者にやたらにそんなことをおっしゃっちゃいけませんよ」

「じゃ、僕がでたらめをいってると、君は思ってるんだな。……今思い出したが君は昨日誠三を社へ訪ねて行って、僕の頭脳が狂っているから気をつけろと警戒したそうだね。……僕の精神錯乱の証拠はどこにあるんだ？　ハッキリ云って見たまえ」

「私は先生を狂人だなんて云った覚えはありませんよ。誠三さんはどうしてそんなことを云ったんでしょう」

「いくら、君が弁解しても、君が僕を信じていないことはよく分ってるよ。……僕は自分で自分の道を取るよりほかないのだ」

　保は慌だしく座を立って階下へ下りて、主婦に向って、「おしなさんという女には、明日にでも約束の指環を持って来ると云っといて下さい」と云って戸外へ飛び出した。そして、森山が帰らぬ先へと渡瀬の家へ急いだ。……「おれを知っているのはとき子ばかりだ。とき子は庭園の殺人をおれの所為だと信じている。寝台の殺人をも信じるに違いない」

十四

　渡瀬家の潜戸を入っていった保は、はじめて大っぴらに玄関から訪れた。取次ぎの小女に、明らさまに名前を名乗って、女主人公に面会を求めると、「どういう御用でございますか」と、小女はもったいぶって訊き返した。

「用事は奥さんにお目にかかった上でいいます」

「奥様はお加減が悪くって、このごろは何方にもお会いにならないんでございますが」

「とにかく奥さんに取り次いで下さい」

　保が迫るように云ったので、小女は不承不承に奥へ入っていったが、返事が手間取って小女は容易に玄関へ出て来なかった。それで、保がいらいらしているところへ森山が帰って来たが、驚きと恐れを隠し得ないで、「何しにいらしったんです?」と、例になく露骨に咎めた。

「君はまた邪魔をしようとするのか」

保はふと反抗的な態度を見せていった。

「まあ私の部屋へいらっしゃい」と、森山が保の手をとると、保はその手を払い退けた。が、森山が再び手をとって連れていこうとすると、保は自分を疑っているこの男にこそ、おのれの力を見せて思い知らせてやろうと、咄嗟に思いついて、とられた手を振り退けるや否や、相手を後からかい抱いて、その喉っ首を締めようとした。

「何をなさるんです？」

森山は苦もなく保を突き退けて、「神経をお鎮めにならなきゃいけませんよ。まあ、私の部屋で休んでいらっしゃい」といって、保の身体を引っ抱えるようにして、自分の居間へ連れていった。

保は今度は争わないでおとなしく随いていった。自分の腕に潜んでいると確信していた力が、森山に対しては何の効果もなかったことが腑に落ちなかった。

「あんな戯談をなすっちゃいけませんね。先生は此家の庭で殺人のあったことを気にしていらっしゃるからいけないんです。先生の腕力は先生が犯罪者でないことをよく証明していますよ。私のような弱いものでさえ、先生くらいな腕力じゃ絞め殺されやしませんからね」

「どうも不思議だ。……あの頑丈な老人を雑作なくやっつけた僕が、君くらいなものをどうもできないのは不思議だ。君の身体には見かけによらない非凡な力が潜んでるのだろうか」

「なに。私は御覧のとおりの弱虫だし、先生だって決して腕っ節は強かあないんだから、そんな暴力自慢な話は止しましょう。滑稽ですからね。……先生に喉を締められたはずの田舎の御老人は、今時分は、郷里のお家で、旅疲れで、安眠していらっしゃるでしょう」

「君がそういえば、そんな気がするよ」

「それ御覧なさい。先生はこのごろ突飛なことをおっしゃって私を脅かしなさるからいけない」

「実はこうなんだよ……」

保は昨夕見送りという口実をもって東京駅を立ってからの経過を、隠すところなく話して、「僕は老人が目をつぶると、すぐに喉を圧えつけて、死相をよく見届けて来たつもりなんだが、あの老人はずるい人間だから、わざとあんなざまをしていたのかも知れないよ」

「滑稽ですね。しかしそんな戯談はこれからお止しにならなきゃいけませんよ」

「僕が生命がけでやったことも、君の目には滑稽に見えるんだから情けないね」

保は情けなさそうにいって萎れた。せっかく胸に湧いていた自信がぐらついて、先日から影を追い影におびえていた自分の所行が、自分の目にも滑稽に見えだした。

「ここの庭であった犯罪を僕の所為だと睨んでるのは、この家の女主人公だけだと思ってたから、今夜会って秘密で汽車の殺人話をして、自分の身の仕末を相談しようと思ってやって来たんだが、会わないで帰ることにしよう」

「家の奥さんは今日は暑さ中りで少しお加減が悪いんですから、お会いにならない方がよろしいでしょう。今夜は、田舎のお客がいらっしゃらないんだから、お宅の二階でゆっくりお休みなさい」

「それがいいだろうね」

保は、森山がいては、とき子に会いにくいだろうし、よし会えるにしても、森山などの監視の下で会うのじゃつまらないと思って、冷しサイダを一杯饗ばれただけで、スゴスゴと暇を告げた。

彼れが自分の家へ帰ったときには、母親と弟とは保の身について不安にかられているところであった。

「お前はどこまで見送ったのだい。途中で間違いがなけりゃいいがと、どれほど心配してたか知れやしないよ」母親は、ぬっと入って来た保の顔を見ると、生き返ったように元気づいて云って、「それに、誠三がよけいなことを云うもんだから、あたしはどれほど脅かされたか知りゃしない。今夜のうちに帰って来なきゃ警察へお届けしようかと思ってたところなんだよ」

「わたしの行方を警察に探してもらおうと云うんですか」保は皮肉な笑いを洩らして
「それもいいでしょう。しかし、今度に限って、なぜわたしが一日や二日家を空けたのを心配するんです？　お母さんが望んでたように、わたしは世間へでて働いてるんだからいいじゃありませんか」

「それや、わたしは、今さらお前のすることに干渉はしないけれど。ね。昨夕は岩淵さんをお見送りしたんだろうね」

「誠三の見ていたとおり、一しょに汽車に乗ったんですもの。それは間違いはありません。……遠方まで見送って上げたのだから、伯父さんも郷里へ着いたら、電報くらいよこしそうなものですね。まだ来ていませんか」

「電報を打つという約束を伯父さんはしたのかい」

「約束はしませんが、あの人が着いたか着かないかは、わたしにとっちゃ重大問題なんですよ」

「どうして？　汽車の中で何事かあったのかい」

誠三がふと訊ねたので、保は弟の質問を怪しんで、弟の様子に注意しながら、しばらく黙っていた。

「兄さんも森山なんかと親密にするからいけないんだ。僕は今日森川町へ行って遠山さんに会って、兄さんのことをよく頼んどいたよ。報酬の廉い仕事でも勤めたらいいだろう」

「仕事も仕事だが、その前にお母さんにお願いしたいことがあるんですよ。……ほかでもない。わたしは、きぬ子を呼び戻して、貧乏世帯でもいい、平和な生活をしたいと思ってるんですが、お母さんも、わたしが一晩家を空けたことを心配なさるくらいなら、同意して下さるでしょうね。わたしは、大それた自惚れを起さないで、縁があって一度夫婦になったきぬ子と、一生暮すのが分相応だと、今夜はしみじみ思ってるんです」

「わたしも呆れてしまうよ」母親の目は今までと打って変って、意地悪く光った。

「お前は相変らずの意気地なしなんだね。誠三の話だと、お前は頭脳の調子が狂って、どんな乱暴をしだすかも知れないということだったが、きぬ子に未練を残してぐずぐずいったりするよりゃ、乱暴でもした方がどれほど男らしくっていいか知りゃしないよ」

「そうですか」

　保は勢いのない声でいった。誠三は兄の意見に同意して、傍から母親を説き伏せようとしたが、母親は剛情を張って聞き入れなかった。

「何のためにわたしが、この年齢で下女も使わないで、働きどおしに働いてると思ってるんだい。あんな女を呼び戻すくらいなら、わたしはこんなに手足を棒にして苦労していやしないよ」

世間にきぬ子のほかに女がないのじゃあるまいし、お前も男なら、どこへでもいって気に入った女を捜して来たらいいじゃないかと、母親が口汚なくいうのを、保は首垂れて聞いていたが、やがて、黙って二階へ上っていった。

母親に逆らう力さえも、保は失っていた。明日からまた、以前のような蟄居生活を繰り返すのかと思うと、生きる瀬はなかった。

彼れは寝床につく前に、ふと机の引出しを開けて指環を見つけると、「こいつは、約束どおり、江戸川べりのあの女に贈って、せめてあの女だけでも喜ばしてやろう」と、それを差し当っての一つの楽しみにした。

指環は紙に包んで小箱に入れて机の上に置いて保は眠りについたが、翌朝早く、珍らしくも、誠三によって揺り起された。

「兄さん、大変なことが出来たよ」誠三の声は低かったが、力が籠っていた。

さては岩淵老人の身の上だなと、保は胸を騒がせながら、努めて落ち着いた気振りを見せて起き上った。見ると、弟は青い顔して新聞を手に持っていた。

「変ったことが新聞に出てるのか」

「岩淵の伯父さんが汽車の寝台で死んだのだよ」

「そうか。……それで、犯人がまだわからないんだな」保は異様な興奮を感じた。昨夕の萎(しな)びた頭に活気が湧き立つようで、繊細(かぼそ)い手にも、世を覆(くつが)えすほどの魔力が漲(みなぎ)ったようであった。

「殺されたんじゃないよ。伯父さんは頓死(とんし)したのだ、脳溢血(のういっけつ)だという医者の鑑定だ」

「それは疑う余地はないんだな」

「そうだろう。鞄を開けて検(しら)べて、郷里の家へ知らせたらしい。死骸は名古屋でおろされたのだが、手提鞄の中には千円あまりの紙幣(さつ)が入ってたそうだよ」

「じゃ、名古屋で発見されたのか」

　保は弟の突きつけた新聞を手に取って、弟の指差したところに目を留めたが、そこにはあたりまえの活字で、簡単に旅客の死が報道されているだけであった。警官や医師の検分によって、病死ということに一点の疑いも挿(さしは)さまれていなかったので、保は気抜けがしてしまった。

「兄さんは国府津でわかれたのかい。その時伯父さんは何ともなかったのだろうね」

「うん」保は気のない返事をして、「お前は伯父さんの死んだことについて、何か思い当ることがあるのか」

「あんな頑丈な人がと思うと、無常が感ぜられるばかりだ。あの老人は、大金を持っていながら、東京で使いもしないで、つまらなく死んじゃって。……倹約ということは馬鹿なことだね」

「そうだ。おれはあの時にこっそり手提鞄を取って来ればよかった」

「お母さんはがっかりしてらあ。あの人をたよりにしていたのだから」誠三は出勤時刻が迫っているので、死者について語り交わす余裕はなくって、「とにかくすぐに弔詞をいってやらなきゃなるまいな。これで、名古屋で死骸がおろされたからいいようなものの、もっと近くであの人の病死が発見されていたら、僕の家からも誰れか出かけなきゃならなかったのだね」といって、階下へ下りた。


　岩淵老人の命数は、急激な病死でおわりを遂げたのか。おれが喉へ手をやった時には、彼れは偶然脳溢血を起していたのか。それとも医師の見違いであるか。……保は、何が何やらわからなくなってしまった。


　階下へ下りると母親が哀傷と失望と怪訝の思いに耽けっていた。

「どうせ人間は一寸先が闇なんだから、一昨日までここにいた岩淵さんが、ポックリ死んだからって、そう驚くには及ばないのだけど、行倒れみたいに汽車の中で死んで、身内の誰れにも介抱されなかったのは、死に方があまり惨いように思われるよ。あの人は真実に頓死したのかしら。保はどう思うの？」

「わたしも、さっきからそれがわからないんで困ってるんです。死んだ人はどこで死のうと何で死のうと、死んだあとは同じことでしょうが……」

「でも、病死と極ってよかったよ。誠三が今朝新聞を読んで伯父さんが汽車で死んだといった時にゃ、わたし頭へ血が上って後へ倒れそうだったよ」

「わたしの所為だと思ったんですね」

「そういうわけじゃなかったけど、お前が見送りにいったのだからね」

「わたしの所為だったら、お母さんは喜んでいいじゃありませんか。わたしの足音で、負けて帰ったことがわかったとお母さんは、先日怒ったじゃありませんか。乱暴をした方が男らしくていいと、昨夕もいったのだし。……わたしも実はお母さんに同感なんです。伯父さんの死んだのが、わたしの所為だったらいいですが、それがわからなくって、さっきから困ってるんです」

「戯談おいいでないよ」

「へえ。お母さんも森山同様に、わたしのすることを滑稽に見るんですね」

「いくらお前の頭脳がどうかしていたっても、まさか、あの人の手提鞄を狙って見送りにいったんじゃあるまいしさ」

「ああ、そうですか。伯父さんの千円入ってる手提鞄が無事に残ってたから、わたしの所為じゃないと思ったんですね」

保はそういって、母親の心こそ、手提鞄を持った老人の後を追っていたことに思いおよんで「病死でも変死でも、どうせあの人は死んだのだから、わたしはあの時こっそり手提鞄を取って来りゃよかったんですね」

「いくらお前がお金に目がくらんでも、わずか千円のお金のために犯罪人になる覚悟はつかないだろう」

母親は知人の死に対して不謹慎な口を利くのに気が差して、弔詞(くやみ)や供物を贈る相談をしだした。

「わたしが手紙を書くんですか」

「早く書いて出したらいいだろう。田舎ではみんなが気を落していることだろうよ。よく慰めてお上げな」

保は母親のいいつけに従って、机に向って筆を採ったが、機械的に弔辞を書き続けているうちに、死者の面影が紙の上に浮んで、懐かしみをさえ感ずるようになった。そして、あんな逆行を企(たくら)んだのは、一時の気の狂いのように思われて、悔悟の念に責められだしたので、弔辞を他所(よそ)に、明らさまに自分の所行を述べて、遺族に向って罪を詫(わ)びた。

その手紙と一しょに出すはずの、霊前の供物を、母親のいいつけに従って買い調(ととの)えるために、神楽坂へ出ていった保は、かの指環の入った小箱も懐中に忍ばせていった。そして、岩淵の遺族に宛てて贈るものを郵便で出したあとで、江戸川べりの家へ寄って、主婦(かみさん)に頼んで指環をおしなに渡してもらおうとすると、

「ちょうどいいところへいらっしゃった。あなたにお言伝(ことづ)てを頼まれていますのですよ」と、主婦はいった。

「誰れの言伝てです？」

おしなという女からかと思いながら、保が訊き返すと、

「渡瀬様の奥様なのです。あなたが今夜にでも此方へいらっしったら、ちょっとでもお会いしたいから、秘密（ないしょ）で知らせてくれとおっしゃったのです」

「そうですか。わたしの方では差し支えはありませんが……」

保は胸の鼓動を潜めて、何喰わぬ顔していった。

「夜分でなければ奥様の御都合が悪いのか知れませんが、とにかくお知らせしてまいりましょう」

主婦は早速仕度をして出かけた。保は夢見るような気持で、とき子に会えるのを楽しみにして待ち受けながら、心の一方では、彼女に会うのが何となくおそろしかった。渦の中にまき込まれるような気がした。

主婦はせかせか息を吐（つ）きながら帰って来て、「奥様は後からすぐにいらっしゃるそうです」といって、保を二階へ上げて、散らかった物を片づけて、入口の掃除などをした。

「あなたは以前からあの人を知っているんですか」と保が訊くと、

「いいえ、このごろ森山さんのお引合せで、お近づきになりましたのです」

「あの人はこのごろ、どんな風にして暮してるんでしょう」

「お亡くなりになった旦那様のお墓詣（はかまい）りにいらっしゃるほかには、家にばかりいらしっ

て、日にいく度も御仏壇の側でお経でも上げていらっしゃるようじゃございませんか。わたくしはよく存じませんけれど」

「それは感心ですね」保は口先だけで調子を合わせた。

「わたくしどもでもあのお家へうかがうと、気が滅入るようでございますわ。女中さんなんか、夜になると気味が悪くて、ちょっとした足音を聞いても胸騒ぎがするといっていらっしゃるんですよ」

「何しろ人殺しのあった家ですからね」

「どうして犯人が捕まらないんでしょうか。知恵も力も並みの人間と違ってえらいんですね」

「その犯人は僕だといっても、主婦(おかみ)さんは信じないだろうね」

「御戯談を……」

主婦は、保の顔を見上げると、何となく怖くて、口から出かかった笑いがふと止まった。

十五

そこへ、とき子は俥(くるま)でやって来て、主婦に二三言お世辞をいってから、階子段を上った。夜ばかり彼女に会っていた保は、真昼間の光ではじめて彼女を見たので、目が眩しいようであった。

「何だかしばらくお目にかからないようじゃございませんか」と、ちょっと会釈してそういった彼女の声は明かるかった。

「あの後あなたはどうしていました。身体の加減が悪いって、本当ですか」

「別段病気なんかしてやしませんわ。あなたが表玄関から大びらにいらっしゃるからいけないんです」

「だって庭木戸には錠をおろして、誰れも入らせぬようにしていたじゃありませんか」

「乱暴なさるからいけないのよ。あんなことなさるのが人に知れてごらんなさい、あなたはそれでおしまいじゃありませんか。森山はあなたのためにいろいろ弁護してるから、わたしおかしくってなりませんの。……汽車の中で田舎のお老人が変死なすったことも、わたし、今朝森山に云われて新聞で読みましたよ」

「それで、森山はわたしのことを云って嗤い者にしたんですね」

「あなたも、森山にそうアケスケお腹の中のことをおっしゃるものじゃありませんよ。わたし、それを御忠告しようと思ってまいりましたの。あなたの恐ろしい秘密は、わたし一人が気づいてるだけなんですから、あなたもそのつもりでいらっしゃらなきゃいけませんよ、あと、もう一月か二月たったら、わたしの家の跡始末も綺麗に片づいてしまうでしょうし、警察の方の殺人調べもあきらめをつけて御中止になるでしょうから、そうしたら、わたしたち二人とも、生まれ変った晴れ晴れとした生活ができるのじゃありませんか。……女のわたしでさえ辛抱して家に籠って、親類や傍の者から嫌疑を受けないように慎んでいますのに、男のあなたにそのくらいな御辛抱が出来ないようじゃ頼もしくございませんわね」

「あなただけが、僕にも殺人の力のあることをよく認めているんですね。……新聞に出ていた老人の変死も、僕の所為だと、あなただけが信じているんですね」

保は、この柔しい顔をしたとき子が、悪事についてはどうしてそんな鋭い目を有っているのかと怪しみながら、熱心に訊ねたが、

「あなたは、わたしにまでそんなことをおっしゃって」と、とき子は笑って、「いくら、強い腕を持ってらしっても、恨みも憎みもない方の生命まで取ろうとお思いになりゃしないでしょう」

「恨みがないといえば、お宅の庭で死んだ人にだって、僕はちっとも恨みなんか持ってやしませんよ」

「でも、あの人にはわたしが恨みも憎みも有っていたのじゃありませんか。あなたがわたしたちの妨害者をはぶいて下すったのです」

「いや、僕はそんなことを考えてやしません。汽車の中の殺人も、ふっと殺したくなったから殺したのです。森山は、僕の痩せ腕で人間の生命なんか取れるものかと云うんで

すけど、あなただけは、この瘦せ腕にでも非凡な力のあることを認めてくれるんですね。そういう力がわたしになければ、いくらあなたが恋しくっても、あなたと一しょに世を渡っていくことはできそうじゃないんです」

　保が調子づいてそういって、羸弱い腕を捲って見せるのを見たとき子は、じりじり後退りして、

「何だか剣呑ですわね」と、強いて笑いを洩らした。

「僕のこの腕が斬れ味のよさそうな刀のように見えるんですか」

「御自分でそうお思いになるの？……でも、いくら斬れ味がよくっても、汽車の中なんかでお試しになりゃしないでしょう。そんなことを迂闊におっしゃるもんじゃありませんよ」

「あなたまでも森山と同じことを云う……僕は白昼公然と腕を試して見たいと思ってるくらいなんです」

「じゃ、うっかりあなたのお側へは寄れませんわね」

　とき子はふと萌した恐怖を露わに顔に現わして、冷やかにいった。

「あなたは、この間の晩縁側で僕の顔を見るとすぐに逃げ込んだ時のような顔をして僕を見ていますね。でも、ここはあなたの家じゃないから隠れるわけにはいかないでしょう」

保は自分に対するとき子の情は冷めてしまっていると自分極めに極めて、憤るよりも悲しむよりもさきに萎れていた。そして、

「僕は以前の僕で、あなたのお伴のできる資格はないんですね」

「なぜ、そんな心細いことをおっしゃるの？　あなたのお心持一つで、将来の二人の上に幸福が待ってるんじゃありませんか」

とき子が口先だけでそう云って、逃げ仕度をしているのは、保にもよく分ったが、すると、この女に会うのもこれが最後で、口では何と云っても、今後はおれを避けるつもりだろうと思われた。

「主婦さん……」と、とき子は、ふと階子段の方へ向って、高い声で呼びかけて、「お茶でも入れさせましょう」と保に向って言いわけをした。

「主婦さんなんか呼ばなくてもいいでしょう。あなたも僕を狂人扱いするんですか。仮りに僕が今あなたの喉を絞めたにしても、僕は決して気が狂ったのじゃありません。しかし、僕はあなたに対してはそんな乱暴なことはしないから、それだけは安心していらっしゃい……あなたが僕の犯罪の告発をして、警察の手へ僕の身体を渡しても構いませんよ」

「大きな声でそんなことをおっしゃるものじゃありません」

とき子が眉を顰めて慌てて圧し留めているところへ、階子段から顔を出したものがあ

ったが、それは主婦ではなくって、おしなであった。

「何か御用でございますか」と、おしなは二人の顔を不思議そうに見比べながらいった。

「お茶を頂きたいんですが」と、とき子がいったが、保はおしなの顔を見ると「いつの間に来ていたんです？　ちょうどいいところでした」と、飛びつくようにいって、「あなたに約束したものを持って来てるんですよ。さあ上げましょう」と、懐中に挟んでいた指環を入れた小箱を取り出して、女の方へ向って押しやった。が、おしなは、すぐには手を出しかねて、

「頂いてもよろしいのなら、わたしあとで頂きますわ」といって、階下へ下りた。

　とき子は、訝(いぶか)しげに小箱を見やって、

「あの女(ひと)に何をおやんなさるの？」

「あなたに貰った指環が入ってるんです」と、保は平然としていったが、それを聞いたとき子の目は、にわかに嶮(けわ)しくなった。後退りしていた座を前へ進めて、

「指環をあの女にお上げになるわけがおありになるの？」

「わけも糞もありません。あの指環は母が質草(しちぐさ)にしていたのを取り上げたのですが、あの女はそんなものでも欲しがってるらしいから、喜ばせるためにやろうと思ってるだけです。あなたは指環なんぞいくつでも持ってるんでしょうから、一つや二つはどうでもいいでしょう」

「じゃ、わたしの手から奪ってらしった指環で、あの女を喜ばせようとなさるの？　それはいけませんわ」

「なぜいけないのです？　僕は女一人を喜ばせたことはないんだから、一度は喜ばせて見たいんですよ」

　保がふと気色ばんだのを、とき子はおそれないで、「それでは、あなたはわたしを侮辱なさるんですね」

「そう思いたければそう思っていらっしゃい」

「わたし不承知です。この小箱はわたしが頂いて帰りますわ」

　とき子が小箱を手に取ろうとすると保は飛びついて奪い返した。

「森山が心配していたように、あなたの精神には異状があるんです。まさかと思っていたのに、やはりそうだったんですね」

「精神に異状があるかないか、僕の知ったこっちゃない。……だけど、僕にはこれだけのことが出来るんです」

　保は敏速にとき子を摑まえて喉へ手をやったが、とき子が声を立てる間もなく突き放して、「僕は後悔の思いもしないで、あなたの喉を圧(おさ)えることができるんです。あなたと幸福な世の送れる資格のない僕だから、あなたの息の根を止めたって、毛頭後悔なんかしないんです。……だけど、僕に殺人の力のあることを知ってるのは、あなただけだから、あなたはいつまでも生かしておきます。渡瀬家の庭の犯罪者を、この世で知ってるのはあなた一人なんだから。あなたが僕を告発しようとも、それはあなたの勝手ですよ」

とき子は青い顔して、乱れた襟を掻き合わせていたが、そこへ、主婦とおしなとが上って来て、階子段の側で呆気に取られて、二人を見ていた。とき子はきまりが悪くて、すぐには帰りかねて、

「お茶を頂いてお暇しましょう。わたしの倖は待ってまして？」

「ええ、お待ちになっております」

「おしなさん。遠慮なしにこれを持っていらっしゃい。僕の記念なんですよ。人から苦情をいわれる気使いはないんです。僕が一月も前に生命がけの苦労をして手に入れた指環なんだから」

保はそういって、小箱から指環を取り出しておしなの方へ進んで渡した。おしなが躊躇するのを強いて押しつけるとすぐに、「じゃ、僕は一足先きへお暇します」と云って、さっさと階子段を下りた。

おしながニコニコして喜んだ顔の見られなかったのは、物足らなかったが、とき子の前であゝいった光景を見せたのは、何となく快かった。そして、得意然として家へ帰ると、母親は供物を郵送したことを訊ねたあとで、「いつかの指環はお前のところにある

んだろうね。なくしゃしまいね」

「あれは人にやりました」と、保は無雑作に答えた。

「しようがないねえ。あれはダイヤもダイヤも、本物のダイヤなんだよ。お前はあの指環を粗末にしてもいいくらいにお金儲けの口が見つかったのかい」

「いや、大財産にありつけそうだったのに、金の縁もすっかり切れちゃったのです」

「何だって？……わかるようにいってごらんな」

「伯父さんの手提鞄の中の大金も、見す見す取りそこなったし、……わたしは元の杢阿(もくあ)弥(み)なんですよ。お母さんの嫌いな貧乏をのがれる道はなくなったわけですよ」

「どうにでもするがいいさ。……渡瀬さんの家へいってまごまごして馬鹿にされて来たんだろう。誠三は森山さんから聞いてお前を見くびってるのだよ」

「じゃ、誠三にも合わす顔がないわけですね。……だけどお母さんや誠三は、わたしがこんなにしているのを見ても、よく平気でいられますね。わたしがあすの日獄門台に上ったらどうします」

「お前も自分の力で世を渡っていけないのなら、獄門にかかった方がましかも知れないのさ。ちょっと世間へ出て来ると、ビクビクして、青い顔してるようじゃ生きてる甲斐がないじゃないかね」

「先日(こないだ)うちわたしのやったことは夢とは思われないんだがなあ。……お母さんでも誰れでも、他の者がみんな夢を見ていて、わたし一人が醒めてるように思われるんだけれど、そうじゃないのかなあ」

「呆(とぼ)けたことをお云いでないよ」

　母親は笑った。この時、母親の目には、保の様子が滑稽に見えたのであった。わが子が精神錯乱者らしくなくって、おどけているように見えたのは、母親にとってまだしも安心であった。

　二三日経って、きぬ子との結婚の媒介者であった伊沢氏から面会希望の手紙が来たが、それは母親や弟が保に秘密(ないしょ)で頼んだためであった。保は礼服を着けて、夕飯前という時刻を違えないで出かけて行った。

「よく来て下すった」伊沢氏は心から喜んでいるように云って迎えて、あの事件の後、蔭ながら絶えず保の身の上を案じていたと云って、久しぶりに会った保の窶(やつ)れているのをも気遣ってくれた。

「いつぞやお訪ね下すったそうですが、あいにく出かけていまして失礼しました」保も世間的の改まった挨拶をして、用向きを訊ねた。きぬ子のことだろうなと予想していたので、

「先日お母さんにはちょっとお話しておいたのですが、あなたも一時の感情の行違いは水に流して、以前のような家庭を、も一度お持ちになっちゃどうです?」と、勧められ

ると、

「どうせほかの女と結婚の出来る僕じゃありませんから、きぬ子が承知して母も得心すれば、あなたのお勧めに従ってもいいんですが……」と、保は機械的の返事をした。

「お母さんも、このごろはそうなることを望んでいらっしゃるらしいんですよ」

「それは不思議ですね」

「お母さんのお心持も、このごろはお変りになったようです」

「じゃ、母も、我を張っていても、今のような生活に負けてしまったんですね」

「それは、お母さんもお歳がお歳だから、お一人で家事の整理をなさるのは、容易じゃないでしょうから」

「きぬ子もいい再縁の口がなかったのでしょうけれど、僕を以前の僕と同じ人間と思ってるんでしょうか」

「きぬ子さんは、ああいう方ですから、再縁なんて夢にもお考えになったことはありますまい」

「それはどちらでもいいですが、僕はきぬ子に幸福を与えられる人間じゃありませんよ。……こうしてあなたにお目にかかって、きぬ子のことなんか聞いてると、昔の世界へ戻って来たようですが、僕はしばらくの間地獄をうろついていたんですから」

「そりゃ、生きてるうちはいろんなことがあるんだから、あなたもすでに済んでしまったことを、そんなに苦に病まない方がいいんです」

「今日は今日、明日は明日のことにするんですね」

伊沢は洋食やビールなどを運ばせて、保を饗応した。保は飲み食いしながら、きぬ子が日常謹慎を続けていることや、彼女の両親も次第に理解がついて心の折れていることなどを聞かされていたが、ふと、樹木の茂った夕闇の庭を顧みると、そこに人影のうろついているらしいのが、微酔の目に映ったので彼れは箸を擱いて思わず立ち上った。

「どうなすった？」伊沢は驚いた。

「あしこに誰れかいるようですね。二つの目が松の木の側で光ってるじゃありませんか。我々の話を聞いてるんじゃないでしょうか」保は声を潜めて云った。

「あんなところに誰れもいる気遣いはありませんよ」

「そうですか」保は心を凝らして見直してようやく安んじたように、「あれは僕の目に見えただけなんですね。あなたなんぞに見えないわけだ」

「あなたは妙なことをおっしゃる」

伊沢は怪訝に堪えない風で、「我々の話は誰れに立聞きされたって差し支えないじゃありませんか」

「そうですとも」

保は座についたが、伊沢の話は止切れがちになって、今までのような打ち解けた様子はなくなってしまった。おれが伊沢の見つけない二つの目を、庭の木蔭に見つけたというだけのために、伊沢はもうおれに警戒しているのかと、保はひそかに歎息して、話もいい加減で切り上げて暇を告げた。

「伊沢さんのお話はどうだったい」

彼れの帰りを待ち設けていた母親は、彼れの顔を見るといきなり訊ねた。

「お母さんも、あの人をたよりにしていちゃ駄目です。あんな人を間に立てちゃかえって事が壊れるばかりですよ」

「だってあの人はよくわけの分った方じゃないかね」

「わけの分った人なら分った人としておいて、あんな人に取りなしを頼むよりゃ、じかにきぬ子に会ったら、もっとわたしの心を理解してくれるかも知れないんだけど……」

といって保は母親がいやな顔をするのを見て、

「きぬ子のことはどうにでも、お母さんのいいようにして下さい」

「……わたしも心が疲れてしまった」と、母親は呟いて溜息を吐いて、「この二三箇月お前のことを考えているばかりで、性も根も疲れてしまったよ」

「お気の毒でしたね」保はつねになく母親に対していたいたしい気持がしてか「岩淵の伯父さんは今時分安楽浄土へ行ってるでしょうね」と、母親をもそういう浄土へ送ってやりたいと思いながら、じろじろと母の疲れた顔を見つめていた。

母親は、その生みの子の両眼にきらめいた気味の悪い光を見て、ある予感に打たれてゾッとした。

解説

山前譲

一九二三年に江戸川乱歩がデビューしてから数年後、ようやく日本にも探偵小説文壇といえるものが形成されたが、もちろんそれ以前に、それ以後にも、探偵小説作家以外が探偵小説の魅力を織り込んだ作品を発表している。乱歩は評論書『幻影城』（一九五一）に収録した「一般文壇と探偵小説」と「続・一般文壇と探偵小説」でその流れをまとめていた。本アンソロジーはその一般文壇の作家たちから、探偵小説味のある作品をセレクトした一冊である。

夏目漱石の「変な音」（「朝日新聞」一九一一・七）は病院が舞台だ。入院患者の耳に入る妙な音の正体が探索されている。夏目漱石は一九一〇年六月に胃潰瘍で入院した。そして二か月後、転地療養先の修善寺温泉で吐血して生死をさ迷ったという。生と死が交錯する病院での不気味な話のラストからは、病気にまつわる人間の運命について考えさせられる。

『吾輩は猫である』のなかでさんざん探偵を揶揄していた夏目漱石だが、代表作である『彼岸過迄』には探偵的行動が描かれている。やはり謎解きや不可解な出来事に惹かれる人間心理を否定することはできなかったようだ。

医学部出身で陸軍軍医だったのだから、森鷗外の「カズイスチカ」（「三田文学」一九一一・二）の短い期間ながら父の病院を手伝っていた主人公にはリアリティがある。そしてかなり多くの専門用語が盛り込まれているが、タイトルのカズイスチカはラテン語で患者についての臨床記録のことだという。この作品の最後である患者の妙な症状の真相を知ると、医師の診断にも探偵的要素があるように思えるのではないだろうか。

森鷗外はエドガー・アラン・ポーの「モルグ街の殺人」を「病院横町の殺人犯」と題して訳したこともあるが、探偵小説的にはどうしても、軍医として小倉に赴任していたときの日記をテーマとした松本清張の芥川賞受賞作「或る『小倉日記』伝」のほうに目がいってしまう。

「藪の中」や「報恩記」など大正期に注目すべき探偵小説を何作も発表した芥川龍之介の「妙な話」（「現代」一九二一・一）は、赤帽にまつわる三つの奇妙な出来事である。いまでは簡便な運送業のことを意味するが、当時の赤帽は鉄道駅構内での営業で、旅客の荷物を運んでいた。

河出文庫の「文豪ミステリ傑作選」の一冊など、戦後、探偵作家としての芥川龍之介に何度かスポットライトが当てられたが、その嚆矢（こうし）と言える雄鶏社版『推理小説叢書3　春の夜　其の他』（一九四六）の後記で木々高太郎は、〝「歯車」「或阿呆の一生」は私小説ではあるが、世に言ふ私小説ではない。これこそ思索を取り扱つた極めて特異な小説である〃とその作風についてユニークな指摘をしていた。

梶井基次郎の「檸檬」（一九二五）はあまりにも有名な短編だが、視点を変えるといわゆる「日常の謎」と見ることはできないだろうか。積み上げられた書籍の頂に置かれた一個の檸檬は、それを置いた人間以外にはじつに奇妙な出来事だろう。そしてそこからさまざまな推理が展開できそうだ。友人が死にいたるまでの心理に迫っていく「Kの昇天――あるいはKの溺死」（「青空」一九二六・十）は、ファンタスティックでじつに切ない推理に収束している。

佐藤春夫はその創作活動のなかで、「指紋」のような謎解きが魅力的なものから犯罪心理を描いたものなど多彩な探偵小説を発表した。「時計のいたずら」（「改造」一九二五・一）は二転三転の推理、そしてユーモア味のある結末が楽しい。

一九二四年、「新青年」に発表した「探偵小説小論」では、〝探偵小説の本質としては、論理的に相当の判断を下して問題の犯人を捜索するところにある。即ち事件の関所をどんなふうに切り抜けるかといふところに興味がある訳だ。だからその判断は常に最も健全な頭脳から湧出する智脳の活躍の現れだ。たとひその方法が、冒険的だとか、変幻出没自在だとか、機械仕掛の家だとか、科学知識応用だとかいふやうな種類の道具立てによつて色彩られてゐるとしても、同じ思索力の発展に過ぎない〃と述べている。

谷崎潤一郎は初期の探偵作家に最も影響を与えた作家だ。乱歩は日本の誇るべき探偵小説として「途上」（一九二〇）を挙げ、そのプロバビリティの犯罪の着想は海外作品にも例がないと、その創意を絶賛している。

谷崎作品の探偵小説への最初のアプローチは一九一一年に発表された「秘密」だった。女装に興味を持ってしまった主人公が探偵小説を読んでいるが、永井敦子「谷崎潤一郎『秘密』論：探偵小説との関連性」（「日本文藝研究」二〇〇三・十二）で興味深い論考が展開されている。「私」（「改造」一九二一・三）では一高の寄宿舎での盗難事件の謎解きと犯罪者心理がクロスしている。谷崎潤一郎の探偵小説あるいは犯罪小説はこれまで幾度となくまとめられてきた。

素人下宿の二階に住む法科大学生は、裏窓から見える隣の小さな平家の住人が気になってしょうがない。借り主はよく変わるのだが、今度入ったのは夫婦者で、奥さんが若くて可愛いから、ますます注意深く見守るように――まさにストーカー的行為で、どうやら日常の探偵趣味は今も昔も変わらないようだ。

久米正雄の「復讐」（「新小説」一九一七・五）はそんな発端から、男女関係の綾を描いていく。一九二四年、「時事新報」に連載した長編『冷火』はルパンが登場し、作中の探偵が心理的探偵術を展開しているから、作者は探偵小説に並々ならぬ関心があったのだろう。

太宰治の「日の出前」(「文藝」一九四二・十「花火」改題)は昭和の初めの一家庭にまつわる異常な事件を描いているが、その動機にはちょっと驚かされる。現代でもポピュラーなものだからだ。この短編は日本最初の保険金殺人と言われる一九三五年に起こった事件がモチーフとなっているという。

ただ、発表後にすぐ、「登場人物悉ク異状性格ノ所有者」で、「全般的ニ考察シテ一般家庭人ニ対シ悪影響アルノミナラズ、不快極マルモノト認メラルル」という理由で全文削除の処分を受けている。当時、戦争中、探偵小説の執筆がままならなかったのも同様の理由と言えるだろう。

一九四九年に刑事訴訟法が改正されるまで、日本にも予審制度があった。予審判事が取り調べて公判に進めるかどうか判断するのだ。平林初之輔「予審調書」(一九二六)など戦前の探偵小説でもよく描かれている。横光利一の「マルクスの審判」(「新潮」一九二三・八)ではその予審判事が、踏切で起こった事件を調べていく。夜遅く、酔漢と踏切の番人が争い、酔漢のほうが列車にはね飛ばされて死んでしまったのだ。長い審問の果てに判事が下した結論は?

マルクスとはもちろん『資本論』を著したカール・マルクスだ。結末にはその社会主義思想が反映されている。一九五七年に刊行された文芸評論社版『文芸推理小説選集4 横光利一集・大岡昇平集』には「機械」(一九三〇)と「時計」(一九三四)が収録されていたが、創作背景に共通性が窺える。

正宗白鳥の「人を殺したが…」（「週刊朝日」一九二五・六・二一〜九・二七）の主人公の行動原理には、作中でも語られ、そして大本泉「正宗白鳥『人を殺したが…』論…その深層心理への一考察」（「仙台白百合女子大学紀要」一九九八・一）で指摘されているが、ドストエフスキー『罪と罰』の主人公であるラスコーリニコフのものとオーバーラップしていく。

この作品を収録した東都書房版『日本推理小説大系1明治大正集』（一九六〇）の解説で乱歩は、連載中に愛読したと記し、〝石井鶴三のあの怖い眼の人物の挿絵と共に、毎号鬼気迫る思いをさせられたことを今も忘れない。殺人者の恐怖、ちょっとした物音にも、第三者のなんでもない会話にも、絶えず脅え、いつも誰かに尾行されているように感じる恐怖が、実によく出ているし、恐怖の余り、かえって、その秘密をズバりと言ってのけようとしたり、だんだん気が変になって、第二の殺人を犯すまでの異常心理が巧みに描かれている〟とこの作品の読みどころを端的に捉えている。死と欲、そして虚無感は正宗白鳥の代表作に共通するテーマとなっていた。

こうした犯罪者の心理から日常的な光景に妙な話が展開されていくストーリーまで、このアンソロジーでは人間とその人間が生きている社会の多彩な姿が描かれている。

出典一覧

「変な音」　夏目漱石著『文鳥・夢十夜』新潮文庫　一九七六年
「カズイスチカ」　『灰燼　かのように　森鷗外全集3』ちくま文庫　一九九五年
「妙な話」　『芥川龍之介小説集　五』岩波書店　一九八七年
「Kの昇天――あるいはKの溺死」　『梶井基次郎　ちくま日本文学028』ちくま文庫　二〇〇八年
「時計のいたずら」　『佐藤春夫集　夢を築く人々』ちくま文庫　二〇〇二年
「私」　『谷崎潤一郎全集　第八巻』中央公論新社　二〇一七年
「復讐」　久米正雄著『学生時代』新潮文庫　一九四八年

「日の出前」　　太宰治著『きりぎりす』新潮文庫　一九七四年
「マルクスの審判」　　『定本横光利一全集　第一巻』河出書房新社　一九八一年
「人を殺したが…」　　『日本の文学11　正宗白鳥』中央公論社　一九六八年

◎**久米正雄**（くめ・まさお）……一八九一年生まれ。
著書に『受験生の手記』『虎』など。一九五二年没。

◎**太宰治**（だざい・おさむ）……一九〇九年生まれ。
著書に『斜陽』『人間失格』他多数。一九四八年没。

◎**横光利一**（よこみつ・りいち）……一八九八年生まれ。
著書に『機械』『紋章』他多数。一九四七年没。

◎**正宗白鳥**（まさむね・はくちょう）……一八七九年生まれ。
著書に『何処へ』『入江のほとり』他多数。一九六二年没。

著者略歴

◎**夏目漱石**（なつめ・そうせき）……一八六七年生まれ。
　著書に『吾輩は猫である』『坊っちゃん』他多数。
一九一六年没。

◎**森鷗外**（もり・おうがい）……一八六二年生まれ。
　著書に『舞姫』『青年』他多数。一九二二年没。

◎**芥川龍之介**（あくたがわ・りゅうのすけ）……一八九二年生まれ。
　著書に『鼻』『羅生門』他多数。一九二七年没。

◎**梶井基次郎**（かじい・もとじろう）……一九〇一年生まれ。
　著書に『檸檬』『愛撫』など。一九三二年没。

◎**佐藤春夫**（さとう・はるお）……一八九二年生まれ。
　著書に『秋刀魚の歌』『都会の憂鬱』他多数。一九六四年
没。

◎**谷崎潤一郎**（たにざき・じゅんいちろう）……一八八六年生まれ。
　著書に『春琴抄』『細雪』他多数。一九六五年没。

本書は河出文庫オリジナルです。本文中、今日では差別表現につながりかねない表現がありますが、作品が書かれた時代背景と作品の価値をかんがみ、そのままとしました。

文豪たちの妙な話
ミステリーアンソロジー

二〇二二年二月一〇日 初版印刷
二〇二二年二月二〇日 初版発行

編 者 山前譲
発行者 小野寺優
発行所 株式会社河出書房新社
〒一五一-〇〇五一
東京都渋谷区千駄ヶ谷二-三二-二
電話〇三-三四〇四-八六一一（編集）
〇三-三四〇四-一二〇一（営業）
https://www.kawade.co.jp/

ロゴ・表紙デザイン 粟津潔
本文フォーマット 佐々木暁
本文組版 株式会社創都
印刷・製本 中央精版印刷株式会社

Printed in Japan ISBN978-4-309-41872-8

カチカチ山殺人事件

伴野朗／都筑道夫／戸川昌子／高木彬光／井沢元彦／佐野洋／斎藤栄　41790-5

カチカチ山、猿かに合戦、舌きり雀、かぐや姫……日本人なら誰もが知っている昔ばなしから生まれた傑作ミステリーアンソロジー。日本の昔ばなしの持つ「怖さ」をあぶり出す７篇を収録。

ハーメルンの笛吹きと完全犯罪

仁木悦子／角田喜久雄／石川喬司／鮎川哲也／赤川次郎／小泉喜美子／結城昌治 他　41789-9

白雪姫、ハーメルンの笛吹き、みにくいアヒルの子……誰もが知っている世界の童話や伝説から生まれた傑作ミステリーアンソロジー。昔ばなしが呼び覚ます残酷な罠！　８篇を収録。

サンタクロースの贈物

新保博久〔編〕　46748-1

クリスマスを舞台にした国内外のミステリー13篇を収めた傑作アンソロジー。ドイル、クリスティ、シムノン、Ｅ・クイーン……世界の名探偵を１冊で楽しめる最高のクリスマスプレゼント。

アリス殺人事件

有栖川有栖／宮部みゆき／篠田真由美／柄刀一／山口雅也／北原尚彦　41455-3

「不思議の国のアリス」「鏡の国のアリス」をテーマに、現代ミステリーの名手６人が紡ぎだした、あの名探偵も活躍する事件の数々……！　アリスへの愛がたっぷりつまった、珠玉の謎解きをあなたに。

『吾輩は猫である』殺人事件

奥泉光　41447-8

あの「猫」は生きていた?!　吾輩、ホームズ、ワトソン……苦沙弥先生殺害の謎を解くために猫たちの冒険が始まる。おなじみの迷亭、寒月、東風、さらには宿敵バスカビル家の狗も登場。超弩級ミステリー。

がらくた少女と人喰い煙突

矢樹純　41563-5

立ち入る人数も管理された瀬戸内海の孤島で陰惨な連続殺人事件が起こる。ゴミ収集癖のある《強迫性貯蔵症》の美少女と、他人の秘密を覗かずにはいられない《盗視症》の主人公が織りなす本格ミステリー。

著訳者名の後の数字はISBNコードです。頭に「978-4-309」を付け、お近くの書店にてご注文下さい。